소년7의 고백

안보윤
소설

소년 7의 고백

문학동네

차 례

소년7의 고백

2010-08-18 18:31:09

……모르겠어요. 이젠 정말 아무것도 모르겠어요. 제가 그날, 거기 있었던 게 맞나요? 동네 애들이 빠짐없이 모두, 303동 옥상에 모여 있었어요? 제 손이…… 우리 몸이 정말로 그렇게 움직였나요? 미주 누나를 우리가…… 형사님, 딱 한 번만 솔직하게 얘기해주세요. 이제 조서도 다 썼고 카메라도 껐잖아요. 그러니까 말해주세요. 우리가 정말, 구제불능의, 파렴치한 성폭행범이 맞는 건가요?

*

2010-08-17 21:08:54

삼층까지 다 아저씨네가 쓰는 거예요? 경찰서라는 거 되게 크구나. 여기 문들도 다 방인가봐요. 조사1실, 조사2실…… 우리 학교 복도도 이렇게 생겼는데. 복도에 과학실, 실습실, 음악실, 팻말이 쫙 붙어 있어요. 근데 과학실은 잠가놓고 아무도 안 써요. 과학수업 시간에 화학실험도 안 하고 해부도 안 하고 우린 맨날 비디오만 봐요. 선생님은 그냥 다, 외우면 된대요. 직접 안 해봐도 알려준 대로 외우기만 하면 백 점이라고. 근데요 아저씨, 나 여기 왜 온 거예요? 아저씨가 곰곰이 생각해보라고 했잖아요. 그래서 오는 동안 되게 곰곰이 생각해봤는데 모르겠어요. 암만 생각해도 잘못한 게 없거든요.

아, 잡아당기지 마요, 안 그래도 팔 저려 죽겠는데. 나 수갑은 왜 찼어요? 경찰서 올 때 원래 수갑 차고 오는 거예요? 아저씨들이 집으로 들이닥쳐서 막 팔 꺾고 벽에 얼굴 처박고 막, 그렇게 끌고 와도 되는 거예요? 이쪽 어깨 빠진 거 같아요. 얼굴도 화끈거리고. 내 턱 까졌어요? 피 나요? 아우 씨, 진짜 아픈데. 영화에서나 그렇게 하는 줄 알았는데 졸라 리얼하데요. 동영상 찍어서 인터넷에 올렸음 대박이었을 텐데 아깝다. 테러범 진압하는 동영상 본 적 있는데, 뭐였더라, 무슨 은행인가 쇼핑몰에서 몸에 폭탄 두르고 나대는 복면 때려잡는 장면이 딱 그랬어요. 특공대가 줄타고 유리창 깨고 날아다니면서 막. 근데 나는 뭐 폭탄은커녕 빤스만 입고 있었는데 억울하게 처맞고. 아저씨, 근데 이거 누구 옷이에요? 냄새나요. 여기로 들어가요? 아 씨, 여기도 냄새나네. 페브리즈 같은 거 없어요? 냄새 싹싹 뭐 그런. ……아저씨 졸라 과묵하시네요. 난 씨발, 불안해 미치겠는데.

우리 할머니 불러주세요. 밖에 없어요? 아까 막 소리지르면서 따라오는 거 같았는데. 우리 할머니 목소린 딱 들으면 알아요. 벙어리라서 식도발성인가 뭐 그런 거 하거든요. 담배를 하도 피워서 목 어디를 잘라냈다는데 목소리 완전 깨요. 백 명이 동시에 트림하는 소리랑 똑같아요. 승호는 물개가 껑껑대는 소리라던데, 병신, 지가 물개를 언제 봤다고. 암튼 우리 할머니 불러줘요. 아직 집에 있음 전화라도 해주세요. 내 옷 좀 갖다달라고. 이거 냄새나서 못 입고 있겠어요, 디자인도 구리고. 아 진짜, 여긴 뭐 꼴랑 책상 하나랑 의자밖에 없는데 냄새가 왜 이렇게 난대요, 누가 똥쌌나.

……몰라요. 여기 왜 왔는지 내가 어떻게 알아요. 그래서 아까부터 물어봤잖아요, 왜 잡혀왔느냐고. 아저씨가 계속 씹었지만.

……이상하네. 암만해도 이건 아닌 거 같은데. 있잖아요, 저번에 경훈이 형이 오토바이 훔치다 걸렸을 땐 안 이랬거든요. 그 형은 진짜 나쁜 짓 한 건데도 형사 아저씨들이 팔만 잡고 갔거든요. 조인트 까고 수갑 채워서 막 개새끼처럼 질질 끌고 가진 않았거든요. 생각할수록 억울하네, 씨발.

아, 됐어요. 뭐요. 욕 안 했어요. 아파서 그래요, 어깨도 아프고 얼굴도 아프고 손목도 아프고. 다 왔는데 수갑 안 풀어줘요? 조사실 들어왔잖아요. 어, 이 방 팻말은 빈 딱지네. 취조? 취조준비실? 그게 뭔데요? 뭘 준비해요? ……뭔 소린지 모르겠어요. 됐고, 일단 수갑부터 풀어줘요. 기분 졸라 더러워요. ……내가 뭘 어쨌길래요? 뭐라뇨, 아저씨가 방금 그랬잖아요. 여긴 죄지은 놈들 빨가벗기는 데라고. 죄지은 것도 없는데 그럼 난 왜 데려왔어요? 뭘 발뺌을 해요, 암것도 한 게 없다니까.

2010-08-17 21:48:29

……박성재. 열네 살요. 주민번호는 몰라요. 그걸 뭐하러 외워요. 할머니 건 아는데 그거 부를까요? 〈방과후 전쟁활동〉 보려고 성인 인증할 때 외워놨어요. 졸라 재밌는 웹툰인데 그것도 몰라요? 아깐 나에 대해 다 안다면서요, 내가 누는 오줌 색깔까지 다 안다고 졸라 이빨까더니. 내가 뭘 졸라밖에 안 해요. 존나, 조올라, 열라, 다 할 줄 아는데.

수원중학교 1학년 7반 13번. 친구야 당연히 있죠. 제일 친한 친구는, 김기열요. 또 누가 있느냐면, 고승호랑 주교창이랑 그렇게요. 교창이는 한 살 어린데 그냥 친해요. 다 같은 아파트 살거든요. 우리 동네 개후져서 아무도 이사 안 와요. 아파트도 지은 지백 년은 된 것 같은 임대고. 딴 동네 가면 그지 새끼라고 놀려서 우린 우리끼리만 놀아요. 뭐 하고 노느냐면, 인원 모이면 축구 하

거나 돈 생기면 PC방 가서 게임하거나 싸움하거나. 싸움요? 딴
동네 애들하고 하죠. 걔네가 자꾸 놀리거든요. 우리 동네 애들 잡
아다 패기도 하고. 그럼 우리도 가만 안 둬요, 형들이랑 쫓아가서
몰빵 놓고 튀지. 아파트라고 해봤자 콧구멍만해서 애들끼린 서로
다 알아요. 누가 몇 동 사는지 어느 학교 다니는지 몇 살인지.

몰라요. ……냄새난대요, 우리 아파트. 다들 가난하고 노인네
들 엄청 많으니 냄새도 나겠죠. 여름 되면 무슨 빨래도 아니고 계
단이랑 놀이터에 노인네들만 쫙 널려 있는데 완전 좀비 군단이 따
로 없어요. 영화 찍으면 분장할 필요도 없을걸요. 턱이 다 비틀려
서 입도 못 다물고 막, 배꼽까지 다 보이게 늘어난 러닝 하나 덜렁
입고 돌아다니고. 짜장면 그릇에 씌운 랩을 젓가락으로 뜯으면 쭈
글쭈글 밀리잖아요. 살가죽 처진 꼬라지가 딱 그거예요. 속옷도
안 입고 아무데나 퍼질러 앉아서 침 흘리고 담배 피우고 가래 뱉
고. 아 씨, 생각만 해도 쏠리네. 아저씨, 왜 사람은 늙으면 그렇게
구질구질해져요? 곰팡이 난 것처럼 얼굴도 시커멓고 얼룩덜룩, 입
냄새 졸라 나서 옆에 가기도 싫어요. 예? 우리 할머넌 안 그래요.
가래도 안 뱉고 속옷도 다 입고 다니고 입냄새도 안 나요. 다른 집
은 기초수급비 나오면 그걸로 한 달 뭉개는데 우리 할머니는 공공
근로도 나가고 폐지도 주워요. 저번에 시민공원 잡초 뽑고 받은
돈으로 내 아디다스 운동화도 사다주고 그랬어요. 완전 간지 나는
걸로. 에이 씨, 아저씨 때문에 집에서 쓰레빠 끌고 왔잖아요, 이거

화장실 쓰레빤데. ……우리 할머니 진짜 밖에 없어요? 나 데리러 안 온대요?

동네 애들요? ……다 비슷한데. 사는 것도 하고 다니는 것도 다 비슷해요. 우리도 늙으면 그 노인네들처럼 아파트 앞에 널려 있겠죠 뭐. 특별히 떠오르는 거? 없는데요. 이상한 사람…… 그건 모르겠어요. 어떻게 보면 다 이상하고 어떻게 보면 다 정상이고. 아씨, 왜 때려요. 저 장난하는 거 아니에요. 진짜 다 똑같단 말예요. ……아무거나요? 그냥 아무거나 말하면 되는 거예요? 그럼 집에 보내주는 거죠?

성격, 음, 애들 성격은 그냥 다 착해요. 거짓말 아니라 진짜 착해요. 기열이는 할아버지랑 아빠랑 셋이 사는데요, 걔네 할아버지가 되게 이상한 병에 걸렸거든요. 살인가 근육인가가 저절로 흐물흐물해지는 병이래요. 제대로 못 걷고 픽픽 넘어져서 병원에 간 거였는데, 첨엔 머리가 이상한 거라고 하더니 엄청 비싼 검사 받고 나니까 병 이름 알려주더래요. 계속 몸이 녹아서 마지막엔 순두부처럼 될 거라고. 제가 보기엔 지금도 그래요. 혼자 몸 뒤집는 것도 못해서 방에 누워만 있거든요. 기열이가 할아버지 밥도 먹이고 물도 먹이고 얼굴이랑 등도 씻기고 기저귀도 갈아주고 그래요. 걔네 아빠는 조타수라는데 한번 배 타면 석 달씩 집에 안 들어오거든요. 할아버지 돌보느라 기열인 소풍이고 수학여행이고 한 번도 안 갔어요. 걔네 집 가면 구린내 끝내줘요. 하루종일 싸서 뭉개놓은 똥 냄새가, 아우 씨. 여름엔 파리랑 벌레 들러붙어서 완전 끝장인데 기열이는 그거 다 닦고 할아버지 엉덩이에 땀띠약도 발라주고 그래요. 학교에서 효행상도 받았어요. 치사하게 상품은 없었지만. 문상이라도 끼워주지 쪼잔하게. 암튼 슈퍼 가면 거기 아줌마가 기열이 효자라고 라면이랑 고추참치 캔이랑 우유랑 막 집어줘요. 가끔 돈도 주던데요. 기열이네 엄마가 옛날에 집 나갈 때, 차비 하라고 돈 빌려준 사람이 슈퍼 아줌마래요. 그래서 그런지 기열이네 아빠는 술 마시면 거기 가서 이것저것 깨부수고 그러는데, 어지른 거 싹 치우고 잘못했다고 비는 것도 기열이가 다 해요.

승호는, 그 새끼 졸라 족제비같이 생겼어요. 기열이는 곰 새끼 같은데. 반 기집애들이 아이돌처럼 생겼다고 승호 되게 좋아해요. 아이돌은 무슨, 얍삽하게 맨날 꼼수만 부리는 새낀데. 공부도 더럽게 못해요. 저는 그래도 수학 육십 점 받은 적 있거든요. 개는 그거 반도 못 맞혀요. 근데 잔머리 하난 끝내줘요, 개가. 예? 아뇨, 그런 적 없어요. 그냥 말이 그렇다는 거지 그 새끼도 착하긴 해요. 승호네 아줌마 몸이 안 좋아서 휠체어 타고 다니거든요. 소아마비랬나 뭐랬나. 허벅지랑 종아리가 제 팔목보다 더 가늘어요. 되게 어릴 때부터 그랬대요. 우리 아파트에 무지 많아요, 어디 약간 모자라거나 아픈 사람요. 근데요 아저씨, 이거 그만 풀어주심 안 돼요? 손가락도 저리고 손목도 아프고 막, 죽겠는데. 도망 안 가요.

아저씨가 아까 문 잠갔잖아요. 집에 가는 길도 모르고. 애들이 그러는데 내 달리기 졸라 후지대요. 폼도 후지고 남들 걷는 것보다 더 느리다고 축구 할 때마다 욕먹는데요. 아아, 진짜 아픈데……
승호요. 네, 고승호. 걔네 집이 303동 꼭대기 층이에요. 엘리베이터가 있긴 한데 워낙 고물이라 툭하면 멈추고, 점검한다고 한 달에 서너 번은 꺼져 있고 그래요. 꼭대기 사는 사람들만 좆빠지는 거죠. 하긴 그게 아니더라도 아줌마가 나다닐 수 없는 게, 아파트 앞이 쫘악 내리막길이거든요. 길도 엄청 꼬불꼬불해요. 저번 장마 때 휠체어째 뒤집어져서 굴러내려가다 벽에 처박혀 죽을 뻔한 다음부터 승호네 아줌만 집에서 한 발짝도 안 나가요. 이렇게 뚱 그런 원반에 바퀴 네 개 달린 의자 아세요? 아줌마 그거 타고 집 안에서만 굴러다녀요. 그래도 승호네 집이 제일 부자예요. 아버지 회사 다니고 누나도 돈 벌고. 우리 중에 엄마 아빠 다 있는 사람은 승호밖에 없어요. 그래서 좀 얄밉죠. 키도 쪼끄만 새끼가, 용돈 받았다고 나대면 막 쥐어 패주고 싶어요. 아줌마 봐서 때리진 않아요. 걔네 집 놀러가면 아줌마가 샌드위치도 만들어주고 피자도 시켜주고 그러거든요. 승호네 아빠랑 누나는 돈 버느라 바쁘니까, 시장 가서 뭐 사오고 형광등 갈고 하는 거 승호가 다 해요. 아줌마 팔 닿는 데가 딱 요기까지라서 그 위에 있는 건 다 승호 책임이에요. 저번에 갔더니 걸레로 벽지랑 천장이랑 닦고 있던데요. 냉동실 청소도 하고 유리창도 닦고. 뭘 싫어해요? 내가 승호를요?

아니요, 친구라니까요. 그냥 가끔 눈꼴실 때가 있어서 그렇죠, 뭐. 다들 그렇잖아요.

교창이는, 예전에 친했던 애들 중에 영창이라고 있었는데 걔 동생이에요. 영창인 이 동네 안 살아요. 재작년인가 형들 따라서 집 나갔는데 형들 다 돌아오고 나서도 혼자 안 왔어요. 어디 조폭 똘마니로 잡혀갔단 얘기도 있고, 가출팸에 묶였단 얘기도 있는데 잘은 모르겠어요. 교창이가 애들한테 하도 맞고 다녀서 데리고 다니기 시작한 건데, 지금은 워낙 친해져서 잘 지내요. 같이 집 나갔던 형들은…… 우리 동네 형들이 좀…… 경훈이 형요? 아저씨 경훈이 형을 어떻게 아세요? 그 형 졸라 양아치예요. 동네 사람들 다 알아요. 여기 애들치고 형한테 명치 안 까여본 애 없을걸요. 실실 쪼개다가 갑자기 확 까는데 진짜 숨도 못 쉬어요. 왜 까느냐고요? 그야 담배 뜯어오라고요. 가난한 동네라 애들 다 돈 없어요. 뒤져봐야 개털만 날리니까 심부름 시키고 심심풀이로 패고 그러는 거죠. 그러다 면상이 재수없음 잡아놓고 한 달씩도 까요. 돈은 딴 동네 애들한테서 뜯어오거나 오토바이 훔쳐서 만들고요. 빈집털이 같은 것도 한다던데요. 그 형, 전과 있거든요. 전에 다니던 학교도 그래서 잘렸어요. 요즘? 요즘은 동네에 안 와요. 얼마나 안 왔느냐면…… 정확히는 모르겠지만 아무튼 한참이에요. 슈퍼에서 말보로 레드도 팔 정도니까. 아, 그게, 경훈이 형이 말보로 레드만 피우거든요. 애들이 그걸 하도 훔쳐가니까 슈퍼 아줌마가 아예 그 담배를 들여놓질 않는 거예요. 심부름할 때마다 졸라 먼 동네까지 뚫으러 가야 되니까 오래 걸리고, 그럼 경훈이 형한테 반항한다고 막 까이고. 교창이가 특히 많이 까였죠. 경훈이 형이 각 잡고 까기 시작하면 일단 바지부터 벗기거든요. 교창인 바지마다 지퍼가 다 터졌었다니까요. 네? 바지요? 그건 그냥 벗기는 건데요. 뭘 만져요? ……왜요? 아뇨, 그냥 벗겨놓고 때려요, 도망 못 가게. 그게 다예요.

경훈이 형은, 싫죠, 씨발, 그 개새끼 진짜, 진짜 싫고…… 무서워요. 또 맞을까봐. 예전에 등에 구멍 뚫릴 때까지 밟힌 적도 있어요. 오토바이 훔치는데 망보라 그래서 싫다고 했더니 스파이크로 졸라 밟잖아요. 스파이크화요, 그거 왜 육상부 애들 신는 거 있잖아요. 신발 바닥에 나사못 같은 게 팍팍 튀어나와 있는 건데 몰라요, 아저씨? 경훈이 형 뭐 훔칠 때마다 그거 신어요. 급하면 쫓아오는 사람 얼굴 까고 튄다고요. 그날은, 신어놓고 자기도 까먹었는지 막 밟다가 내 등짝에서 피 줄줄 나니까 개놀란 눈치더라고요. 다음부터 나는 일절 안 건드렸는데 그럼 뭐해요, 등짝에 꺼먼 구멍만 일곱 개는 뚫렸는데, 씨발. 언젠가 나도 그 새끼 등짝에 똑같이 북두칠성 찍어줄 거예요. 졸라 양아치 주제에 맘잡았다고 깝치는 거 보면 진짜 웃기지도 않아요. ……경훈이 형 동네 뜬 지 한참 됐다니까요, 무슨 기술학교 들어가서 자격증 공부한다고. 이 동네 오면 애들하고 어울려서 또 사고 치니까 아예 집에 안 들어오는 거래요. 다들 그렇게 말하던데요. 동네 애들도 우리 할머니도. 철든 거라고 하는데 철은 개뿔, 딴 동네 가서 걔들 후리고 있는지도 모르죠. 그 형네 엄마만 신나서 떠들고 다녀요. 똑같이 구정물 먹고 커도 씨암탉 되는 놈 들개 밥 되는 놈 따로 있다고. 무슨 뜻인진 모르겠지만요.

……아저씨, 지금 몇시예요? 열시엔 자야 되는데. 우리 반에서 내 키가 제일 작거든요. 여긴 왜 창문도 없어요? 답답해요. 머리 아프고 목마르고…… 물이라도 주심 안 돼요? 아저씨 먹던 거 그거 한 모금만 줘도 되는데, 진짜 입만 댔다 뗄게요. 아저씬 퇴근 안 해요? 일단 집에 갔다가 내일 다시…… 네, 다 얘기하면 집에 보내주겠단 거잖아요. 그럼 빨리, 빨리 얘기할래요. 근데 무슨 얘기를?

정미주? 그게 누군데요?

아, 미주 누나. 당연히 알죠. 우리 옆 동 사는데요. 301동 이층요. 호수는 모르겠고 엘리베이터 내려서 왼쪽 두번째 집인가 그래요. 동네 애들끼린 어디 사는지 대충 다 안다니까요. 미주 누나는 왜 물어봐요? 누나랑요? 음, 평범한데. 놀이터나 슈퍼 앞에서 만나면 얘기는 하는데 같이 놀러 다니고 그러는 건 아니에요. 누나는 학교 안 다니니까 거의 집에 있고요. 길에서 마주치면 형들이 가끔 농담도 걸고 장난도 치고. 누나가 잘 받아주거든요, 리액션도 별나고. 소문? 무슨 소문요? 미주 누나에 대한 소문은 뭐……

뭐가 있었지? 아, 그 누나 애기 때 열이 엄청 오르는 바람에 바보가 됐대요. 완전 바보까진 아닌데 머리 되게 나쁘거든요. 나눗셈도 아직 못하고. 머리가 너무 뜨거우면 뇌가 익어버린다고, 그래서 형들이 삶은 뇌, 라고 놀리는 걸 들은 적 있어요. 그거 말고는…… 누나네 갓난쟁이 애기 있거든요. 열여섯 살인가 차이 나는 동생인데, 그게 동생이 아니라 누나 딸이라는 소문도 있어요. 하루는 누나가 애기를 업고 나왔는데, 애기 머리에다 자기 브라자를 모자처럼 씌워서 나왔더래요, 히힛. 근데 그건 형들이 지어낸 애기라던데. 누나 놀리려고. 다른 거요? 뭘 말하라는 건지 모르겠어요. 그거 말고 다른 소문은 들은 적 없는데. 대부분 거짓말이고요. 찾아가요? 누나네 집에…… 누가요? 뭘 다 알고 있다는…… 누나네 집을 내가 왜 찾아간단 거예요?

그런 적 없어요. 나만 그런 게 아니라 누가 어디 사는지 아파트 사람들 다 안다니까요. 몇 동 몇 호에 누가 사는지, 그 집에 누가 어떻게 아픈지 다들 알아요. 그게 이상한 건 아니잖아요. 이상해요? 왜요? 우린 다 아는데, 나는 아는데요. 우리 오른쪽 옆집에는, 그러니까 704호에는 할아버지 혼자 살아요. 701호엔 되게 쪼그맣고 허리 굽은 할머니 혼자 사는데 주말마다 아들 식구가 찾아오고요. 702호엔 유치원 다니는 남자애 키우는 부부가 사는데 되게 젊어요. 고등학교 때 애기 가져서 결혼한 거래요. 703호엔 할머니랑 내가 살고요, 803호 종수 형은 경훈이 형이랑 중학교 동창이고, 경훈이 형네는 301동 십이층 살아요. 이게 왜 이상하단 거예요?

나쁜 짓…… 한 거 없는데요. 없어요. 거짓말 아…… 아니에요. 미주 누나한테는 그냥, 장난은 좀 쳤는데, 아, 아파요. 아저씨 왜 자꾸 머리 때려요, 진짜.

……알아요. 아니요. 집에 가고 싶어요. 네, 솔직히…… 솔직하게 말만 하면…… 아 씨, 진짜 미치겠네. 솔직히, 형들이랑 같이 장난친 적은 있어요. 딱 한 번요.

미주 누나가요, 가슴이 진짜 크거든요. 거짓말 안 치고 이따만 해요. 원래 뚱뚱하기도 하고. 가슴 한쪽이 누나 동생 머리통만해서 형들이 그걸로 자주 놀렸어요. 누나가 제일 좋아하는 게 담배예요. 형들 말로는 초등학생 때부터 피웠대요. 형들이 운동장 한 바퀴 뛸 때마다 담배 한 개비씩 준다고 말하면 그 누나, 졸라 열심히 뛰어요. 온몸이 다 출렁거려서 그렇지 되게 빨리 뛰는데, 저번엔 일곱 바퀴도 뛴 적 있어요. 가슴이 막 이쪽저쪽으로 흔들리니까 그거 구경한다고 형들이 계속 뛰게 시키는 거예요. 저도 옆에 있었는데, 같이 놀리고 막, 그랬어요. 이제 진짜 안 그럴게요. ……그것만인데. 속인 거 없어요. 아 진짜 왜 자꾸 때려요. 아 왜, 아프, 아 진짜, 씨, 개기는 게 아니라 아픈데 그럼 어떡해요. 우리하, 할머니 불러줘요. 왜 없어요. 밖에서 우리 할머니 목소리 들렸는데. 그럼 전화 걸어줘요. 집에 보내주든가! 졸려 뒈지겠는데 잠도 못 자게 하고 할머니도 못 보게 하고 계속 여기 가둬놓고 씨발, 수갑도 풀어줘요. 풀어준대놓고 왜 의자에다 묶어놔요. 이제 손가락에 감각도 없는데, 내가 살인범도 아니고, 계속 이상한 것만 물어보고, 물도 안 주고 때리고 씨발, 또 때리고 또 또 때리고 씨발……

2010-08-18 02:37:58

……박성재요. 수원중학교 1학년 7반 13번, 친한 친구는 김기열…… 고승호, 주교창요. 기열이는 졸라 착한 새끼고요, 아니, 아주, 착한 친구예요. 교창이는 어려요. 아저씨 이거 또 말해야 돼요? 벌써 세번쨴데 진짜…… 졸려요, 눈도 따갑고…… 미치겠네, 무슨 얘기를 자꾸 하라고, 아 씹, 아프다니까 자꾸, 아아, 아프다고요.

2010-08-18 04:11:37

……박성재입니다. 수원중학교 1학년 7반 13번…… 미주 누나, 알아요. 집도 알아요. 찾아가본 적은 없지만, 아, 아니, 가본 적 있을지도 몰라요. 잘 기억은 안 나는데 부르러 간 적 있어요. 네? 왜 불렀느냐면…… 운동장 뛰라고? 운동장 뛰라고 불렀어요. 가슴 보려고요.

2010-08-18 05:03:22

가슴, 만진 적 있어요. 미주 누나 가슴요.

김사장 아저씨가, 그 아저씨는 저기, 부동산 하는 아저씬데 동네에서 제일 부자라서 김사장이라고 불러요. 나는, 아니, 저는 사실, 봤거든요, 김사장 아저씨가 미주 누나 가슴 만지는 거. 부동산에 불러다 놓고 담배 주면서 막 이렇게 만졌어요. 그러고 나서는 누나가, 형들한테 담배 한 개 주면 한 번 만지게 해주겠다고 했어요. 형들은 무시하고 갔는데 저는 봤으니까…… 김사장 아저씨가 진짜로 누나 만지는 걸 봤으니까…… 누나한테 담배 있다고 거짓말했어요. 누나 잘 속거든요. 일단 만지고 도망갔는데 누나가 진짜 빨라서, 잡히자마자 머리 엄청 맞고 종아리 까이고. 누나가 너는 김사장 아저씨랑 똑같은 놈이라고, 고물상 할아버지랑 박 뭔가, 뭐 그런 사람들 줄줄이 대면서 그 사람들이랑 똑같다고 욕했어요.

……진짜 그게 다예요. 이젠 진짜 다 말했어요. 미주 누나 가슴 만진 거 잘못했어요, 다신 안 그럴게요. 그러니까 집에 좀 보내주세요, 네?

왜요? 저 왜 집에 못 가요? 감옥요? 저 감옥 가요? 그때 진짜 딱 한 번 그랬어요. 제대로 만지지도 않았는데, 그냥 이쯤에서 물컹하고, 아니 그게 아니라, 아저씨가 그랬잖아요. 뭐든 솔직하게 말하면 집에 보내준다고. 그래서 말한 건데 이러는 게 어딨어요. 성폭행……? 많이 들어는 봤는데 뭔 뜻인지 잘 몰라요. 근데 그거, 되게 나쁜 짓인 건 아는데. 막 무기징역 받고 사형당하고 그런 거잖아요. 전자발찌 차고 평생 살아야 된다 그러던데…… 진짜요? 제가 한 게 성폭행이에요? 누나 가슴 만진 게요? 저 진짜, 진짜 잠깐, 아니 막 엄청 그런 것도 아니고 장난이었는데…… 아, 어떻게…… 그럼 전 어떻게 해요, 감옥 가서 평생…… 할머니가 그런 놈들은 인간쓰레기라고 그랬는데…… 전 몰랐어요. 진짜 몰랐어요. 궁금해서, 할머니 가슴이랑 뭐가 다른지 궁금해서, 커다랗고 푹신푹신해 보이니까 기분좋을 것 같아서 그랬던 거뿐이에요. 형들도 가끔 그러니까 해도 되는 건 줄 알았어요. 잘못했어요, 절대 다신, 다신 안 그럴게요. 제발 한 번만 봐주세요. 아저씨, 아니, 형사님, 제발요.

장애인이라서…… 만만하고 우스워서 그랬다고요……? 아니에요. 그런 거 아니에요. 형들이 막 미주 누나 바보라고 하지만 누나 웃기고 말도 되게 잘하는데, 담배 좋아하고 그냥 그런 건데, 그런 게 장애인은 아니잖아요. 장애인은 저기 뭐지 그게, 다리 없어서 못 걷고 소리 못 듣고 그러는 게 장애인이잖아요. 승호네 아줌마처럼 휠체어 타고 다니면 장애인인 거 알겠는데 누나 같은 사람이 왜 장애인이에요? 누나는 그냥, 좀 모자라긴 한데 그게 막 병신 같은 건 아니고 장난치면 되게 재밌는 정돈데. 반응이 재밌으니까 그런 거지 장애인이라서 일부러 그런 거 아니에요. 진

24

짜로요. 누나가 장애인인 줄도 몰랐는데…… 성폭행이 그런 건지도 몰랐고 저는, 아니, 발뺌만 하는 게 아니라 진짜…… 전 어떻게 해요?

……형사님 말 잘 들을게요. 대답도 잘할게요. 그럼 진짜 봐주실 거예요? 진짜, 진짜 집에 보내주실 거예요? 뭐든 시키는 대로 잘할게요. 잘하겠습니다. 정말입니다.

2010-08-18 05:31:48

7월 19일이면…… 무슨 요일이에요? 월요일……에는 학교에 있었을 거예요. 학교 끝나고 뭘 했느냐면, 음, 잘 기억 안 나는데 중요한 거예요? 아마 축구 했을 거예요. 비 안 오는 날엔 우리 아파트 사는 애들이랑 학교 운동장에서 축구 하다 오거든요. 학원 안 가는 애들이 우리밖에 없어서요. 경훈이 형요? 당연히 없었죠. 교창이도 없었어요. 걔는 초등학생이라 우리보다 더 일찍 끝나요. 그 시간이면 벌써 집에 가 있었을걸요. 누구누구 있었느냐면, 사실은 축구를 했는지 안 했는지도 모르겠지만, 만약 했다면요.

네, 저는, 저는 7월 19일 학교가 끝난 뒤 운동장에서 축구를 했습니다. 김기열, 고승호, 주교창을 포함해 모두 다섯 명이었고. 근데 이 부분 이상한데요, 그날 교창이 없었을 거예요. 걔 다니는 학교랑 우리 학교가 가깝긴 한데, 초딩이 우리 운동장에 들어와서 놀진 않아요. 잘 생각해봐도 없었어요. 진짜, 진짜 잘 생각해봤다

니까요. 교창인 없었어요. 경훈이 형도 당연히 없었죠. 네? 아, 그
렇긴 한데…… 그건 아닌데…… 우리 동넨 축구 할 데 없거든요.
주차장엔 할머니 할아버지들이 널려 있어서 못하고요. 아파트 앞
은 다 내리막길이라 공 못 차요. 다른 데서 축구 해본 적도 없어
요. 아, 예전에 세차장 밀고 빌라 지을 때, 싹 밀린 공터에서 몇 번
차본 적은 있어요. 아뇨, 작년인데요. 거기 지금은 빌라 다 지었어
요. 사람도 살고요. 7월이면 벌써 공사 끝났을 땐데 상관없어요?
그럼, 네, 뭐. 저는 7월 19일 학교가 끝난 뒤 동네 공터에서 축구
를 했습니다. 김기열, 고승호, 주교창…… 잘 생각해보니까 교창
이도 있었던 것 같아요. 모두 다섯 명이서 축구를 했어요. 그때 기
열이가 장난으로 미주 누나 가슴 만져본 사람 손들어, 그랬고요.
가슴이 아니에요? 엉덩이? 그런 적 없는데. 섹스요? 몰라요, 아
씨, 쪽팔려. 그런 거 말해본 적도 없어요. 기열이가 얼마나 내성적
인데요. 승호요? 걔가 좀 얍삽하긴 해도 그런 말 막 하는 애 아니
에요. 굳이 따지자면 기열이보단 승호가 더 어울리긴 하지만요.
음…… 본 적은 있어요. 성인잡지요. 다른 반 애가 가져온 건데
승호가 빌려와서…… 네, 승호가요. 그건 그냥 가져온 애랑 승호
가 친구라…… 승호는 그럴 수도 있을 거 같아요. 우리 중에서 여
자애들 제일 많이 만나본 것도 승호고요. 네, 승호가 그랬어요. 그
런데요 형사님, 이렇게만 말하면 집에 보내주는 거 맞죠? 아무 일
도 없는 거 맞는 거죠? 약속하셨잖아요. 저 말고 다른 애들도 아무

일 없는 거 확실하죠? 그래도 기열이나 승호한테 얘기하심 안 돼요. 제가 이렇게 말했다고, 절대로요. 네, 그럼 말할게요. 7월 19일 공터에서 축구 하는 중에 고승호가 미주 누나랑 섹스해본 사람 손들어, 라고 말했어요. 네? 해볼? 할? 알았어요. 고승호가, 미주 누나랑 섹스할 사람 손들어, 라고 말했습니다.

승호가 담배를 샀고, 승호가 자기 용돈으로 담배를 샀고, 승호가 자기 용돈으로 담배 두 갑을 사고는 미주 누나네 집으로 가자고 했어요. 301동 이층, 엘리베이터 내려서 왼쪽으로 두번째 집요. 미주 누나한테 담배 갖고 싶으면 따라오라고 말했더니 누나가 나왔어요. 우리 다섯 명은 303동 옥상으로…… 그런데 303동 옥상에 올라가본 적이 없는데요. 아파트 옥상 전부 다 잠겨 있어요. 몇 년 전까진 열려 있었다는데, 형들이 옥상에서 술 마시고 소주병을 던졌대요. 그다음부터는 맨날 잠겨 있어서 아무도 못 들어가요. 자물쇠도 완전 주먹만큼 크고요. 네? 열었다고요? 누가요? 형들이…… 빈집털이도 했으니까 열 수 있을지도 몰라요. 아, 형들이, 네, 형들이 열어놨어요. 형들이 자물쇠를 열어놓은 걸 알고 303동 옥상으로 올라갔습니다. CCTV…… 그게 어쨌는데요? 우리가 안 찍혔…… 아저, 아니, 형사님, 거기 안 찍혔다는 건 안 갔다는 거잖아요? 안 갔으니까 엘리베이터 CCTV에 우리가 안 찍힌 거잖아요. 그럼 괜찮은 거 아니에요? 아, 아뇨, 할게요, 말해요, 그러니까 뭐라고…… 네. 우리는 CCTV에 찍히지 않기 위해 일부러

계단을 통해 303동 옥상으로 올라갔습니다.

미주 누나는 중간쯤에, 아니, 맨 뒤에서 따라왔어요. 승호가 앞장서고 기열이가 그 뒤에. 다른 애들은 그냥 말 안 하고 쫓아왔어요. 옥상으로 올라간 뒤엔 제가 담요를, 담요? 무슨 담요요? 그냥 바닥에서 하면 무릎이 아프다니, 뭘요? 무슨 말인지 모르겠어요. 아, 아파요. 자꾸 같은 데 때리지 마요. 담요, 담요 있었어요. 본 것 같아요. 어디서 났느냐면…… 모르겠는데…… 누가 가져왔나. 주워왔나봐요. 아, 교창이. 평소에 자잘한 심부름은 교창이가 해요. 제일 어리잖아요. 그럼 담요도, 네, 주교창이 일층에 널려 있는 빨래 중에서 담요를 훔쳐왔습니다. 제가 그 담요를 받아서 옥상 바닥에 깔았습니다. 그리고 미주 누나를 눕히고, 그 위에.

……저기요, 형사님. 이건 진짜 이상하잖아요. 저는 애들이랑 축구 한 적도 없고, 아니, 축구 한 적은 있지만 7월 19일인지는 모르겠고. 더군다나 그땐 동네에 공터도 없었는데요. 아니, 축구 한 적이 한 번도 없다는 게 아니라요. 축구 한 적은 있는데, 네, 학교 끝나고는 거의 축구를 했죠. 달리 할 것도 없고. 그럼 그날도 축구를 했을…… 그럼 축구는 그렇다고 쳐도요. 승호가 그런 말을…… 아뇨, 한 번도 안 해본 게 아니라요. 네, 저기, 가끔 그런 얘기를 하기는 하는데 그래도 막, 미주 누나랑 그럴 거냐고 대놓고 물어보지는 않는데. 승호랑 저기, 네, 얘기해본 적은 있어요. 여자애들 얘기, 야한 얘기 한 적은 있는데…… 그렇죠. 네, 그럼

얘기해놓고 제가 기억 못했을 수도…… 곰곰이 생각해보면 승호가…… 아뇨, 제가 그런 적은 없어요. 진짜 없어요. 만약 말했다면…… 저나 기열이는 아니니까, 승호가 그랬을 거 같아요. 승호가 말했어요.

근데 옥상에서 미주 누나를 그랬……다는 건요, 그건 진짜 아닌데요. 형들요? 형들이 뭘 하고 다니는지는 저야 모르죠. 경훈이형…… 그 형은 진짜 나쁜 새끼예요. 초등학교 때부터 계속, 별 이유도 없이 형한테 맞았어요. 애들도 진짜 많이 맞았고요. 제 등에 북두칠성 찍힌 것도 그 형 때문이고. 교창이는 아직도 앞니 하나가 없고요, 기열이도 전에 싸대기 맞아서 고막 터질 뻔한 적 있어요. 네, 전과도 있고. 그렇죠, 나쁜 놈은 계속 나쁜 짓을…… 빈집도 털고 오토바이도 훔치고 애들도 패고 그랬으니까…… 미주 누나한테 나쁜 짓도…… 할 수 있을 것 같아요. 승호요? 걔는 잘 안맞았어요. 왜냐하면 걔는 우리 중에 돈도 있었고, 걔네 아빠 성격이 완전 불같아서 경훈이 형이 건드렸음 가만 안 있었을걸요. 네?친했……던 건 아닌데. 승호랑 경훈이 형이 친했던 건 아닌데요. 걔도 가끔 맞았고. 바지요? 아뇨, 승호는 바지 벗긴 적 없어요. 아, 그런가. 그럼 둘이 친했나봐요. 네. 나쁜 놈은 벌을 받아야죠. 저도 경훈이 형이 나쁜 짓 한 거 다 벌받았음 좋겠어요. 동네에 다시는 안 왔으면 좋겠어요. 그 형도 맛 좀 봐야 돼요. 우리가 형 때문에 얼마나 죽을 맛이었는데 이제 와서 맘잡겠다고 토끼고, 씨발.

그러니까 승호가 미주 누나를 그렇……게 한 건 경훈이 형이 시켜서…… 그럼 승호는 괜찮은 거죠? 경훈이 형이랑, 형들만 감옥 가는 거죠? 네, 다 외웠어요. 그러니까 7월 19일에 승호가, 경훈이 형이 시킨 것 때문에 승호가, 미주 누나랑 애들 데리고 303동 옥상으로 올라갔어요. 담요는 교창이가 훔쳐왔고, 담배는, 승호가 샀어요.

　우리가 미주 누나를 잡고 있으니까, 옥상 환풍기 뒤에 숨어 있던 경훈이 형이 나왔어요. 경훈이 형이 미주 누나 바질 벗기…… 아, 진짜 이건 아닌데. 전에 바지 벗겼던 건 그냥, 동네 애들 때릴 때, 우리가 심부름 늦게 했을 때랑 집합시간 어겼을 땐데. 여자 바지 벗긴 적은 없거든요. 바질 한 번도 벗긴 적 없단 소리가 아니라요, 다른 애들은 벗긴 적 있는데, 네, 경훈이 형이요. 경훈이 형이 바지를 벗겼죠. 정해놓은 건 아니고요. 그때그때 눈에 띄는 애, 형한테 걸리면 아무나…… 그럼, 여자애가 걸릴 때도 있었……을까요? 헷갈려 죽겠어요. 네, 형사님이 말하는 대로만, 하라는 대로만 잘 외우면 백 점. 집에 갈 수 있어요. 제가 기억을 잘 떠올려서 말만 잘하면. ……그럼 벗겼나? 아니, 벗긴 걸 봤다는 소리가 아니라요. 우리 바지 벗긴 적이 있으니까 누나 바지를 그랬을 수도 있겠다는 건데…… 진짜요? 미주 누나가 그랬어요? 우와 씨발, 졸라 황당하네. 진짜 미주 누나를…… 우와, 미주 누나가 그렇게 말했다면서요. 그럼 맞나봐요. 그런 것 같아요. 경훈이 형이, 그런 것 같아요. 구체적으로? 경훈이 형이, 미주 누나 바지 벗긴 것 같아요. 네, 벗겼어요. 제가 봤어요.

경훈이 형이 미주 누나를 성폭행, 했습니다. 다른 애들요? 다른 애들은 뭐 그냥…… 팔이나 다리를 잡고 있었어요. 저는, 저는 옆에서, 망을 봤습니다. 솔직히, 저기, 미주 누나 가슴도 만졌어요. 형 다음에는 고승호와 김기열이 미주 누나를 성폭…… 형사님, 걔넨 안 했어요. 경훈이 형이 다 시킨 거잖아요. 근데 걔네가 왜 그래요? 아니, 그건 아닌데, 도둑질…… 해본 적 있어요. 문방구에서요. 애들이랑 축구 끝나고 문방구에 갔는데 주인아저씨가 완전 바쁜 거예요. 단체 준비물이 있었는지 애들이 뭘 주문하면 아저씨 혼자 문방구 안쪽에 딸린 쪽방에서 그걸 꺼내왔어요. 아저씨가 바쁠 때 볼펜을, 몇 개 훔쳤어요. 하이테크는 볼펜 하나에 삼천원씩 하거든요. 그거 훔쳐다 애들한테 천원에 팔았어요. 그게, 다른 애들이 다 하니까 저도 한번 해본 건데. 진짜 반성하고 있어요. 다시는 안 할 거예요. 네, 그때 하이테크를 훔친 건 다른 애들이 다 해서였어요. 다른 애들이 도둑질을 하니까 저도 덩달아. 제가 도둑놈에 진짜 나쁜 새끼여서가 아니라 다들 하니까 호기심에요. 네, 형사님 말대로요. 네, 그럼 다시, 303동으로 가서요. 경훈이 형이 미주 누나를 그랬어요. 다른 애들이 그걸 봤죠. 형이 하니까 다른 애들도 덩달아…… 네, 그렇다고 걔네가 진짜 나쁜 새끼라는 게 아니라, 하이테크 훔칠 때랑 똑같이…… 그

건 있을 수 있는 일이라고…… 그렇죠. 바로 앞에서 형이 그러는 걸 봤죠. 제가 미주 누나 가슴 만졌던 것도 김사장 아저씨가 그러는 걸 봐서였거든요. 그럼 형이 그러는 걸 보고 다른 애들도…… 궁금했을 거예요. 어떤 기분일지 궁금하니까 덩달아서 미주 누나를, 눕히고.

……형사님, 진짜 힘든데요. 그만하면 안 돼요? 토할 것 같아요. 머리도 너무 아프고…… 조금만 더 하면요? 아직도 말할 게 있는 거예요? 아…… 아뇨, 가기 싫어요. 감옥 말고 집에 가고 싶어요. 네. 차분하게, 잘 기억하면 집에 갈 수 있어요, 저는.

아저씨 근데요. 아니, 형사님. 저요, 근데 저 진짜 안 잊어먹을 거예요. 형사님이 이 방에서 뭐 했는지 나한테 어떻게 했는지 절대로 안 잊어먹을 거예요. 그리고 내가, 흐으, 내가 밖에 나가게 되면 꼭 다 폭로할 거예요. 막 고발하고 인터넷에도 까발려서 이거 다 밝혀낼 거니까. 형사님도 똑같이 당하게 해줄 거니까 두고 봐요. 협박하는 게 아니라 진짜, 결심이에요.

……영장? 체포 영장…… 그거 나오면 어떻게 되는 건데요?

진짜로요? 미주 누나가 제가 그랬, 다고 말했어요? 왜요? 제 사진을 골랐다고요……? 제가 누나 가슴 만진 건 진짜 장난인데…… 내가 왜 그랬지, 이 미친 새끼 진짜, 네, 인생…… 똑바로 살아야죠. 경훈이 형처럼 전과 생기면 학교도 못 다니고, 경찰한테도 계속 잡히고, 제대로 살 수가 없어요. 저 사실은 알아요. 경훈이 형이요, 자격증 따서 취직해서 부모님 모시고 똑바로 살겠다고 했어요. 저도 들었어요. 근데 그럼요, 애들 막 실컷 패고 졸라 밟은 다음에 혼자 맘잡았다 그러면 끝나는 거예요? 그건 처맞은 새끼들만 졸라 억울한 일이잖아요. 근데 그렇게 나쁜 새끼는 토끼고 저는요, 저는 누나 가슴 진짜 딱 한 번, 딱 한 번 만져본 건데, 저는 감옥 가고요. 영장 나왔다면서요. 그럼 저는 감옥 가서 평생, 평생 전자발찌 차고, 저만…… 저 혼자만요…… 억울해요. 억울해 미치겠어요.

……그렇게 하면 진짜, 경훈이 형만 감옥에 가는 거예요? 우린 자수한 거니까, 반성한 거니까 혼만 나고 경훈이 형은 전과자니까 감옥에…… 정말이죠? 형사님 믿어도 되는 거죠? 그럼 괜찮아요. 그 형도 당해봐야죠. 네, 할 수 있어요. 다 외웠, 아니, 다 기억났어요.

7월 19일 저는 동네 공터에서 친구들이랑 축구를 했어요. 승호가 미주 누나랑 섹스할 사람 손들어, 라고 말했고 우린 다 같이 미주 누나네 집으로 갔어요. 승호가 용돈으로 담배 두 갑을 샀고, 경훈이 형이 303동 옥상 자물쇠를 미리 따놓고 기다리고 있었어요. 담배 줄게, 라고 했더니 미주 누나가 따라왔어요. 우리는 CCTV에 안 찍히려고 계단을 이용해 옥상으로 올라갔어요. 교창이가 훔쳐 온 담요를 받아 바닥에 깔았어요. 우리는 미주 누나를, 성폭행했어요. 그건 다, 경훈이 형이 시킨 일이에요.

2010-08-18 09:27:41

이젠 냄새도 안 나요. 옷에서도 방에서도, 아무 냄새도 안 나요. 문 열리니까 환하네요. 사흘은 갇혀 있은 기분인데 열두 시간밖에 안 지났다니…… 악몽 같아요. 아저씨 얼굴도 괴물 같고. ……몰라요, 이제 집에 가서 잘래요. ……왜요? 다 외웠냐니…… 여태까지 얘기한 거요? 다 기억나요. 외웠어요. 그러니까 빨리 보내줘요.

뭘 또 말해요? ……방을 왜 옮겨요? 조사2실…… 카메라? 카메라를 왜 지금 켜요? 뭘 시작해요, 무슨 소리예요 지금. 진짜 미치겠네. 아저씨, 아니, 형사님이 하라는 대로 다 했잖아요. 조서를 쓴다고요? 지금까지 그거 한 거 아니었어요? 밤새 다 했는데 왜 또 뭘…… 녹화? 녹화하면서 조서를 써야 한다니 뭐하려요? 외운 걸 잘 얘기하기만 하면 집에 보내준다고요? 왜 계속 구라만 쳐요. 아까부터, 어제부터 계속 보내준다고 했잖아요. 계속, 계속 그랬잖아요. 됐어요, 집에 갈 거예요. 보내줘요. 문 잠그지 마요, 집에 갈 거라니까! 이름 이름 이름 씨발! 이름만 벌써 열 번도 더 말했잖아, 박성재라고! 열네 살 수원중학교 1학년 7반 13번 씨이발! 이거 풀어, 개새끼야. 집에 갈 거야, 갈 거라고!

2010-08-18 09:58:13

······박성재입니다. 수원중학교 1학년 7반 13번······ 저는 사실을, 사실만 말합니다. 네, 사실을······ 전부 다 기억나요. 다 말할 수 있습니다. 7월 19일이었고요. 저는 동네 공터에서 친구들이랑 축구를 했어요. 승호가 미주 누나랑 섹스할 사람 손들어, 라고 말했고 우린 다 같이······

포스트잇

1

지하 바의 실내는 어두웠다. 테이블마다 적당히 긁히고 부은 얼굴을 한 사람들이 주문을 하거나 화를 내거나 작게 투덜거리고 있었다. 하나같이 셔츠 차림이었고 팔꿈치와 허리 근처의 구김이 동일했다. 의자 등받이마다 검은 재킷과 넥타이 같은 것이 널려 있었다. 주원은 불안한 두께의 유리 테이블을, 등받이에 널린 옷가지들을 건드리지 않도록 주의하며 좁은 통로를 걸었다. 향냄새가 밴 건조한 옷깃이 피부에 닿을 때마다 주원은 소스라쳤다. 검고 변덕스러운 무언가가 제게로 훌쩍 건너올 것만 같아서였다. 불온하거나 위험한 것, 어느 쪽이든 달갑지 않기는 마찬가지였다. 주원은 최대한 몸을 작게 웅크려 구석으로 피했다. 장례식장에서와 똑같은 자세였다. 바 옆 골목에 위치한 장례식장에서 주원은 상에서 밀려난 한 접시의 떡처럼 오후 내내 굳어 있었다. 딱 그만큼의 무게와 존재감이었다.

화장실 맞은편 그늘진 자리에 앉아 주원은 넥타이를 풀었다. 폭이 넓은 지퍼형 넥타이는 장례식장에 파견된 상조 직원이 빌려준 것이었다. 목에서 막 풀어냈음에도 조문용답게 서늘하고 뻣뻣했다. 완벽한 복장으로 유족보다 더 빨리 장례식장에 도착하는 상조 직원이라니. 그가 진중한 얼굴로 장례 절차를 일러주고 잘못을 바로잡아줄 때마다 주원은 세상에 다시없을 불효자가 된 기분이었다.

테이블에 올려두었던 넥타이를, 주원은 겉옷 안주머니에 쑤셔 넣었다. 차가운 벽에 머리를 기대자 백시멘트 가루가 부스스 흩어져 주원의 어깨 위로 쏟아졌다. 천장에 드문드문 박힌 노란 전구가 필사적으로 빛을 뿜어내고 있었다. 그래서인지 사각지대에서 한계까지 몸을 부풀린 그림자가 더욱 눈에 띄었다. 주원은 멍하니 그림자를 들여다보았다. 노란 불빛과 그림자가 경쟁하듯 서로의 몸을 밀며 테이블 위로 흘러내렸다.

ㅡ……나와 나와 나의 세계였던 겁니다.

주원은 흠칫 놀라 상체를 일으켰다. 제법 길게 잠이 들었었는지 오른쪽 뺨이 차갑게 굳어 있었다. 감각이 둔해졌음에도 턱이 미묘하게 비틀린 느낌만은 선명했다. 손바닥으로 얼굴을 문지르자 시멘트 가루가 묻어나왔다. 주원은 당황한 얼굴로 맞은편에 앉아 있는 남자를 바라보았다. 언제부터 함께였는지 모를 남자의 앞에 빈 유리잔이 두 개나 놓여 있었다. 남자가 손에 들고 있던 세번째 잔을 테이블에 내려놓고는, 미지근해진 물수건을 주원에게 건넸다.

—아시겠습니까?

—네? 뭘를요?

—지금껏 설명하지 않았습니까. 나와 나와 나의 세계에 대해서요.

—모, 모르겠는데…… 중요한 건가요?

—중요한 겁니다.

주원은 말을 얼버무리면서 남자에 대한 기억을 더듬었다. 화장실에서 나온 남자가 주원의 앞에 털썩 주저앉던 장면이 어렵지 않게 떠올랐다. 마르고 상체가 길쭉한 남자였다. 그림자와 노란 불빛으로 얼룩져 남자의 얼굴은 흐릿했다. 저는 당신의 일행이 아닌데요. 주원이 그렇게 말하자 남자는 가볍게 손을 흔들어 주문을 추가하며 말했다. 어차피 다들 비슷하지 않겠습니까. 무언가를 견뎌내고 있다는 점에서. 그런 의미의 일행인 겁니다, 우리는.

남자가 유리잔을 천천히 흔드는 동안 달각거리며 몸을 부딪는 얼음들을, 주원은 골똘히 바라보았다. 기억 속에서 똑같은 장면을 적어도 열 번쯤 본 것 같았다.

―사람들은 아주 중요한 걸 대수롭지 않게 치부해버리는 못된 습관을 갖고 있습니다. 중요합니다, 중요해요. 세상에 중요하지 않은 게 어디 있겠습니까.

　―나와나와, 흐음, 그 뭐라는 세계 말이죠.

　―나와나와나의 세계.

　―네, 나와나와나의…… 중요한 것치고는 이름이 좀…… 유치한데요. 진짜 중요한 건가요?

　―유치한 게 아닙니다, 그 세계는. 무시무시하다면 모를까.

　남자가 정색을 하며 턱을 문질렀다. 콧잔등과 인중에 노랗게 고여 있던 불빛이 우물쭈물 다른 부위로 옮겨붙었다. 취한 건가. 주원은 슬그머니 시간을 확인했다. 바에 들어온 뒤로 세 시간 정도가 지나 있었다. 그 정도면 누나의 직장 동료들이 애도를 표하고 돌아가기에 충분한 시간이었다.

　―그 세계에 대해선 언젠가 기회가 될 때 다시 이야기하죠. 그만 돌아가봐야 해서요.

　―그러십시오.

　남자가 순순히 고개를 끄덕였다. 주원은 오른쪽 옆머리와 어깨에 붙은 가루들을 털어내며 자리에서 일어섰다. 계산서를 찾아 두리번대는 사이 남자가 빠르게 덧붙였다.

　―분명 다시 얘기할 기회가 올 겁니다.

　―네?

─당신이 지금껏 그래왔던 것처럼, 기회를 저버리지만 않는다면 말입니다.

장례식장으로 돌아가는 내내 주원은 찜찜한 마음을 털어버리지 못했다. 백시멘트 가루가 폐포 가득 차올라 단단히 굳은 기분이었다. 남자는 무얼 알고 그런 식으로 얘기한 걸까. 그러나 다시 생각해보면 남자가 알지 못할 것도 없었다. 주원은 최근 석 달 동안 대한민국에서 가장 유명한 인물 중 하나였다. 단기간 내 가장 많은 정보가 유출된 인물이기도 했다. 주원조차 제대로 알지 못하는 기록들이 맹렬히 자가 증식하고 있었는데, 주원이 평생 기억을 되감아도 찾아낼 수 없는 것들이 대부분이었다.

빈소 입구에 반듯하게 서 있는 직원과 마주한 뒤에야 주원은 안주머니를 뒤져 넥타이를 꺼냈다.

주원은 천천히 옷깃을 정리하며 빈소1과 빈소2를, 빈소3과 빈소6을 둘러보았다. 습자지처럼 얇은 벽을 경계로 대여섯 개의 죽음이 맞물려 있는 곳. 그럼에도 슬픔의 단면이 거칠어지진 않는 기묘한 곳. 주원은 한번 더 어깨를 털고 앞이마를 닦았다. 슬픔을 짓눌러놓은 공간치고는 지나치게 예의바르다고, 주원은 생각했다.

영정 앞에 다시 자리잡은 주원 때문에 친척들이 이리저리 흩어졌다. 호기심 어린 시선과 불쾌한 기색이 역력했으나 이제 와 새삼스러울 것도 없었다.

—왔니.

주원의 어깨를 슬쩍 누르며 주원의 누나가 옆에 앉았다. 사람들을 배웅하고 온 참인지 옷자락에 매캐한 배기가스 내음이 그대로 배어 있었다. 주원은 딱딱한 표정으로 주원을 내려다보고 있는 아버지의 사진과, 그 앞에 쌓인 국화들을 바라보았다. 저 수북한 조문의 흔적 중 주원과 관계된 사람의 것은 단 하나도 없을 것이었다.

—어디에 가 있었어?

—그냥 여기저기. 누나 직장 사람들은 다 다녀갔어?

—그럭저럭.

주원의 누나가 핸드폰 화면을 톡톡 두드렸다. 지금 역에 도착했어, 라는 문자가 주원의 자리에서도 보였다. 누나의 직장 동료와 시댁 식구들, 대학교와 중고등학교 동창, 매형의 직장 동료들과 조카의 친구 부모들. 앞으로도 주원이 자리를 피해줘야 할 상황이라면 얼마든지 있었다. 빈소 입구가 발소리로 소란해지자 주원은 슬그머니 일어나 쪽방으로 스며들었다.

세상에 사건 사고가 얼마나 많은데 사람들이 아직도 널 기억하겠니. 걱정하지 마, 누가 물어보면 내가 아니라고 해줄 테니까. 누나는 그렇게 큰소리쳤지만 정작 조문객이 찾아오기 시작하자 불안하게 눈을 굴렸다. 매형의 반응은 특히 신경질적이어서 일찌감치 조카를 데리고 나간 뒤 돌아오지 않았다. 계단참에서 큰 소리로 싸우던 매형과 누나의 목소리가 아직도 생생했다. 그냥 쪽지

한 장일 뿐이잖아. 주원이 듣기에도 누나의 목소리는 불안과 모멸
감으로 떨리고 있었다.

　—설령 진짜 주원이가 그런 거라고 해도, 쪽지 한 장일 뿐이잖
아. 화를 못 참고 아무렇게나 휘갈겨 쓴 한 줄짜리 메모일 뿐이
라고.

　—당신 진심으로 하는 말이야? 그 쪽지 한 장에 처남의 썩어빠
진 인성이 드러났단 생각은 안 해? 그 쪽지 한 장에 유가족이 목을
매달 정도로 상처받았던 건 생각 안 해? 당신도 당신 동생이랑 똑
같은 그런 파렴치한 인간이었던 거야?

　—내 동생이 아니라잖아!

　—난 내가 본 것만 믿어. 그거 외에 뭘 믿으란 거야!

　주원은 쪽방과 로비와 주차장과 장례식장 근처 골목들을 번갈
아 돌며 조문객을 피했다. 흡연실 의자와 셔터를 내린 가게 앞에
오래 머물렀다. 불 꺼진 휴게실과 화장실 좌변기 칸 안에서 깜빡
잠들 때도 있었다. 지금 주원이 아버지의 장례를 위해 할 수 있는
일은 그 정도였다.

　남자는 이제야 바에서 나온 듯했다.

　골목 끝 모퉁이에 선 채로 주원은 남자를 바라보았다. 새벽 두
시였고, 이번만큼은 조문객의 시선을 피해서가 아니라 바람을 쐬
러 나온 참이었다. 아스팔트에서 올라오는 냉기 때문에 주원은 비

치되어 있던 슬리퍼를 신고 나온 것을 후회했다. 축축하게 땀에 젖어 있던 발이 얼어붙는 것 같았다. 밤바람이 표적을 정해둔 것처럼 정교하게 주원의 몸을 긋고 지나갔다.

남자는 두꺼운 고무를 덧댄 바의 출입문에서 삼사 미터쯤 떨어져 있었다. 남자의 머리 위로 곧게 떨어지는 가로등 불빛 덕분에 주원은 그를 바로 알아보았다. 창백하고 푸른 불빛이 남자의 인중과 턱에 달라붙어 익숙한 인상을 그려내고 있었다. 남자는 다리를 느슨하게 벌린 채 주저앉아 있었는데, 그 모습이 이상하리만치 태연했다. 춥지 않나. 발가락을 옴죽거리며 주원은 그의 모습을 살폈다. 옆면이 지저분하게 긁힌 구두 한 짝을 쥐고 있는 남자의 손이 먼저 눈에 띄었다.

주원은 남자가 뚜껑이 반쯤 열린 맨홀에 한쪽 다리를 쑤셔넣고 있다는 사실을 깨달았다. 다리가 빠진 건지 일부러 집어넣은 건지는 알 수 없었다. 확실한 건 남자가 구두 한 짝을 손에 쥐고 주저앉아, 무언가를 흥얼대고 있다는 사실이었다. 검은 구멍에 파묻힌 허벅지 아랫부분에는 전혀 관심 없다는 듯한 태도였다. 남자가 단조로운 리듬으로 고개를 끄덕였다. 졸고 있거나 흥얼대는 노래에 맞춰 박자를 헤아리고 있거나 둘 중 하나였다.

―취했구만.

주원이 짧게 읊조렸다.

―저만큼 취한 거라면 할 수 없지.

맨홀에서 한쪽 다리를 빼내는 것쯤이야 어렵지 않을 듯했다. 양
팔을 지지대 삼아 빠지지 않은 다리에 우쩍 힘을 주면 끝이었다.
종아리와 허벅지 근육이 가볍게 수축하는 것이 앞으로 일어날 변
화의 전부였다. 주원은 차게 식은 몸 이곳저곳을 손바닥으로 비비
며 몸을 돌렸다. 남자의 흥얼거림이 조금 더 커졌다. 주원의 손이
닿는 곳마다 우수수 우수수 시멘트 가루가 떨어져나와 밤바람에
흩어졌다.

2

아버지 집에서 쉬다 오는 게 어떻겠냐고 권해온 것은 주원의 누
나였다. 당초 일주일 예정으로 학교에 제출했던 병가는 주원의 뜻
과 상관없이 무한정 길어지고 있었다. 일 년쯤 푹 쉬시는 것도 방
법이겠고오, 하며 말을 늘이던 교감은 마무리도 짓지 않은 채 전
화를 끊었다. 일 년 휴직계를 신청하니 이미 휴직 처리되어 있다
는 행정실의 답변이 돌아왔다.

　―가끔 동네 사람들이 찾아올 텐데 신경쓸 거 없어.

　주원의 집 냉장고에 김치며 반찬들을 차곡차곡 쟁여넣느라 주
원의 누나는 내내 등을 돌린 채였다.

　주원은 오차 없이 완벽한 리듬으로 움직이고 있는 누나의 어깨

와 팔을 바라보았다. 아버지 집 현관 비밀번호가 적힌 쪽지와 비상 열쇠, 장례식 때 들어온 조의금을 정확히 반으로 나눈 돈봉투가 식탁 위에 놓여 있었다. 주원이 몇 차례나 거절한 것들이었다. 주원의 지인 중 누구도 장례식에 오지 않았으니 어떻게 봐도 주원과 무관한 돈이었다. 아버지 집에 촘촘히 드나들며 마지막까지 수발을 든 사람도 누나였다.

—그 동네 땅값이 갑자기 치솟았잖아. 돈 좀 있는 사람들이 들어와서 별장 지어놓고 노닥거리다보니 아버지 집이 눈에 거슬리는 모양이더라고. 오래된데다 별나게 지어지기도 했으니까. 수시로 찾아와서 땅을 팔아라, 공사를 새로 해라 유난들을 떠니까 그냥 무시해. 아버지 집은 팔 생각도, 뜯어고칠 생각도 없어.

—누나.

—보기 좋은 집은 아닌데, 그래도 오래 보니까 정이 들더라, 그 집이. 너도 지내다보면 편안해질 거야. 주변 풍경도 괜찮으니까 머리 비우고 쉬기 딱 좋지.

주원의 누나는 차 한 모금 마시지 않고 빈 통을 챙겨 일어났다. 아래에서 매형이 기다린다고 했다. 네 매형 그렇게 나쁜 사람 아니야. 현관에 서서, 부츠 지퍼를 올리고 바짓단을 정리하고 옷깃을 오래도록 매만지던 누나가 비로소 주원과 마주섰다.

—진실이란 건 때론 엄청나게 힘이 없는 모양이야.

돌려줄 작정으로 주원이 들고 나온 봉투와 여타의 것들을, 주원의 누나가 힘주어 밀어내며 고백했다.

　—나는 분명히 너를 믿고 있는데, 그런데도 가끔 그 사진이 눈앞에서 아른거려. 의심이 자꾸 피어올라. 그래서 내가, 널 보기가 미안해서 그래.

　대수롭지 않은 일이라고 생각했었다. 진실이니 왜곡이니 거창한 말을 덧붙일 필요도 없었다. 일종의 해프닝이라고, 굳이 따지자면 질 낮은 해프닝이 운 나쁜 사람에게 벌어진 거라고 생각했다. 그렇게 생각해 방치한 것이 화근이었다. 지금에 와서는 누구를 상대로 무엇을 통해 오해를 바로잡아야 하는지조차 가늠할 수 없었다.

　시작점은 무더운 날 벌어진 자녀 살해사건이었다.

　끈질긴 햇빛이 광란하듯 쏟아지던 8월이었다. 폭염과 폭력의 기록이 경쟁하듯 높아졌다. 연일 보도되는 뉴스는 무더위로 사망한 사람과 걷잡을 수 없이 치솟는 불쾌지수와 공격적으로 변한 동물들 이야기로 가득했다. 자녀 살해사건도 그런 뉴스 중 하나였다. 요약된 기사에는 살인적인 더위 속 대로 한복판에서 아버지가 딸을 때려죽인 사건, 이라 기록되었으나 실제는 조금 달랐다. 아버지가 집에서 휘두른 스패너가 여학생의 뇌를 일차적으로 망가뜨렸다. 집에서 뛰쳐나가는 여학생을 아버지가 계단에서 밀어 떨어뜨리면서 여학생의 갈비뼈와 팔이 부러졌고, 비틀대며 대로로 나가는 동안 뒤에서 걸어차고 머리채를 휘어잡는 통에 경추골절이 일어나고 비장이 터졌다.

그럼에도 여학생은 꾸준히 골목을 걷고 기어 대로로 나갔다. 밤 열한시쯤 벌어진 일이었으나 열대야가 계속된 만큼 거리 곳곳에 사람들이 박혀 있었다. 여학생은 지하철역 앞 택시 승강장에 도착해 힘없이 손을 흔들었다. 보도블록에 주저앉았고 고개를 무릎 사이에 틀어박았다. 앞으로 길게 쏟아진 머리칼이 여학생의 처참한 얼굴을 숨겨주었다. 아버지는 거기까지 쫓아와 여학생의 뒤통수를 두 차례 후려갈겼다. 여학생은 크게 휘청인 끝에 원래의 자세로 돌아갔다. 거리의 누구도 아버지를 말리지 않았고 여학생을 위해 구급차나 경찰차를 불러주지 않았다. 뒤통수 두 대는 결정적이고 치명적인 폭력이라 칭하기 애매한 구석이 있었다. 가정과 골목에서 쏟아진 폭력에 대해 알고 있는 사람은 없었다. 아버지는 여학생에게 욕설을 퍼부은 뒤 집으로 돌아갔다.

여학생은 두 시간 동안 택시 승강장 보도블록에 앉아 있었다.

그동안 택시들이 몇 차례 경적을 울리다 다른 손님을 태우고 떠났다. 한 남자가 여학생 다리 아래 흥건히 쏟아진 무언가를 보고는 소변을 보았다고 생각해 혀를 차며 지나갔다. 그것은 여학생이 앉은 자리에서 끊임없이 게워낸 피였다.

사건이 크게 보도되기 시작한 건 택시 승강장 벽에 붙은 애도의 쪽지들 때문이었다. 여학생의 반 친구들과 선생이 택시 승강장에 찾아와 국화꽃을 놓고 갔다. 여학생이 오래 앉아 있었던 보도블록에 그녀가 좋아했던 크런키초콜릿과 웨하스를, CD와 책을 두고 갔다. 승강장 벽면에 여학생과 함께 찍은 사진과 편지를 붙이고 갔다. 사진 속 여학생은 말간 얼굴로 웃고 있거나 침팬지처럼 콧잔등을 구긴 채 키득대고 있었다. 사건을 알게 된 시민들이 여학생의 앳된 얼굴을 더듬어보고는 그 위에 애도의 쪽지를 덧붙이기 시작했다. 애도의 물결은 승강장 벽면이 수 겹의 메모지로 촘촘히 뒤덮일 때까지 계속되었다.

주원 역시 사건에 대해 알고 있었다. 여학생이 죽은 택시 승강장이 주원의 퇴근길에 위치해 있어 남들보다 더 빨리 사건에 대해 알았다. 주원은 벽을 차곡차곡 덮어가는 색색의 메모지를, 보도블록에 쌓여가는 국화와 선물들을 전부 지켜보았다. 더이상 놓을 곳이 없어지자 사람들은 합판으로 단을 쌓아 향초와 화분과 쿠키 상자를 쌓아나갔다. 택시는 승강장에서 삼 미터쯤 떨어진 곳에서 손님을 태웠다. 애도의 마음이 겹겹이, 단단히 일어서면 벽이 된다는 걸, 주원은 처음으로 알게 되었다.

함께 애도를 표하고 싶었으나 주원은 노란 포스트잇을 마주할 때마다 숨이 막혔다. 빈약한 돛단배에 올라탄 것처럼 속이 울렁거려 견딜 수가 없었다. 어떤 말을 써야 하는지, 어떤 말을 쓸 수 있는지 감이 잡히지 않았다. 주원은 다만 퇴근할 때마다 택시 승강장 앞에 멈춰 서 여학생을 위해 기도했다. 벽에 붙은 애도의 기록들을 일일이 읽어 삼켰다. 금세 떨어질 것처럼 팔랑이는 쪽지에 스카치테이프를 붙여주기도 했다. 그러다 주원은 다른 쪽지와 달리 험악한 글씨체로, 그보다 훨씬 험악한 내용을 휘갈겨놓은 쪽지를 발견했다.

그것은 살해당한 여학생이 들어서는 안 될, 모욕적이고 차별적인 발언이었다. 그런 말은 여학생뿐 아니라 세상의 어떤 사람도 들어서는 안 됐다.

오롯이 악의에 찬 한 문장을, 주원은 힘껏 노려보았다. 쪽지를 잡아 뜯을 셈으로 손을 뻗었다. 그러나 기이한 윤리가 그의 손을 멈추게 만들었다. 이것이 그 사람의 자유 표현이라면 비판할 수 있을지언정 훼손해선 안 되는 것 아닌가. 무엇보다 이것을 욕하고 훼손할 자격이 나한테 있는가.

뺨을 거칠게 후려맞은 것처럼 관자놀이가 욱신거렸다. 맥박이 시끄럽게 뛰었다. 어쨌든 주원은 손을 거두었고, 쪽지는 살아남았다.

때마침 애도의 현장을 취재하러 왔던 기자가 주원을 보았다. 여학생의 죽음을 네 번이나 보도했을 정도로 기자는 꾸준한 사람이었다. 지속적인 관심과 정직한 호소가 세상을 바꾼다고 믿었다. 그런 의미에서 애도의 벽은 아름답고 숭고한 건축물이었다. 무언가가 바뀌고 있다는 명백한 신호였다. 기자는 색색의 애도들을 카메라에 담다가 일그러진 얼굴로 멈춰 서 있는 주원을 발견했다. 벽면에 붙인 쪽지를 손가락으로 힘껏 누르고 있는 주원의 얼굴은 저절로 카메라 셔터를 누르게 될 만큼 인상적이었다. 주원이 떠난 뒤 그의 쪽지를 클로즈업해 촬영한 기자는 경악했다.

그것은 추악하고 저열한 기록이었다.

추모 현장을 오염시킨 장본인은 기자의 카메라 속에 선명히 남아 있었다. 기자는 신속한 보도를, 두려움 없는 고발을 신념대로 수행했다.

기사 속 주원의 얼굴은 흐리게 모자이크 처리되어 있었다. 그러나 주원의 학생들은 그가 즐겨 입는 옷과 쌍가마인 탓에 늘 미묘하게 뻗쳐 있는 머리카락과 납작한 뒤통수를 예민하게 포착했다. 오른쪽이 살짝 솟은 불균형한 어깨와 팔뚝 핏줄이 솟은 위치와 기역자로 휘어진 왼손 약지도 알아보았다. 고등학교 윤리 선생이라는 직업이 세상에 알려지자 비난의 수위가 폭발적으로 높아졌다. 몰락은 순식간이었다.

주원은 온라인상의 무엇을 확인해볼 여력조차 없었다. SNS에서 쏟아지는 폭언은 아무것도 아니었다. 주원의 수업시간이 되면 아이들은 흰 마스크를 쓰고 앉아 오로지 주원을 노려보는 데만 몰두했다. 일정한 박자로 책상을 두드리고 발을 굴러 주원을 위협했다. 교탁을 치워버리거나 앞문을 잠그는 건 예사였다. 책상을 전부 돌려 주원에게 등을 보인 채 자습을 진행하는 반도 있었다. 복도에서 작고 날카로운 것이 날아드는 일은 흔했고 주원의 뒤에 대고 큰 소리로 욕설을 퍼붓는 학생도 있었다. 주원은 쉬는 시간마다 게릴라처럼 교무실로 뛰어든 학생들이, 자신의 책상에 빼곡히 포스트잇을 붙이는 광경을 견뎌야 했다. 샛노랗게 비어 있는 포스트잇이 주원을 더욱 고통스럽게 만들었다.

─우리 학교가 덕분에 아주 유명해졌습니다.

주원을 불러다 앉힌 교감이 절레절레 고개를 흔들며 말했다.

─학부형들 항의도 항의지만, 나는 오십 년 전통의 우리 학교가 이런 난장판이 됐다는 걸 참을 수가 없어요. 선생이 한 몰상식한 짓 때문에 우리가 지금 어떤 피해를 보고 있는지 아십니까?

─제가 한 게 아닙니다. 저는 정말로 추모를 하려고 거기 갔었어요. 그 쪽지에 손을 댄 건, 사실 그건……

─이걸 봐요.

책상 위에 놓인 주원의 사진을, 교감이 가볍게 밀었다. 험악하게 구겨진 주원의 얼굴. 핏발 선 눈과 요철이 심해진 얼굴근육이 모자이크 없이 놓여 있었다. 택시 승강장 벽에 붙은 알록달록한 메모지가 주원의 검붉은 얼굴을 더욱 도드라지게 만들었다.

─이런 겁니다. 진실이란 건. 눈앞에 이런 게 떡하니 있는데 무슨 말이 먹히겠습니까? 이게 선생이 말하는 추모의 얼굴입니까? 선생 눈에는 그래 보여요?

주원의 아버지가 도심 외곽에 건물을 지은 건 이십 년도 더 전의 일이었다. 아무래도 집이라고 부르긴 어려운 모양새였다. 새카맣고 길쭉한, 굳이 특징을 찾아내자면 올바르게 각이 잡힌 삼층 건물이었다. 아버지가 처음 남매를 데리고 와 건물을 보여줬을 때 주원은 불탄 담뱃갑을 떠올렸다. 대학 신입생이 되자마자 서둘러 배운 담배가 뒷주머니에 꽂혀 있던 탓이었다.

　후에 주원의 누나는 그날 그 건물을 보며 거대한 도미노 골패를 떠올렸다고 말했다. 뒤로 척척 세워진 골패들이 한 번에 와르르 넘어가는 게 눈에 보이는 것만 같았다고. 흡족한 기색의 아버지 표정과 달리 그런 식의 불길하고 두려운 장면이 눈앞으로 척척 걸어들어오더라고.

　언제부터 이것을 스스럼없이 집이라 부를 수 있게 되었을까. 주원은 여전히 불탄 담뱃갑 같기도, 도미노 골패 같기도 한 건물 앞에 서서 생각했다. 아버지 집 앞뒤로 늘어서 있는 건 지나치게 낭만적인 모습으로 설계된 현대식 건물들이었다. 아기자기하게 꾸며진 정원과 테라스가 딸린 화사한 건물, 원목으로 만든 가늘고 긴 선베드와 테니스 코트가 바투 선 아버지 집을 한층 더 을씨년스럽게 만들었다.

　주원은 마지막 한 개비의 담배처럼 검은 집에 꽂혀 지냈다.

　딱히 해야 할 일도 하고 싶은 일도 없었다. 이층으로 올라가는 좁은 계단에 앉아 책을 읽거나 전자레인지에 데운 음식을 먹었다. 햇빛이 드는 곳에 기대 잠들었다가 어두워지면 길고 좁은 정원을 내다보았다. 타르처럼 끈적끈적한 어둠이 눌어붙어 있어 정원은 거대한 돌계단으로 보였다. 무엇을 해도 익숙해지지 않는 집이었다. 어디에 있어도 뾰족한 모서리가 주원의 살갗을 찌르는 것 같았다. 집안의 가구들은 실제로도 날카롭게 각이 져 있었다. 모서리를 갈아내고 싶어질 때마다 주원은 아버지를 떠올렸다. 마지막으로 문병을 갔을 때 아버지는 깜짝 놀랄 만큼 졸아들어 있었다.

가죽이구나. 주원은 병실로 들어서면서 그렇게 생각했다. 아버지의 얼굴은 아무렇게나 묶어낸 긴 가죽 같았다. 오래 써서 이곳저곳 구멍이 뚫린 가죽 주머니가 아버지 대신 침대에 누워 있었다.

—난 이 병원이 마음에 든다.

아버지는 오랜 입원생활을 변명하듯 숨을 몰아쉬며 그렇게 말했다.

—사방이, 딱 떨어지는 사각형, 멋지지 않냐. 멋진 곳이다. 느이 누나가 좋은 곳을 골랐어. 각이 이렇게, 이렇게 뚜렷하게 진 건 어떻게 봐도 괜찮다. 아주 좋아. 군대에서도 그렇게 가르친다. 꽉 각을 잡아서, 그게 최고 좋은 거라고.

3

배달된 즉석식품 상자를 집안으로 들여놓으려던 주원은 어정쩡하게 제자리에 멈췄다. 웬 남자가 문 앞에 쌓인 상자 중 하나를 끌어안고 서 있었다. 마르고 상체가 길쭉한 남자였다. 앞집에 삽니다. 남자가 인사 비슷한 걸 주원에게 건넸다. 앞집이라면 그나마 단조로운 지붕과 한 가지 색으로 된 외벽을 지닌 집이었다. 주원은 꾸벅 고개를 숙였다.

―처음 뵙겠습니다.

―그럴 리가요.

남자가 상자를 집안으로 밀어넣으며 대답했다. 이전에 뵌 적이 있었던가요? 주원은 상자에 발이 찍히지 않게끔 뒤로 물러나며 물었다. 모서리라면 집안의 것만으로도 충분했다. 주원이 물러선 공간에 남자가 빠르게 파고들었다. 상자들을 차례차례 집안으로 들여놓은 뒤엔 당연하다는 듯 뚜껑을 열어 새우볶음밥 두 개와 냉동만두를 끄집어냈다.

주원은 아버지를 만나러 왔던 오래전 여름과 겨울을 더듬었다. 이웃이니 한 번쯤 마주치거나 인사를 나눈 적이 있을지 몰랐다. 기억 어디에도 남자의 얼굴은 없었으나 가늘고 좁은 코 밑으로 떨어지는 노란 그림자 같은 것이 어쩐지 익숙했다. 남자가 이죽거리듯 입술을 움직였다.

—기억력이 형편없으십니다.

—예, 뭐……

—그래서, 생각은 좀 해보셨습니까?

—뭘요?

—나와 나와 나의 세계에 대해서 말입니다.

똑바로 주방을 찾아 들어간 남자는 프라이팬을 꺼내 새우볶음밥을 익히고 전자레인지에 만두를 해동시켰다. 싱크대 안쪽에서 간장과 식초를 끄집어내는 폼이 자기 집처럼 익숙했다. 이 집에 자주 오셨나요? 주원이 묻자 남자는 팔을 크게 휘저어 계단 옆 벽에 달린 할로겐등과 천장 조명들을 가리켰다.

—전부 제가 단 겁니다.

—조명 기사세요?

—번역갑니다. 낮에 번역을 하고 밤에는 소설을 씁니다.

—그런데 왜?

—허리도 시원찮은 노인네가 사다리 위에서 조명을 갈게 할 수는 없잖습니까. 이웃사촌이니 도와야지요. 종종 와서 밥도 얻어먹고 했습니다. 장례식장도 다녀왔어요. 그쪽은 기억 못하는 모양이지만.

주원이 우물쭈물 말을 흐렸다. 장례식장에서의 장면은 대부분 머릿속에 없었다. 장례를 치르는 동안 주원이 줄기차게 마주한 건 방수 페인트를 덕지덕지 칠한 주차장 바닥과 휴게실 벽에서 텔레비전을 뜯어내고 남은 자국, 쪽방에 잔뜩 쌓인 친척들의 옷가지와 가방 등이었다. 주원과 가장 많이 얘기하고 얼굴을 마주한 사람은 상조 직원이었다. 상조 직원의 얼굴이라면, 고지식해 보이는 은테 안경과 얇은 입술과 두 개로 쪼개져 완강하고 고집스러워 보이는 턱에 대해서라면 주원도 얼마든지 할 얘기가 있었다.

남자가 싱크대 상단에서 푸른 접시를 꺼내 볶음밥을 담았다. 간장종지를 찾지 못해 잠시 헤매는가 싶더니 종이컵 밑을 가위로 쓱쓱 잘라 종지를 만들어냈다. 같이 드시죠. 남자가 식탁에 앉아 권하는 바람에 주원은 손님이 된 기분으로 맞은편에 앉았다. 자신이 어떻게 해도 익숙해지지 않던 날 선 모서리들이 남자의 손 아래서는 더없이 유순한 숨을 몰아쉬고 있었다.

―나와나와나의 세계는 말입니다, 단 한 명의 인간으로만 채워진 세계를 뜻합니다.

―그게 어디에 있는 세계인데요?

―내 소설 속에.

남자가 이층으로 올라가는 계단으로 다가가더니 제일 아래 계단 상판을 뜯어냈다. 주원이 놀라 일어나자 안에서 술병을 끄집어내서는 장난스럽게 흔들어 보였다. 술 보관창곱니다. 따님 몰래 만드신 건데 결국 한 병도 못 마시고 가신 모양이네요. 남자가 유리잔 두 개에 술을 따라 이번에도 손님에게 권하듯 주원에게 건넸다.

—내 소설 속 세계는 이렇습니다. 지구상에 존재하는 인간은 한 명뿐인데 그의 전생과 현생과 후생이 전부 뒤엉켜 지표면 위로 쏟아져나와 있는 상태인 겁니다. 그가 삼천 번쯤 죽고 환생하길 거듭했다면 삼천 명이 동시에 튀어나와 제각각 살아가는 거죠. 세계에 깔려 있는 모든 사람이 근본적으로는 나인 셈입니다. 나는 나에게 영향을 받고 또다른 나에게 영향을 주고 그게 얽히고설켜 점점 더 엉망인 세상을 만들어갑니다. 세계 어느 곳에서 나는 나를 돕거나 위로하고 반대편에서 나는 나를 괴롭히거나 죽입니다.

—호러물인가요?

—그럴 리가요, 그냥 세상 사는 얘깁니다. 소설이란 게 다 그렇듯이요. 원리는 생각보다 간단합니다. 두 사람이 길을 가다 싸움을 한다고 생각해보세요. 한 사람이 주먹으로 다른 사람을 때렸습니다. 그럼 때린 사람도 나, 맞은 사람도 내가 되는 겁니다. 지나가는 사람이 이들을 말렸다면 그것도 나, 누군가 본척만척 도망쳐버렸다면 그것도 나. 모든 게 철저히 돌고 돌아 나에게 오는 겁니다. 부메랑처럼.

—부메랑처럼?

—반드시 돌아오죠. 어떤 식으로든.

주원은 유리잔에 담긴 맑은 액체를 조금 마셨다. 순식간에 혀뿌리까지 얼얼해질 정도로 도수가 높은 술이었다. 주로 막걸리를 마시던 아버지가 숨겨놓은 술이라기엔 이상한 구석이 많았다. 무엇보다 술병이, 더없이 둥글었다. 남자는 무얼 알고 이런 식으로 얘기하는 걸까. 나와나와나의 세계, 나와나와, 나의. 주원은 남은 볶음밥을 숟가락 뒷면으로 꾹꾹 눌러 으깨다 문득 깨달았다.

—그러고 보니 그때.

—그때?

—그 사람이었군요. 장례식장 옆 술집에서. 맨홀에 다리가 빠진 걸 봤는데.

—무슨 소립니까. 맨홀에 빠진 건 당신이에요. 나는 골목 끝에서 당신을 지켜봤습니다. 허우적거리고 있는 당신을 보고는 취했구나 생각했습니다.

—그건 내 얘기예요. 당신을 구경한 사람도, 취했구나 생각한 사람도,

—납니다.

—나예요.

달각, 하고 빈 유리잔이 식탁에 놓였다. 해가 기울고 있는지 길고 납작한 빛이 스며들어 주원의 발목 근처에서 일렁거렸다. 아버지의 집은 채광을 꼼꼼히 따지지 않은데다 마음 내키는 대로 창문을 내는 바람에 덩어리진 햇빛이 서너 개씩 굴러다니거나 그물코처럼 얇게 저며진 햇발이 일조량의 전부이거나 했다. 가까스로 스며든 햇빛 끄트머리에 하얗게 일어난 먼지들이 달라붙어 있었다.

―농담입니다.

남자가 도무지 농담으로 들리지 않는 목소리로 덧붙였다.

―당신일 리가 없지 않습니까. 맨홀에 다리가 빠진 건 나고 구경만 하다 돌아가버린 건 당신입니다. 꽤 곤란했던 건 사실입니다. 맨홀에 빠지면서 다리가 골절되고 양 손목을 삐는 바람에 꼼짝할 수 없었거든요. 몸을 일으키는 그 간단한 동작이 되질 않더라 이겁니다. 바 주인이 문을 닫고 나온 새벽 네시까지, 꼼짝없이 앉아 있었습니다. 고독하고 무료해서 노래를 부르다가 그런 생각이 들더군요. 맨홀 뚜껑이 활짝 열려 있었다면 나는 어떻게 됐을까. 아무도 그 안을 들여다보려 하지 않았을 텐데 그럼 나는 어떻게 됐을까.

―그런 사정인 줄 몰랐어요. 미안해요.

―괜찮습니다. 그렇게 지나친 게 처음도 아닐 텐데요.

―뭐라구요?

―익숙하지 않으십니까, 그런 상황은.

무언가가 죽었거나, 곧 죽게 될 것 같은 8월 한낮이었다.

주원은 가로수 아래 떨어져 돌멩이처럼 굳어 있는 매미를 보았다. 혀를 길게 빼물고 작은 화분 뒤에 누워 그림자가 움직일 때마다 머리만 들썩이는 개를 보았다. 밟히고 다져져 다홍색 테이프처럼 변한 지렁이를 보았다. 늘어진 젖가슴을 헐렁한 러닝셔츠로 가리고 선풍기를 따라 돌고 있는 노인을 보았다. 다만 무료한 여름 한낮이었다. 여름방학에 들어서면서 주원에겐 일과랄 것이 없어졌다. 윤리 과목은 보충수업도, 평가 시험 준비도 없어 오롯한 방학을 맞이한 참이었다.

선풍기를 틀어놓고 가만히 누워 있으면 코와 뺨과 배가 차가워지고 방바닥과 맞붙은 등과 엉덩이에서 땀이 줄줄 흘렀다. 주원은 선풍기 타이머를 맞춰두고 신호음이 들릴 때마다 몸을 뒤집으며 시간을 보냈다. 낮은 지나치게 길었고 해가 뜨거웠다. 생수라도 사려고 슈퍼에 나가면 머리카락 끝이 바직바직 소리를 내며 타들어갔다. 주원은 해가 떨어진 뒤에, 거리가 느슨해지고 빈틈이 생길 때를 골라 외출했다. 그날 역시 그랬다.

주원은 담배 한 갑 때문에 집을 나선 참이었다. 밤 열시가 훨씬 넘은 시간이었다. 해가 진 뒤에도 아스팔트가 지글지글 끓어올라 자정이나 되어야 가까스로 숨이 트일 정도였다. 주원은 골목과 골목을 통과해 대로로 나가고 있었다. 지하철역 앞의 오래된 빌라촌은 건물 사이가 좁고 골목이 길었다. 몸을 세로로 돌려 빠져나가야 하는 구간도 있었다. 가까스로 빠져나간 뒤엔 배와 엉덩이 쪽에 이끼가 붙어 있지는 않은지 세심히 살펴야 해서, 출근할 때라면 결코 택하지 않을 샛길이었다.

여학생과 마주친 곳은 샛길 한복판이었다.

여학생은 좁은 샛길에 고요히 끼어 있었다. 그저 걸음을 멈춘 것뿐이겠지만 골목이 워낙 비루해 짓다 만 벽 사이에 사람이 끼어버린 것 같았다. 주원은 뒤로 서너 발자국 물러서 기다렸다. 슈퍼까지 가는 지름길은 그곳 하나뿐이었다. 여학생은 눈을 감고 소리 없이 숨을 내뱉고 있었다. 그러다 문득 눈을 떠 길 끝에 선 주원을 마주보았다. 길게 늘어뜨린 머리카락 때문에 표정은 읽을 수 없었다. 여학생은 천천히, 그러나 길의 특성상 어쩔 수 없이 꽃게처럼 뒤뚱뒤뚱 뒤로 물러나 어느 빌라로 들어갔다.

담배 한 갑을 사고 십 분쯤 더 걸어 복권방에서 연금복권을 산 뒤 돌아오는 길에 주원은 여학생과 한번 더 마주쳤다. 여학생은 아까와는 사뭇 다른 모습이었다. 골목에서 막 대로로 빠져나오는 참이었는데, 걸음이 심하게 흔들리고 몇 걸음마다 헛구역질 비슷한 걸 했다. 머리가 오른쪽으로 줄곧 기울어서 졸다 깬 것처럼 퍼뜩 몸을 세웠다 기울어지길 반복했다. 머리카락이 엉망으로 흩어져 있어 옆에서 바라보는 것만으로도 스산한 기분이 들 정도였다. 무슨 일이 있니? 주원은 그렇게 물었으나, 스스로 생각하기에도 너무 작고 흐릿한 목소리였다.

—저 망할 년 저거! 집안 망신을 아주 혼자 다 시키고 자빠졌고!

불쑥 튀어나온 목소리에 주원은 담뱃갑을 떨어뜨릴 정도로 놀랐다. 작고 땅딸막한 사내가 주원더러 들으라는 듯이 목청껏 소리치며 뛰어오고 있었다. 목소리를 들은 여학생이 갈지자로 비틀비틀 움직였는데, 그 걸음이나 휘청이는 각도가 만취한 사람과 몹시 흡사했다.

—거, 냅두쇼! 딸년 단속 잘못한 건 내 알아서 할 테니까.

주원은 바짝 다가드는 사내에게서 얼른 몸을 뗐다. 한밤인데도 뜨거운 열기가 목으로 치받치는 것처럼 강렬했다. 사내의 열 오른 몸뚱이가 곁을 스치는 것만으로도 짜증이 났다. 그뿐 아니라 사내의 얼굴과 말투가 지나치게 거칠어, 눈이 마주치면 검고 변덕스러운 무언가가 제게로 훌쩍 건너올 것만 같았다. 불온하거나 위험한 것, 어느 쪽이든 달갑지 않기는 마찬가지였다. 주원은 최대한 몸을 작게 웅크려 구석으로 피했다. 사내가 주원을 지나쳐 대로변으로 나갔다.

여학생은 택시 승강장 보도블록에 앉아 있었다. 무릎 사이에 머리를 푹 파묻은 것이 오륙 미터 떨어진 곳에서도 환히 보였다. 달려간 사내가 여학생의 머리를 세게 후려쳤다. 여학생이 휘청했다. 다시 한번 더 세게 후려쳤다. 휘청한 여학생이 오뚝이처럼 제자리로 돌아왔다.

주원은 골목으로 들어가는 모퉁이에 서서 여학생과 사내를 번갈아 보았다. 여학생은 다리를 느슨하게 벌린 채 주저앉아 있었는데, 그 모습이 이상하리만치 태연했다. 아프지 않나. 담뱃갑 비닐을 벗기며 주원은 여학생의 모습을 살폈다. 앞으로 마구 쏟아져내린 긴 머리칼 때문에 가늠할 수 있는 건 거의 없었다.

씨근덕대면서 뛰어나왔던 모습 그대로, 사내는 골목 안쪽으로 사라졌다. 여학생은 여전히 자리에 주저앉은 채였다. 무언가를 흥얼대는 것처럼 몸이 가볍게 흔들리기도 했다. 보도블록에 주저앉은 몸이나 벌어진 허벅지에는 전혀 관심이 없다는 듯한 태도였다. 여학생이 단조로운 리듬으로 고개를 끄덕였다. 졸고 있거나 흥얼대는 노래에 맞춰 박자를 헤아리고 있거나 둘 중 하나였다.

—취했구만.

주원이 짧게 읊조렸다.

—저만큼 취한 거라면 할 수 없지.

여학생이 술에 취해 휘청대고 돌아다닌다면 부모 입장에서야 뒤통수 두 대쯤 때리지 못할 이유가 없었다. 집안 망신이니 딸년 단속이니 사내가 떠들어댄 것도 이해가 갔다. 술이 깨는 건 금방일 것이다. 그때는 양팔을 지지대 삼아 허리에 우쩍 힘을 주고 일어서면 끝이었다. 집으로 돌아간 뒤엔 사내에게 다시금 뒤통수를 두어 대 더 맞겠지만 그 정도면 양호했다.

주원은 집으로 가기 위해 돌아섰다. 그러나 기이한 윤리가 그의 다리를 다시금 붙들었다. 한밤중에 만취한 여학생을 거리에 두고 가는 게 맞는 걸까. 하지만 이런 시간에 여학생을 부축해주느니 돌봐주느니 손을 댔다가 성추행범으로 매도당하면 어쩌지. 화를 누그러뜨린 다음 사내가 돌아와서 여학생을 데려가지 않을까, 어쨌거나 자신의 딸이니까. 주원은 머뭇대며 여학생에게 다가갔다. 여학생의 다리 아래 흥건히 쏟아진 무언가가 보였다. 시큼한 비린

내가 뜨거운 공기와 함께 훅 끼쳐왔다. 뭐야, 오줌을 싼 거야? 주원은 혀를 차며 돌아섰다.

그랬다. 주원은 돌아섰고, 여학생은 남겨졌다.

—반드시, 돌아오는 건가요. 어떤 식으로든. 부메랑처럼.

—나와나와나의 세계에선 그렇습니다.

달각달각. 빈 유리잔이 식탁에 놓였다. 희미하던 빛은 이제 흔적도 없이 사라졌다. 짝이 맞지 않는 그림자가 실내를 점령하고 있었다. 계단 옆의 할로겐등이, 남자가 직접 돌려 끼웠노라고 강조하던 할로겐등이 노랗고 침침한 빛을 내보내고 있었다. 빛이 뿜어져나온다든가 둥글게 맺혀 있다든가 하는 활기찬 느낌이 아니라, 깨진 꽃병에서 물이 새어나오듯 탁하고 두꺼운 빛줄기가 다만 아래로 흐르고 있을 뿐이었다.

—어떻게 끝이 나나요, 그 세계는.

—내 소설은,

남자가 계단으로 가 이번엔 아래에서 두번째 계단 상판을 뜯고 새로운 술병을 꺼내왔다.

—별거 없습니다. 나와나와나의 세계에서 사람들은 계속, 그렇게 살아갑니다. 변함없이.

—계속 그렇게? 아무 일도 없이?

—아무 일도 벌어지지 않습니다. 그냥 그런 세계일 뿐이니까요.

남자의 턱밑에 고였던 노란 불빛이 고름처럼 뚝뚝 떨어졌다. 주원은 우두커니 그 광경을 바라보고 있었다. 아주 느린, 그냥 그런 낙하였다. 빛이 다 흘러내린 뒤에는 아무 일도 벌어지지 않았다.

불행한 사람들

화진이 엑스레이를 찍는 동안 나는 대기실 구석에 앉아 있었다. 초록색 페인트를 두껍게 바른 벽이 나를 마주보았다. 하단부에 기포 자국이 무성한 벽이었다. 목재로 덧댄 걸레받이가 눈에 띄게 튀어나와 있어 신경이 쓰였다. 오래된 병원이었고, 유리문에 '야간진료'라고 써붙인 종이가 누렇게 바래 있었다. 테이블도 책꽂이도 벽에 걸린 액자까지 모든 사물이 투박하고 촌스러웠다. 우산꽂이와 나란히 놓인 파란색 쓰레기통은 공원 화장실에서 본 기억이 났다. 무심이나 무감각, 무능 중 하나는 이 병원과 친분이 있는 듯했다. 나는 손바닥으로 이마를, 코밑과 양 뺨을 쓸었다. 버석버석하고 차가웠다.

앉은 방향을 바꿔 간호사와 진료실과 엑스레이실 입구를 번갈아 보았다. 접수대를 비추는 전구가 지나치게 밝아 간호사 얼굴이 절반쯤 지워져 있었다. 대기실로 돌아온 화진은 내내 못마땅한 기색이었다. 지하철역 앞에서 헤어지려던 참에 화진의 머리 위에 달린 정형외과 간판을 발견한 건 우연이었다. 야간진료도 한다는데. 내가 말하자 화진은 돈이 안 벌리나보지, 했다. 혹시 모르니 엑스레이를 찍어보자고 했을 때도, 결국 함께 건물 계단을 오를 때도 불퉁한 얼굴이었다. 돈 아깝게. 화진은 깨진 돌 골라내듯 툭툭 말을 던졌다. 엑스레이 결과를 기다리면서 괜한 짓을 했나 싶던 참이었다. 얼굴이 지워진 간호사가 우리를 불렀다.

　―깨끗이 부러졌네요.

　의사의 억양은 단조로웠다. 더 판독할 필요도 없는지 엑스레이 사진이 뜬 모니터를 우리 쪽으로 완전히 돌려놓기까지 했다. 화면에 반듯하게 뻗은 두 갈래의 흰 뼈가 화진의 팔이었다. 두 개의 뼈 중 가는 쪽이 손목에서 팔꿈치로 반 뼘 내려온 지점에서 싹둑 잘려 있었다. 괴기하다거나 끔찍하진 않았다. 오히려 종이인형을 오리다 실수로 인형 발목을 잘라버렸을 때와 비슷한 느낌이 들었다.

　―뼈 이탈도 심하지 않고, 부러진 단면도 깔끔하고. 환자분 운이 좋네요.

　의사가 키보드를 두드리며 말을 더했다. 이 정도는 뼈가 붙을 때까지 깁스로 고정만 해두시면 됩니다. 지금 바로 하죠. 화진은 엑스레이 사진을 골똘히 들여다보다 왜요? 했다. 어리둥절하다못해 억울한 목소리였다.

—아프지 않았는데요. 하나도요.

—통증이 없다고 다 멀쩡한 게 아니에요. 우습게 여기고 방치하면 주변 근육, 인대, 관절, 전부 다 비틀어져요. 평생 핸드폰보다 무거운 건 못 들고 싶어요?

진찰대 위에 올려놓은 화진의 팔은 정말이지 괜찮아 보였다. 희고 매끈했으며, 약간의 부기조차 없었다. 굳이 아파 보이는 곳을 찾자면 박스를 뜯다 베였다던 손끝 정도였다. 핏방울이 밴 오 밀리미터가량의 상처가 뼈에 그어진 검은 사선보다 훨씬 실감났다. 화진은 잔뜩 금이 간 얼굴로 처치실로 들어갔다. 나는 다시 초록색 벽 앞에 앉았다.

화진이 마트 창고 선반에서 떨어진 박스에 맞았다고, 사백 그램짜리 냉동 돈가스가 육십 개나 담긴 박스였다고 말했을 때도 실감이 나질 않았다. 괜찮아 보이는데? 내 말에 화진은 창고 담당자도 그렇게 말했다고 했다. 화진씨 튼튼한 건 알아줘야지. 그런 소리를 들으며 화진은 여덟 시간 근무를 모두 마치고 퇴근했다. 유산균음료를 종이컵에 팔백 번쯤 따라 시식대 위에 올려놓고 세 박스 분량의 증정용 요구르트를 아이들에게 나눠주었다고 화진은 말했다. 내가 진짜 통뼈인가봐. 그러나 진찰대 앞에 나란히 앉아 확인한 화진의 뼈는 하얗고 가느다란 두 갈래였다.

깁스를 하고 나온 화진은 한참 말이 없다가, 다시 지하철역에 이르렀을 때에야 입을 열었다.

─아까 카페에서, 쟁반을 들고 이층으로 올라가다 내가 멈칫했
잖아. 커피가 찰랑이나 했거든. 안 쏟으려고 계단에서 멈춘 거였
는데 그게 커피가 아니라 내 뼈였나봐. 이게 그랬나봐, 자기 부러
졌다고.

화진은 깁스를 만지작거리며 내일 알바는 어쩌지, 중얼거렸다.
의사에게 뼈가 부러졌다는 말을 들었을 때보다 훨씬 삭막한 얼굴
이었다.

*

─주은씨, 잠깐 나 좀 봐.

돌아보니 SA반 문이 열려 있었다. 복도 제일 안쪽에 위치한 사
학년 교실이었다. 가느다란 손이 불쑥 튀어나와 두어 번 까딱이고
는 도로 들어갔다. 이제 막 화진의 답장을 확인한 참이었다. 팔은
괜찮은지, 알바는 어떻게 됐는지 아침 일찍 문자를 보냈는데 답이
없었다. 점심시간이 훨씬 지나서야 딱 세 글자가 왔다. 잘렸어. 나
는 뺨을 문질렀다. 복도에서 계속 찬바람을 맞은 탓에 버석거림이
심해져 있었다. 광대뼈 아래를 꼬집어 열기를 띄우려다 그만뒀다.
잔소리를 덜 들으려면 벽돌색 얼굴이 차라리 나을지도 몰랐다.

SA반 선생은 마른 장작같이 생긴 사람이었다. 생긴 대로 꼬장

꼬장하고 쉽게 타올랐다. 복도를 지날 때마다 잊지 않고 주은씨 주은씨, 하고 불렀다. 주은씨, 저기 현관 옆에 쓰레기 떨어졌잖아. 주은씨, 아까 교실 들여다봤지? 누가 밖에서 어슬렁거리면 나 수업 못해. 주은씨, 남자애들 화장실에서 나올 때 손 씻으라고 지도해? 아니, 그걸 왜 안 해? 대수롭지 않은 지시들, 대수롭지 않기 때문에 선생들이 굳이 내게 요구하지 않는 것들을 마른 장작은 끊임없이 지적했다. 아이들이 보거나 말거나 복도 중앙에서 면박을 주는 경우도 많았다.

—주은씨, 스물네 살?

교실로 들어서자 마른 장작은 대뜸 그렇게 물었다. 입을 뗄 때마다 내 이름을 덧붙이는 게 조롱처럼 들려 위가 아팠다.

—주은씨, 대학생? 대학생 맞지?

—네?

—등록금 벌겠다고 일하러 온 거 맞잖아. 알바 처음 하니? 요즘은 고딩들도 자기처럼 안 굴어. 센스가 없음 눈치라도 있어야지, 이래서 나중에 사회생활 하겠어? 남들 잘 달리게 잔디밭 깔아주러 회사 다니는 게 꿈이야? 장래희망이 서포터니?

—무슨 말씀이신지……

—헬멧.

마른 장작이 책상 위를 딱 내리쳤다. 친환경 자재를 사용한 스마트 책상이라고 학원 전단지에 실려 있던 그것이었다. 다음 학기엔 SA반 책상만 각도 조절이 되는 최신형으로 교체한다고 들었다. 스페셜 A반이잖아, 대우가 특별할 수밖에. 선생이 이사장 조카인데 이력이 좀 스페셜해? 선생들은 SA반 비품이 고급으로 바뀔 때마다 휴게실에 모여 비아냥거렸다.

　—주은씨 헬멧한테 주의 줬지. 너 미쳤니?

　—아, 저기, 주의를 준 건 아니고요…… 다른 애들이 놀리길래 중재를 좀……

　—중재? 누가 주은씨더러 중재해달래? 니가 뭔데? 애들이 패싸움을 하든 머리에 용수철을 끼고 다니든 참견 말라고 몇 번을 말해. 내가 지금 헬멧 엄마한테 얼마나 깨지고 왔는지 알아? 안내, 목격, 그것 말고는 아무것도 하지 말라고 했잖아. 판단하지 마! 생각도 하지 마!

　마른 장작이 보드마커를 책상 위에 와르륵 쏟았다. 짜증이 나서 견딜 수 없다는 듯 어깨를 떨더니 마커 뚜껑을 열고 심이 거칠거나 뭉뚝해진 것을 골라 바닥에 던지기 시작했다. 숫제 나를 향해 던지는 것처럼. 나는 그녀의 의도대로 눈치껏 보드마커를 주웠다. 의자 밑으로, 교실 벽 가장자리로 굴러간 보드마커를 팔을 길게 늘여 끄집어냈다. 몸을 구기고 책상 밑으로 들어갈 때마다 정수리가 뜨거워졌다. 책상 위에 딱 두 자루가 남은 뒤에야 마른 장작은 보드마커 던지기를 멈췄다.

　—나한테 할말 없니?

나는 보드마커를 양손 가득 들고 어정쩡한 자세로 죄송합니다, 했다. 마른 장작이 마커 하나를 들어 분지르듯 뚜껑을 뽑았다. 마커 뚜껑을 자기 발밑으로 떨어뜨리더니 다시 주은씨, 하고 불렀다.

―주은씨, 똑바로 좀 하자, 응? 어려운 일 시키는 것도 아니잖아. 자기가 우리처럼 머리 터지게 수업을 해, 허리 부러지게 접대를 해. 말뚝처럼 서서 지켜보기만 하라는데 그걸 왜 못하니. 얼굴은 또 왜 그 모양이야. 남는 시간에 뭐해? 가서 마사지도 받고 화장도 하고, 부스스하고 뚱한 꼴 좀 그만 보자, 제발.

마른 장작이 구두 끝으로 마커 뚜껑을 걷어찼다. 뚜껑이 교실 문까지 굴러가 빙그르르 돌았다. 나가보라는 뜻이었다. 어깨로 문을 밀고 나오자 복도에 모여 있던 아이들이 한꺼번에 교실로 뛰어 들어갔다. 복도쌤 또 혼났네. 아이들이 키들거렸다. 몸이 떠밀린 탓에 품에 안고 있던 보드마커가 쏟아졌다. 복도에 빗금처럼 흩어진 마커들을 줍고 있는데 등뒤로 문이 닫혔다. 아이들이 한차례 더 키들거렸다.

복도쌤. 나는 보통 그렇게 불렸다. 원감이자 이사장 조카이자 SA반 선생인 마른 장작은 주은씨, 불렀고 원장은 오주은씨, 불렀다. 이사장은 만나본 적이 없었다. 다른 선생들은 나를 부를 일이 거의 없었는데, 휴게실에서 복도가 어쩌고 하는 소리를 들은 적은 있었다. 커피잔 거기 둬, 이따 복도가 치우겠지. 그런 식의 대화에서였다.

아이들은 다양하게, 내키는 대로 나를 불렀다. 복도쌤, 안전쌤, 복도, 도우미, 화장실쌤. 명찰을 보고 친구 부르듯 오주은! 하기도 했다. 어떤 식으로 부르든 누구도 내게 미안해하지 않았다. 일을 시작한 첫 주에 학원 현관에서 마주친 여자애가 문 열어, 씨발년아, 한 적도 있었다. 키가 작고 올망졸망 귀엽게 생긴 여자애였다. 가방 라인이 연두색인 걸로 봐서 삼학년이었으니 욕의 뜻을 모르는 건가 싶었다. 그런 말은 쓰면 안 돼. 내가 말하자 여자애는 깜찍한 얼굴로 대꾸했다. 우리 엄마도 도우미 아줌마 그렇게 부르는데 왜? 왜 안 돼, 씨발년아?

그때 그만뒀어야 했는데.

처음엔 학원 도우미가 별건가 싶었다. 학원이 도곡역 바로 앞이라 교통이 편하고 근무조건도 좋았다. 초등학생 전문학원이라 만만히 여긴 것도 없지 않았다. 학습보조 일을 하는 사람은 주변에도 많았다. 채점하고 채점하고 채점하고, 그런 일들을 계속한다고 들었다. 들었던 만큼 근무시간이 길었고 들었던 것보다 시급은 많았다. 운좋은 기집애. 화진은 그렇게 말했다.

—근데 면접 보러 갔더니 하는 일이 안전보조라고……

—그게 뭐? 학습보조나 안전보조나 알바가 다 거기서 거기지. 나도 시식행사 알바로 들어와서는 창고 정리도 하고 진열대 청소도 해. 더 있음 본사에 업무 보고도 할걸. 알바로 돌려막기 하는 게 뭐 새삼스러운 일이라고.

화진은 잔뜩 성가셔하며 전화를 끊었다. 내 면접을 본 사람도, 업무 설명을 해준 사람도 마른 장작이었다. 마른 장작은 나를 교무실로 데려가 보조 의자에 앉혔다. 빨갛고 동그란 쿠션이 달린 철제 의자였다. 마른 장작이 내게 의자를 내준 건 그때가 처음이자 마지막이었다.

—스페셜 케어가 우리 학원 모토야. 아이들이 보호자 없이 사각지대에 놓이는 시간이 일 초도 생겨선 안 돼. 앞으로 주은씨 할 일은 안내, 목격, 이렇게 두 가지야. 필요할 땐 안내하고 수시로 목격하고. 간단하지? 결괏값은 필요 없어, 주은씨. 무슨 일이 어떤 순서로, 어떤 이유로 생겨났는지 명백하게 목격만 하면 돼. 이 정도는 알아듣지?

—아이들을 계속 지켜보라는 말씀인가요?

—그래, 그거야.

그날부터 나는 복도가 되었다. 일은 정말이지 단순했다. 수업중엔 복도에 서서 대기했다. 중간에 화장실에 가겠다는 아이가 있으면 직접 데리고 가 문 앞에서 기다려주고, 다시 교실로 안내했다. 쉬는 시간엔 목격자가 되었다. 각 반 쉬는 시간마다 교실에 들어가 아이들을 목격했다. 아이1이 아이2를 밀치거나, 아이3이 책상 모서리에 옆구리를 찍히거나 하는 순간들을 순서대로, 인과대로 기억했다. 목격은 종종 진술로 이어졌다. 아이4의 부모가 자기 딸 손가락이 부었다고 학원에 전화하면 내가 설명했다. 아이4가 아이5 의자를 밀다가 손가락이 끼었어요. 아이5는 뒤돌아 앉아 있어 몰랐고요. 싸움은 아니었어요. 방학이라 아이들은 거의 반나절을 학원에서 보냈다. 하원시간이 되면 지하주차장으로 아이들을 따라 내려갔다. 그곳에서도 똑같이 안내하고 목격했다. 아이들이 차에 모두 탑승해 학원을 떠나면 나도 퇴근이었다. 마른 장작 말대로 말뚝처럼 서 있기만 하면 되는 일이었다.

삼층 건물을 전부 사용하는 학원이니 각 층마다 말뚝이 하나씩 있을 터였다. 나는 일층 말뚝이자 복도이자 도우미였다. 각 층마다 휴게실이 있었고, 사실상 쉬는 시간이 없는 일이었으므로 다른 말뚝과 마주친 적은 없었다. 시급이 세니까, 라고 나는 수시로 생각했다. 채점하고 채점하고 채점하고, 와 목격하고 목격하고 목격하고, 가 결코 다르지 않을 거라고 믿었다.

—복도쌤.

교실 문 열리는 소리가 나는가 싶더니 누군가 나를 불렀다. 안내하고 안내하고 안내하고, 의 시간이었다. 화장실에 가고 싶니? 의무실에 가고 싶어? 돌아보니 헬멧이 서 있었다. 헬멧은 휴게실로 향했다. 수업시간이었고, 아이가 움직인다면 나는 걸어다니는 CCTV가 되어 아이를 비춰야 했다. 헬멧은 자판기에서 막대과자를 뽑아 오독오독 씹었다.

—쌤, 아까 꼴룸한테 혼났다면서요? 꼴룸이 막 물건 집어던지고 그랬다던데 진짜예요?

아이들이 마른 장작을 부르는 이름은 꼴룸인 모양이었다. 그건 하나도 미안하지 않은 이름이었다.

—화장실에 갈 거니?

—아뇨. 수학문제 푸는 거 짜증나서요. 쉴래요.

헬멧은 태연하게 휴게실 의자에 앉았다. 상관없지. 설득은 내 몫이 아니었다. 나는 가만히 헬멧을 목격했다. 검은 바탕에 연노란색으로 라인이 그려진 헬멧은 납작한 뚜껑 모양이었다. 인라인 스케이트나 나인봇을 타는 아이들이 놀이터에서 쓸 법한 물건으로, 아이는 그것을 한시도 벗지 않았다. 교실에서도 마찬가지였다. 때문에 다른 아이들과 시비 붙는 일도, 놀림거리가 되는 일도 잦았다.

—어떤 책에서 읽었는데요. 관광버스가 추락해서 스물일곱 명이 죽었대요. 딱 한 사람만 살았는데, 새로 산 스키 헬멧을 써보고 있던 여행 가이드였대요.

—학원 차량은 안전 속도를 준수해.

—그런 문제가 아니에요. 아파트 화단이나 학교 강당, 대리석 바닥, 야구장 같은 데가 얼마나 위험한 곳인지 알면 쌤도 그러고 다니지 못할걸요. 맨머리로 다니다니 미친 짓이에요.

헬멧은 마지막 과자까지 모두 먹은 뒤에 의자에서 일어섰다. B반 쉬는 시간의 목격자가 되기까지 삼 분이 남아 있었다. 나는 헬멧을 데리고 SA반으로 갔다. 창문 쪽은 쳐다보지도 않았다. 불투명 유리임에도 마른 장작이, 아니 꼴름이 어깨를 푸득거리며 나를 노려볼 것만 같았다. 문을 열다 말고 헬멧이 빠르게 덧붙였다.

—이따 우리 엄마가 날 데리러 올 거예요. 그럼 쌤도 알게 될걸요, 맨머리가 얼마나 위험한지.

사실이었다. 헬멧 엄마는 정확히 다섯시에 학원에 도착했다. SA반 수업이 끝나는 시간은 다섯시 십오분이었고, 다섯시부터 다섯시 십분까지는 C반 하원 지도가 예정되어 있었다. 결과적으로 C반 아이들은 스페셜 케어를 받지 못했다. 십 분 동안 헬멧 엄마는 가느다란 스테인리스 지시봉으로 내 맨머리를 일곱 차례 두드렸다.

*

화진을 다시 만난 건 석 달 후였다. 리코타 치즈 샐러드를 주문한 화진을 나는 가만히 목격했다. 이제는 목격이 습관이 되어버린 것 같았다. 유제품 알레르기가 있지 않아? 라고 물을 필요도 느끼지 못했다. 샐러드가 나오자 화진은 리코타 치즈를 통째로 들어올려 내 접시에 놓았다. 이걸 점심으로 주문하는 기분은 어떤 건가 해서. 화진은 그렇게만 말하고는 발사믹드레싱을 끼얹어 샐러드를 먹었다. 나는 리코타 치즈를 떠먹으며 아메리카노를 마셨다.

—학원 알바는 할 만해? 내년 봄엔 복학할 거지? 돈 많이 모았

어?

─그럭저럭.

─넌 운도 좋다. 다른 일 없이 안전 지도만 하면 된다며. 일도 쉽고 시급도 세고.

─……리코타 치즈는 왜?

─아침엔 에스프레소 라테, 점심엔 리코타 치즈 샐러드, 요즘 그러고 놀거든, 꼬마 관장이. 도대체 뭔 맛이니, 그건.

─그냥 치즈맛이야.

그렇겠지, 하고 화진이 웃었다.

화진은 새로 일하게 된 갤러리의 오너를 꼬마 관장이라고 불렀다. 내가 취직한 것부터가 꼬마 관장이 비서놀이에 빠져서래. 갤러리라고 해도 거긴 자체기획이나 섭외 같은 게 없어. 꼬마 관장네 가족, 인척 전부 갤러리를 운영해서, 거기서 튀어나온 자매품이랄까. 사진전을 주로 하는데 무슨 장관네 아들, 청장 조카, 재단 이사장 장인어른 뭐 그런 식으로 알음알음 자리를 마련해주나 보더라. 전시는 뭐, 맥락도 없고 볼품도 없고 저런 걸 작품이라고 하긴 쪽팔리지 않나 싶은 것들만 나오고. 프랑스에서 되게 유명한 건축가가 지은 건물이라 갤러리는 엄청 화려해. 폼은 있는 대로 나지. 꼬마 관장이 하는 일은, 없지. 뭘 하겠어, 꼬마가. 오더는 재단에서 내려오니까 꼬마 관장은 서류에 사인이나 가끔 해. 그런데도 비서가 필요하다고 우겨대서 직원들이 우는 애 사탕 쥐여주는

식으로 알바 뽑아서 바친 거래. 거기 당첨된 게 나인 거고. 난 탕
비실 정리도 하고 전화 응대도 하고 화분도 돌보고 케이블 선 정
리도 하고 꼬마 관장이 약속 잡아달라고 하면, 기껏해야 자기 친
구들 만나는 거지만, 장소 물색도 하고 예약도 하고 운전도 해주
고 갤러리 직원들이 시키는 잡일도 전부 해치우고. 말이 비서지
그냥 잡일꾼이야. 정신없이 바빠, 내가.

화진은 쏟아내듯 말하고 샐러드를 씹었다. 내가 주문한 베이글
은 나올 기미가 안 보였다.

―쪽팔리지도 않냐고, 직원들이 그렇게 말해.

―너한테?

―아니, 꼬마 관장 말야. 내가 꼬마 관장이라면 수치스러워서
당장 때려치울 텐데, 그렇게 떠들어대더라고. 웃기고 있네. 꼬마
관장이 수치나 부끄러움을 알 것 같아? 그 사람은 몰라. 그 사람
세계에선 그게 당연하거든. 당연한 자리의, 당연한 무능이거든.
무언가를 얻기 위해 한 번도 노력해본 적이 없을걸. 내가 옆에서
매일 보잖아. 꼬마 관장 말이야. 그냥 해맑아. 진짜 해맑아. 남이
자길 무시하든 말든 관심도 없어. 꼬마 관장이니 자동인형이니 직
원들이 암만 떠들어대도 그 사람은 있지, 행복하게 매일매일 잘만
살더라. 우리랑 아예 차원이 다른 거지.

샐러드를 뒤적거리던 포크가 양상추를 잘게 찢기 시작했다. 브
런치를 먹자고 졸라댄 것치고 배가 고프진 않은 모양이었다. 브런

치도 꼬마 관장 취향일지 몰랐다. 해맑고 매일매일이 행복한, 다른 차원에 살고 있는 꼬마 관장이라니. 차라리 학원 복도에서 매일 마주치는 시건방진 꼬마들이 훨씬 실감났다.

—팔은 완전히 나은 거야?

—그게 언제 적 일인데. 멀쩡해. 깁스 풀자마자는 털이 엄청 나 있었는데 금세 다 빠지더라. 그래도 팔은 짝짝이야. 오른쪽 팔만 가늘어졌어. 피부색도 달라지고.

화진이 팔을 쭉 뻗었다. 내 눈에는 비슷해 보였다. 화진의 팔은 여전히 희고 매끄러웠다. 뼈가 붙고 나면 검은 사선은 어떻게 되는 건지 궁금했다. 흔적도 없이 사라져버리는 건지 아니면 어떻게든 뼈에 기록되어 삶의 이력이 되는 건지. 어느 쪽이든 쓸쓸할 것 같았다.

—넌 좋겠다.

불현듯 화진이 포크 끝으로 내 커피잔을 건드렸다.

—열등감으로 똘똘 뭉친 인간들이 고상하고 유능한 척 가증 떠는 꼴, 넌 안 봐도 되잖아. 초등학생이라니 풋풋하다. 나도 안전지도 알바나 해볼까.

삼분의 일쯤 남은 커피가 가볍게 진동했다. 화진의 대사가 너무 가벼워 반박할 마음도 안 들었다. 줄기차게 양상추를 찢던 화진이 포크를 내려놓았다. 나가자. 모처럼 맞은 휴관일을 앉은자리에서 보낼 순 없지. 쇼핑이라도 할까. 카디건을 걸치고 일어서는 화진

의 뒤를 나는 말없이 좇았다. 화진은 큰 보폭으로 걸었다. 꼬마 관
장 얘기를 서너 번 더 꺼내고는 약 올리듯 넌 그런 거 모르지, 하
기도 했다. 딱히 즐거운 농담은 아니었다.

─모여라 꿈동산에서 일하고 있는 네가 뭘 알겠어, 갤러리에 있
으면 이 나라가 계급사회라는 게 딱 실감이 나. 우리가 그 계급 피
라미드 어디에 속해 있는지도.

마지막 대목에 이르러서야 화진은 '우리 같은 사람들'이라고 지
칭하며 눈을 가늘게 떴다.

─꼬마 관장이 지 애인이랑 기념일 보낼 테마 펜션을 알아봐달
라기에 리스트를 열 개쯤 뽑아줬거든. 모텔 예약도 해주는 유능한
비서야, 내가. 그러려니 해야지 어쩌겠어. 날 모텔로 불러들이는
것보다 훨씬 인간적이지. 우리 같은 사람들이 또 인내심 하나는
끝내주잖아.

안개가 내려 눅눅해진 거리를 한참 떠돌다 화진과 헤어졌다. 집
에 도착하고 나서야 내 베이글이 결국 나오지 않았음을 깨달았다.
동그랗게 구멍이 뚫려버린 것처럼 위가 아팠다.

*

헬멧은 학원을 그만뒀다. 나는 안전 도우미 알바 최장근무기록
을 세우고 있었다. 마른 장작조차 주은씨 끈기는 있네, 라고 말해

올 정도였다. 돈도 안 받고 사흘 만에 그만두는 경우도 허다한 모양이었다. 아이들이 내게 익숙해진 것처럼 나 역시 여러 가지에 익숙해졌다. 복도에 컵떡볶이를 쏟은 아이가 다른 아이에게 도우미가 치울 거야, 들어가자, 라고 말해도 무감한 얼굴로 서 있을 수 있었다. 나는 그저 안내하고 목격하고 안내하고 목격하고를 반복했다.

—주은씨, 애를 빤히 봤다며? 너 미쳤니? 오줌 누는 애를 왜 빤히 봐, 경찰서 가고 싶어?

—딱 보면 잡상인이구나 감이 안 와? 주은씨 눈치 좀 키우라고 내가 몇 번을 말해.

—애가 좀 밀칠 수도 있지, 애 힘이 얼마나 세다고 지레 넘어져서 시끄럽게 만들어. 주은씨 곱게 컸어? 바람만 불어도 픽픽 쓰러지고 그래?

—주은씨, 본 것만 똑바로 말해. 얘는 구청장 아들이고 쟤는 시의원 아들이야. 순서가 어떻게 되는지 감이 오니? 그럼 누가 누굴 때린 거겠어?

—주은씨, 나 좀 봐. 너 아까……

이제 본격적으로 찬바람이 불어오고 있었다. 조금만 기온이 떨어져도 학원 건물 전체에 난방이 시작됐다. 뜨겁고 건조한 바람이 머리 위에서 일직선으로 쏟아졌다. 안구건조증이 심해져 안과 진료를 받아야 했다. 손가락 사이가 하얗게 트고 손톱에 나이테가 생겼다. 교실에는 공기청정기와 가습기가 구비되어 있었다. SA반 가습기는 자외선 살균 기능이 딸린 최신식이라며 선생들이 휴게실에 모여 떠들어댔다. 복도는 깨끗하게, 텅 비어 있었다. 애초에 배려할 대상이 머무는 장소가 아니기 때문이었다.

—이제 퇴근이죠?

난 줄곧 멍한 상태였다. 나보다 서너 살 많아 보이는 여자가 말을 걸어왔을 때에야 내가 학원 지하주차장에서부터 여자를 뒤쫓고 있었다는 사실을 깨달았다. 이러다 정말 경찰서에 가게 될지도 몰랐다. 오주은씨. 여자는 내 명찰에 적힌 글자를 또박또박 읽었다. 저랑 커피 한잔 안 하실래요? 퇴직 기념으로 제가 쏠게요. 여자는 나와 똑같은 색깔의 명찰을 달고 있었다.

지하철역 근처는 잘게 썰린 파도가 사방에서 몰아치는 듯한 모습이었다. 밀고 내려가는 사람떼와 밀고 올라오는 사람떼가 자주 부딪쳤다. 어깨를 힘껏 부딪고도 아파하거나 돌아보는 사람이 없었다. 저 사람들 뼈에도 사선이 그어졌을까. 나는 버석버석한 뺨을, 두드러기가 돋은 것처럼 까끌까끌한 팔을 어루만졌다. 눈을 문지르지 않기 위해 주먹을 쥐었다. 추워요? 자리 옮길까요? 주문한 커피를 받아온 여자가 물었다. 나는 고개를 저었다. 밖을 내다보는 창가 자리, 그러니까 서로를 마주볼 필요가 없는 자리가 아무래도 편했다.

—자주 봤어요, 나는 이층이니까. 출근하다보면 주은씨가 출근

하고 있거나 벌써 복도에 서 있거나 그랬어요. 최장근무기록자라면서요. 난 이따 월급 입금된 거 확인하면 도곡역 근처에는 얼씬도 안 할 거예요.

　—아, 이층. 그런데 왜 저를……

　—궁금해서요. 주은씨는 어떻게 견뎌내고 있는 건지. 그 복도에서 어떻게 괜찮을 수 있는 건지 궁금했어요. 난 일하는 내내 존엄이라든가 긍지라든가 그런 게 사라져버리는 기분이었거든요. 인간의 영역에서 매일 일 미터씩 꾸준히 밀려나는 기분요.

　—저도 딱히 괜찮은 건 아니에요. 복도는 뭐…… 끔찍하죠.

　—주은씨도 그런가요. ……우리 참 불쌍한 사람들이네.

　여자가 친근하게 어깨를 맞대왔다. 지하철역 앞은 한산해졌다 붐비기를 반복했다. 지하철이 도착할 때마다 어깨에 날을 한껏 세운 사람들이 몰려나왔다. 이 분만 기다리면 저렇게 필사적으로 걷지 않아도 될 텐데. 인파 속에 혹시 학원 선생이 있는 건 아닐까 신경쓰이기도 했다. 일층 말뚝과 이층 말뚝이 나란히 앉아 있는 걸 본다면 비웃겠지. 나는 겉옷 주머니를 뒤적이는 척하며 몸을 뗐다.

　—누구한테 얘기도 못하겠더라고요. 창피해서. 말뚝처럼 서 있으라니 그게 사람이 할 일인가요? 다른 사람은 몰라도 주은씨랑은 말이 통할 것 같았어요.

　—네, 뭐……

─주은씨, 나는 차라리 파렴치한 인간이 되고 싶었어요. 몰지각하고 뻔뻔한 인간. 학원에 오는 엄마들이나 애들처럼요. 한겨울에 얇은 솜점퍼 입고 꽃게탕집 주차장에서 일하는 알바생 보면서 아, 나, 저거 알아, 저거 진짜 뱃속까지 시리고 손마디랑 발가락은 죄다 얼어터지고 볼이 굼실굼실 간지럽다가 시뻘겋게 부어오르고 손님들은 싸가지 없고 월급은 꽃게 쭉정이 다리만큼 나오는 거 나 알아, 진짜 더럽게 힘들어, 그렇게 주절대는 인간은 되고 싶지 않았어요. 주차장 알바생이랑 주차장 표지판을 똑같은 눈빛으로 바라보는, 알바생을 들이받고도 표지판값 물어주듯 돈만 내밀고 사라지는 그런 파렴치한 게 되고 싶었다고요. 주은씨는 그렇게 생각한 적 없어요?

─아뇨, 전 그다지······

─주은씨, 인간적이라는 게 뭔지 알아요? 설움이나 고통이나 상실이나 그딴 걸 구구절절 이해한다는 게 뭔지 알아요? 그건 가난한 인간이라는 거예요. 가난을 이해하는 건 가난한 사람뿐이에요. 말뚝을 이해하는 건 우리 같은 말뚝뿐인 거고. 주은씨, 난 그런 게 정말 싫었어요. 주은씨는 알죠, 그게 뭔지. 내 안에서 깨져나가는 게 뭔지, 주은씨.

─제발.

─네?

─제발 주은씨라고 그만 좀 불러요.

*

깨져버렸다, 고 생각했다. 거기까지가 한계인지도 몰랐다. 사다리꼴의 투명한 뼈 같은 게 가슴 안쪽에 잠겨 있다가 남김없이 깨져버린 것 같았다. 그 뼈에도 금이 가 있었을까. 하얀 실금이 그어졌다가 나도 모르는 새 조금씩 불투명하고 또렷한 선으로 바뀌었다가 마침내 검은 사선이 되어 와장창. 나는 호흡도 생각도 마음도 전부 비틀려 어떤 것도 담아둘 수 없게끔 망가져버렸는지도 몰랐다.

월급이 입금되자마자 나는 핸드폰을 껐다. 출근은 물론 하지 않았다. 밤에만 가끔 전원을 켜 메시지를 확인했다. 마른 장작은 새빨갛게 불타오르고 있었다. 문자 내용이 차마 읽을 수 없을 만큼 혹독했다. 그래도 양심의 가책을 느끼진 않았다. 계약서도 없이 시작한 알바였고, 다음 말뚝은 얼마든지 준비되어 있었다. 불쌍하고 불행한 사람들. 여자와 나처럼, 나와 화진처럼, 스스로를 스스럼없이 불쌍하다고 지칭하는 사람들이.

나는 마른 장작에게 짧은 답문을 보냈다. 학생들이 그쪽을 꼴룸이라고 부르는 거 알고 계세요? 마른 장작은 더이상 연락해오지 않았다.

—너도 참 너다.

화진은 한심하다는 듯 나를 질책했다. 그러면서도 눈은 상점 안

진열대를 빠르게 훑고 있었다. 아기자기한 소품들이 즐비한 상점이었다. 다른 곳에서 만나자고 몇 번을 말했는데도 화진은 이 상점을 고집했다. 하필이면 도곡역에서 두 블록 떨어진 곳에 위치한 상점이었다.

―고작 그걸 못 견디고 그만둬? 남의 돈 벌어먹기가 쉽니? 기저귀 싸들고 꼬마 관장 치다꺼리하러 다니는 나도 있는데 애들이 좀 싸가지 없게 구는 거, 그걸 못 참아?

―너는 몰라.

―내가 모르긴 뭘 몰라. 우리가 알바하면서 사람 취급 못 받은 게 어디 한두 번이야? 평생 을이었으면서 새삼스레 웬 투정이야.

―그럼 우린 평생 을이고, 평생 불쌍하고, 평생 불행하겠네. 피라미드 제일 아래 칸에서 꼼짝도 못한 채로.

―트집잡지 마. 현실을 생각하라는 거야.

화진은 진열대에 놓인 상품 중 하나를 집어들었다. 관람차에 테디베어가 조랑조랑 매달려 있는 손바닥만한 오르골이었다. 태엽을 돌리자 관람차가 돌아가며 멜로디가 흘러나왔다. 둘씩 짝지어 앉은 테디베어들이 귀엽게 흔들렸다. 화진은 진지한 얼굴로 테디베어의 생김새와 도색과 마감을 살폈다.

―그것도 꼬마 관장 취향이야?

―아니. 이건 꼬마 관장 조카 취향.

직원이 오르골을 포장하는 동안 화진은 여전히 신중한 태도로 카드를 골랐다. 곰이 잔뜩 그려진 생일 축하 카드를 오르골이 든 쇼 핑백 안에 넣고, 보라색 꽃무늬 카드를 하나 더 골라 내게 주었다.

—다음달에 줘. 취직 축하 선물이랑 같이.

—취직했어? 어디?

—갤러리에서 직원 채용 공고를 냈는데 꼬마 관장이 원서 가져 와보래. 어차피 전공이랑 상관없는 일이니까 괜찮을 거라고. 그 말이 뭐겠어. 원서 내면 뽑아주겠다는 거잖아.

도곡역 앞은 보름 전과 똑같았다. 소용돌이치는 바람과 거리 구 석으로 쓸려간 낙엽들이 그나마의 차이였다. 여기 진짜 싫다. 내 가 중얼거리자 화진은 약간 미안한 기색을 보였다. 오르골 파는 곳이 많지 않아서. 미안해.

화진과 나는 대로를 따라 걸었다. 한낮이라 거리가 한산했음에 도 학원 차량이 스쳐갈 때마다 몸이 움찔거렸다. 승합차 창문 안 쪽에서 누가 오주은! 하고 소리칠 것 같았다. 왜 안 와, 씨발년아! 너 미쳤니? 그런 외침들이 바람을 타고, 관람차를 타고 내 주위를 뱅글뱅글 돌았다. 가느다란 스테인리스 지시봉이 가슴뼈 안쪽을 빠르게 두드리고 있었다.

아무래도 감쪽같진 않을 것 같았다. 뼈가 붙는다고 해도. 사다 리꼴의 얇은 뼈가 가슴 안쪽에 다시 돋아난다고 해도 그것은 불투 명하고 거친, 이전과는 몹시 다른 무엇일 것만 같았다.

—우리 이제 만나지 말까.

—뭐?

화진은 오르골이 든 쇼핑백을 왼손으로 옮겼다. 오른손을 넓게 펴 자기 귀에 대고 내 쪽으로 몸을 기울이고는 뭐라고? 했다. 내 말을 전부 들어주겠다는 듯이, 이제야 나를 향해 한껏 몸과 귀를 기울였다.

—새해가 되면 새해 복 많이 받아, 그렇게 문자를 보내고, 지진이 났다거나 가까운 동네에 불이 났다거나 하면 그쪽은 괜찮니, 건강하니, 그렇게 안부를 묻고. 거기까지만 할까. 서로 생일을 챙겨준다거나 일부러 만나서 밥을 먹고 커피를 마신다거나, 그런 건 하지 말고.

—너 말 이상하게 한다. 왜 그래? 내가 갤러리에 취직한다고 해서? 연줄로 취직하는 게 뭐 드문 일이라고 유난스럽게⋯⋯

—내가 불행해서 그래.

—아, 혹시 서운한 거야? 너 알바 그만뒀다는데 내가 취직 얘길 해서? 그러게 왜 어린애처럼 일을 그만둬. 자존심 그딴 게 다 뭐라고. 등록금 많이 모자라?

아니, 너랑 만나면 나는 늘 불행해져. 널 만나서 얘기하는 동안 불행이 내 등이랑 옆구리에 박음질되는 것만 같아. 네가 다리미로 불행을 꾹꾹 눌러 붙여준 것만 같아. 넌 내 친구고, 사회에 잘 적응한 사람이고, 성실한 알바생이고, 현실과 성공적으로 타협한 사람인데, 나는 네가 너무 무거워. 사람이니 그럴 수 있다고? 살다

보면 그런 일도 생기지 않느냐고? 남의 돈 버는 게 다 그런 거라고? 그래, 그럴 수 있어. 근데, 그러지 않는 게 사람 아니니. 그러지 않으려고 노력하는 게 사람 아니야? 그런 일, 그게 뭐든, 그러지 않으려고.

나는 숨을 몰아쉬었다. 화진은 여전히 내 쪽으로 몸을 잔뜩 기울이고 서 있었다. 건물 사이를 통과한 바람이 낙엽을 끌어다 도로 위로 흩뜨렸다. 지나가는 차가 다시 낙엽을 거리 끝으로 밀쳐냈다. 새까매진 낙엽이 맹렬히 굴러다녔다. 그러나 그것이 궤도에서 조금도 벗어나지 못했음을, 기름때에 전 채로 애를 써봐야 결국 처음의 자리로 되돌아갈 뿐임을 나는 멍하니 목격하고 있었다.

―왜 아무 말도 안 해? 나한테 할말 있는 거 아냐?

화진이 물었다. 나는 몸을 돌려 지하철역으로 향했다.

화진이 잘못한 일은 없었다. 그런데도 화진을 만나면 내 불행이 당연한 것처럼 느껴졌다. 내가 겪고 있는 부당함과 차별과 가난이 내가 짊어져야 할 당연한 업보처럼 느껴졌다. 다들 그러고 살아, 너는 그나마 운이 좋은 편이잖니. 잠깐 참는 게 뭐 그리 어려워? 사회생활이 장난 같아? 언제까지 학생 기분으로 지낼 거야? 화진이 말할 때마다 나는 정말로 시멘트 벽돌이 되어버리는 기분이었다. 복도에 서서 마른 장작이나 아이들의 폭언을 듣고 있을 때처럼, 또다른 말뚝의 하소연을 들을 때처럼 가슴 안쪽이 와작와작 부서졌다.

화진의 말대로 하면 뭐가 남을까. 나를 전부 죽여버리고, 말뚝이 되고 표지판이 되고 씨발년이 되고, 휴일에도 낯선 아이의 취향대로 오르골을 사러 돌아다니다보면 그럼 대체 뭐가. 내 일상에서 화진이 찢겨나갔으면 좋겠다고 생각했다. 화진에게 그렇게 말할 작정이었다. 제발 찢어진 페이지가 되어달라고. 하지만 그런다고 해서 달라질 건 없었다. 화진은 자신의 방식대로 불행을 견뎌나갔을 뿐이다. 나를 한심해하면서, 나를 채근하면서 자신은 나와 달리 불행을 극복해나가고 있다고 스스로를 자랑스러워했을 뿐. 위가 아팠다. 일을 그만두었는데도 나는 여전히 복도에 서 있었다.

헬멧은 커다란 가방을 어깨에 메고 있었다. 노란 나일론 가방이었다. 끈으로 졸라맨 귀퉁이로 인라인스케이트 바퀴가 비죽 튀어나왔다. 검은 바탕에 연노란색으로 라인이 그려진 헬멧과 잘 어울렸다. 인라인을 타게 됐네. 내가 말했다. 지하철이 지금 막 떠났는지 승강장에 사람이 한 명도 없었다. 에스컬레이터도 멈춰 있었다. 헬멧은 가방끈이 걸린 어깨를 으쓱해 보였다.

―위장용이에요.

―위장?

―오빠가 가르쳐줬어요. 이렇게 하면 아무도 시비 걸지 않을 거라고. 오빠는 멍하니 있고 싶거나 게임 전략을 짜고 싶어지면 책상에 논술책을 펴놓는대요. 그럼 아무도 잔소리하지 않는대요.

—효과가 있니?

—별로요. 학교에선 소용없어요. 그래도 길에서 말 거는 사람은 없어졌어요.

—지하철 타고 다니는 줄 몰랐네. 어디 가는 길이야? 학원?

—학원 안 다녀요. 엄마가 데리러 온대서 기다리고 있는 거예요. 복도쌤은 왜 여기 있어요? 학원은요?

—나도 학원 안 다녀.

헬멧이 몸을 작게 흔들었다. 한낮이라 지하철 배차 간격이 길었다. 헬멧 옆에 앉으려고 몸을 굽히니 허리가 쑥 꺼졌다. 의자가 없었다. 헬멧은 네모반듯한 여행용 캐리어 위에 앉아 있었다. 당황한 나를 보고 헬멧이 키들거렸다. 주위를 둘러봐도 의자가 설치된 곳은 없었다. 나는 자꾸 길 한복판에서, 세상을 이루는 많은 곳이 복도였음을 깨닫고 있었다. 스쳐지나가는 것 이상의 의미를 두어서는 안 되는 공간이 존재한다는 것을 나는 자꾸 잊고, 새삼 깨달았다.

—이거 수학캠프 가방이에요. 어떤 책에서 읽었는데요, 사람은 자기 뇌의 이 프로밖에 사용하지 못한대요. 내 수학세포는 아직 덜 깨어난 구십팔 프로에 섞여 있는 것 같아요.

—너도 불행하네.

—뭐가요?

—수학세포가 덜 깨어났는데 수학캠프에 다녀왔다며. 스테인리

스 지시봉을 들고 다니는 엄마 때문이지? 게다가 너는 안다면서. 아파트 화단이나 학교 강당, 대리석 바닥, 야구장 같은 곳이, 세상이 얼마나 위험한 곳인지 넌 안다면서. 그러니 불행하지.

—아닌데. 귀찮고 짜증날 때가 있긴 한데 그건 불행한 거랑 달라요.

—그럼 행복하니?

—복도쌤도 우리 엄마랑 똑같네요. 엄마도 딱 두 가지로만 묻거든요. 시험 백 점 맞았니 아니니. 잘못했니 안 했니. 학원 갔니 안 갔니. 걔한테 맞았니 때렸니. 이게 좋으니 싫으니. 나는 생각도 되게 많고 설명할 것도 많고 감정도 되게 많은데 그렇게만 물어요. 그래서 난 하나도 대답 못해요. 좋다 싫다 불행하다 행복하다 그렇게만 말하면요, 금방 바보가 될 것 같아요. OX퀴즈도 아니고.

바람이 깊게 밀려들어오는 소리가 들렸다. 열차가 들어오고 있습니다. 안전선에서 한 걸음 물러나주십시오. 안내방송과 열차 도착을 알리는 벨이 동시에 울렸다. 승강장 곳곳이 부산해졌다. 개찰구와 연결된 위층도 마찬가지인지 누군가 빠른 속도로 계단을 뛰어내려오는 소리가 들렸다.

—쌤은 어떤데요?

헬멧이 물었다.

—불행하다 행복하다 그런 거 말고요. 쌤은 어떤 기분인데요?

—……글쎄.

—쌤은 어른인데 자기 기분도 몰라요?

나는 뚜껑 모양의 헬멧을 꾹 눌렀다. 둥근 표면이 생각보다 훨씬 단단하고 매끄러워 낯선 기분이었다. 이렇게 하고 싶었구나, 라는 생각이 들었다. 연노란색 라인이 들어간 뚜껑 모양 헬멧을 꾹 눌러보거나 한 번쯤 쓰다듬어보고 싶었구나. 안내하거나 목격하는 것 말고 한 번쯤은 다른 방식으로. 호들갑스럽던 바람이 서서히 멈췄다. 안녕, 쌤. 헬멧이 천진하게 손을 흔들었다.

스크린 도어 앞에 섰다. 스크린 도어와 지하철 객실 문이 차례로 열렸다. 누군가 거친 숨을 몰아쉬며 불쑥 옆에 와 섰다. 도착했네. 저렇게 필사적으로 뛴다면야 도착할 수밖에 없지. 나는 캐리어 위에 앉아 여전히 다리를 탈각거리는 헬멧을 돌아보았다. 좋다 싫다 불행하다 행복하다 그렇게만 말하면요, 금방 바보가 될 것 같아요. 객실로 들어서자 금세 문이 닫혔다. 쌤은 어떤 기분인데요? 나는 가슴께를 쓰다듬었다. 화진도 복도도 말뚝도 아닌 나를 조금씩 두드렸다. 그러면 알게 될지도 몰랐다. 사다리꼴의 연약하고 투명한 뼈의 기분을.

일그러진 남자

일그러진 남자가 길을 걷고 있었다. 인적 드문 산길은 구불구불하고 어두웠다. 낮게 엎드린 수풀마다 가시가 만발해 남자의 발목과 종아리를 함부로 잡아챘다. 일그러진 남자는 랜턴에 의지해 걸었다. 걸음마다 그림자가 비뚤비뚤 일어섰다 사라졌다. 얼어붙은 나뭇잎 떨어지는 소리가 스산했다. 떨어지는 것은 나뭇잎만이 아니었으나 남자의 시야엔 잡히지 않았다. 일그러진 남자는 무언가를 묻으러 가고 있었다. 손으로 꼭꼭 눌러 만든 찻잔과 접이식 손거울처럼 단단한 것들, 기억과 이름과 영원처럼 말랑하고 허기진 것들. 형태가 있든 없든 하나같이 귀퉁이가 일그러진 것들이었다. 남자의 주변에는 그런 것들이 잘 모여들었다. 이유는 당연히, 그가 일그러진 남자이기 때문이었다.

일그러진 남자에게는 꼬리가 구겨진 개 한 마리가 있었다. 함께 살지는 않았다. 꼬리가 구겨진 개는 일그러진 남자가 집을 나서면 어디선가 나타나 발뒤꿈치에 달라붙었다. 사람들은 일그러진 남자의 일그러진 개, 라고 손쉽게 그들을 불렀다. 일그러졌다는 건 특징이지 이름이 될 수 없었음에도 그랬다. 남자는 그것에 이름을 붙여줄 마음이 없었으므로 보이는 대로 꼬리가 구겨진 개라고 불렀다. 그러나 다리를 접고 기우뚱하게 앉은 개의 뒷모습은 영락없이 일그러진 개였다. 구겨졌든 일그러졌든 그 개는 남자의 것이 아니었다. 남자는 개를 쓰다듬어주지 않았다. 말린 고기와 물을 나눠주거나 검고 짧은 털을 빗어주는 일도 없었다. 그럼에도 개는 줄기차게 남자를 쫓아다녔다.

꼬리가 구겨진 개는 일그러진 남자가 걷고 있는 산길에 여지없이 따라붙었다. 개는 한낮보다 정확히, 평지에서보다 빠르게 뛰었다. 얼어붙은 나뭇잎이 바삭바삭 소리를 내며 깨졌다. 고작 밥솥만 한 구덩이를 하나 파놓았을 뿐인 남자가 숨을 헐떡였다. 바닥에 세워놓은 랜턴이 기울어졌다. 남자의 그림자가 거대해지며 더욱 불규칙한 형태로 일그러졌다. 그 끝에 뭉뚝한 주둥이가 끼어들었다. 꼬리가 구겨진 개의 송곳니가 일그러진 남자의 발뒤꿈치에 헐겁게 박혀 있었다.

*

—녹취요? 네, 하셔도 상관없습니다. 나는 부끄러운 증언을 하러 온 게 아니니까요. 처음 연락을 받았을 땐 좀 망설였습니다. 내이야기를 하는 건 상관없는데 이런 걸 기록해서 대체 어디다 쓰려나 싶어서요. 어쨌거나 쓸모없는 기록이 되지 않겠습니까. 대답을 망설이고 있자니 아내가 한마디하더군요. 세상에 기념우표나 그림이나 주식이나 쓰레기를 모으는 사람들이 있는 것처럼 선생 역시 슬픔을 모으는 사람 아니겠냐고요. 선생은 슬픔수집가 같은 겁니까? 아니면 애도하는 사람? 종교인?

……시곗줄증후군에 대해서는 딱히 할말이 없습니다. 무슨 일만 생기면 증후군이니 콤플렉스니 그럴싸한 이름을 붙여 떠들어대는 데 지쳤거든요. 기껏해야 손목에 선 하나 새겨진 걸 가지고왜 그리 유난들을 떠는지 모르겠습니다. 난 별로 신경쓰지 않습니다. 시곗줄에 대해서도, 내 아버지의 죽음에 대해서도 말입니다. 오히려 이게 왜 내게 생긴 건가 의아하긴 합니다. 나와 아버지 사이엔 유대감이나 친밀감 같은 게 전혀 없었으니까요. 아버지는 워낙 바쁜 사람이었습니다. 잘나가는 엘리트 증권맨답게 새벽에 나가 새벽에 들어왔으니 가족끼리 오붓하게 저녁식사를 하거나 주말에 캠핑을 가본 적도 없습니다. 솔직히 말하자면 얼굴도 떠오르지 않아요. 장례식장에서 영정 사진을 마주했을 땐 당혹스러울 정

도였습니다. 상주로 내 이름이 올라 있지 않았다면 다른 빈소에 들어가 절을 받고 있었을지도 모릅니다. 그 정도로 아버지 얼굴이 낯설더군요. 아버지와 관련해 그나마 또렷한 기억은 물소년 정도 일까요. 딱 한 번, 아버지가 이야기를 들려준 적이 있습니다. 아주 오래전에요.

　내가 초등학교에 입학했을 무렵인데, 오전 여덟시가 넘었는데도 아버지가 집에 있어 의아해했던 기억이 납니다. 아버지는 슈트 차림으로 식탁 앞에 앉아 넥타이핀을 끼웠다 뺐다 하고 있었습니다. 커프스 버튼과 세트로 상당히 값이 나가는 물건이었죠. 어머니가 시계, 넥타이핀, 커프스 버튼에 이상하게 집착하는 면이 있었습니다. 어쨌든 아버지는 나를 식탁 맞은편에 앉혔습니다. 세상 이야기를 해주마. 아버지가 말하더군요. 어느 마을에 물소년이 있었다. 이 소년은 몸이 유리병처럼 투명했는데, 그 안에 찰랑찰랑 물이 차 있었다. 모두 일곱 국자의 물이 담겨 있었지. 북두칠성 이야기인가요? 내가 물었습니다. 아니, 세상 이야기다. 동화 같은 게 아니야. 아버지가 단호하게 대답했습니다. 마을 사람들은 모두 물소년을 좋아했다. 물소년의 몸속에서 찰랑대는 물은 아주 맑고 깨끗했고, 물소년은 예의바르고 상냥한 성격을 가지고 있었으니까. 그런데 재앙이 닥쳤다. 물소년이 깨졌나요? 아니, 마을에 닥친 재앙이었어. 오랜 가뭄으로 물이 모두 말라버린 거다. 모든 식물이 말라죽었고 마을 사람들은 심한 기갈과 더위로 고통을 겪었지. 마을을 통틀어 물은 물소년 몸속의 것이 유일했다. 어느 날 물소년의 집에 한 노부인이 찾아왔다. 항상 물소년에게 신선한 우유와 쿠키를 나눠주던 선량한 노부인이었지. 물을 한 모금만 다오. 노부인이 부탁했다. 물소년은 망설임 없이 물을 한 국자 떠서 노부인에게 주었다. 다음날엔 평소 물소년과 친하게 지내던 마을의 소녀가, 그다음날엔 병에 걸린 여자가, 또 다음날엔 마을의 궂은 일을 도맡아 하는 아저씨가 찾아왔다. 물소년은 계속해서 물을 나눠주었다. 물을 마신 사람들은 갈증과 배고픔을 전혀 느끼지 않게 되었다. 대신 물소년은 물이 빈 만큼 시들시들 쪼그라들었지. 물소년은 다음날 찾아온 현명한 노인과 우물을 파는 노동자에게 물을 또 나눠주었다. 물소년에겐 이제 몇 국자의 물이 남았지? 한 국자요. 그래, 잘했다. 물소년의 투명하던 몸은 이끼가 낀 것처럼 뿌예졌다. 그 안에 딱 한 국자의 물만 남아 있었지. 그때 한 노인이 찾아왔다. 어린 손자를 등에 업은 깡마른 노인은 물소년에게 자신의 죽어가는 손자에게 물을 달라고 애걸했다. 물소년이 어떻게 했겠냐? 마지막 국자의 물을 아이에게 주고, 하늘로 올라가 별이 됐을 거예요. 그게 북두칠성인가요? 그럴 리가! 아버지는 넥타이핀을 떼어내 내동댕이치듯 식탁 위에 올려놓았습니다. 몹시 화가 난 얼굴이었죠. 그럴 리가 있냐. 물소년은 마지막 국자의 물을 따라서 자기가 꿀꺽꿀꺽 마셔버렸다. 노인이 보는 눈앞에서 말이다. 네가 말한 건 동화 속에나 있는 위선이다. 세상은 그렇지 않아. 마지막 국자의 마지막 한 모금은, 반드시 나를 위해 써야 되는 거다. 너는 그걸 알아야 돼.

나는 아버지가 왜 화를 내는 건지 이해할 수 없었습니다. 그깟 이야기에 붉으락푸르락한 아버지가 이상해 보이기만 했습니다. 마침 거실로 나온 어머니가 아버지와 오래 이야기를 나눴고, 나는 학교에 갔습니다. 물소년 이야기는 아무에게도 하지 않았습니다. 그건 도덕시간이나 읽기시간에 듣던 것과 달리 결말이 엉터리였으니까요. 이후 별문제 없이 몇 년이 흘렀습니다. 문제가 있었을 수도 있지만 어린 내가 알아야 할 문제는 아니었을 겁니다. 아버지는 여전히 새벽에 나가 새벽에 돌아왔습니다. 가끔은 안 돌아왔는지도 모르겠습니다. 내게 다시 이야기를 해주는 일은 없었습니다. 가끔 넥타이핀이나 커프스 버튼이 식탁 위에 놓여 있었는데 그게 내가 볼 수 있는 아버지의 흔적 전부였습니다. 고등학교에 진학한 뒤엔 나 역시 새벽에 집을 나와 새벽에 들어갔습니다. 하루는 모의고사 준비 때문에 수학학원에서 새벽까지 수업을 듣고 있는데 집에서 전화가 오더군요. 아버지가 회사 탕비실에서 목을 매 자살했다는 부고였습니다.

그때 처음 생겼습니다. 시곗줄 자국이. 검붉은 색에 구불구불해서 사실 시곗줄 자국이라 하긴 어려웠습니다. 밧줄처럼 꼬임이 있는 줄로 꽉 묶어 멍을 들인 것처럼 보였으니까요. 아버지가 죽고 난 뒤 일 년쯤 지나서부터 흐려지더니 삼 년 후엔 완전히 사라졌습니다. 덕분에 까맣게 잊고 지냈는데 어째선지 최근에 다시 생기더군요. 아내가 아이를 낳고 나서니까 이제 삼 년쯤 됐습니다. 마침 회사의 같은 부서 사람이 투신자살한 때라 혹시 그 때문인가 싶었습니다만, 그럴 리 없다는 게 내 결론입니다. 그 사람과 난 전혀 친하지 않았으니까요. 치매에 걸린 부모와 뇌장애를 가진 아이 때문에 생활고에 시달리다 보험금을 잔뜩 걸어놓고 자살했다는 사실도 나중에 뉴스를 통해 알았습니다. 새로 나타난 자국 역시 검붉은 밧줄 모양이었고, 전보다 훨씬 진하고 굵었습니다. 이제와 새삼스럽게 뭔가 싶더군요. 이십 년도 더 전에 죽어버린 아버지의 부재가 새삼 아쉬울 리 없고, 그리움이 쌓일 만큼 좋은 기억도 없었으니 말입니다. 물소년 이야기를 생생하게 기억하고 있는 건 마주앉아 얘기한 게 그때가 유일했기 때문입니다. 당시엔 아버지가 왜 죽었는지조차 궁금하지 않았습니다. 그동안 아버지가 무엇 때문에 살아왔는지도 모르는데 죽은 이유가 뭐 그리 대수였겠습니까.

선생의 연락을 받고 나서 그런 생각을 해보긴 했습니다. 아버지가 죽은 건 마지막 한 국자의 물 때문이 아니었을까 하고요. 그렇게 큰소리를 쳐놓고도 아버지는 마지막 국자의 물을 자기가 마시지 못했던 게 아닐까. 그래서 시들시들 말라 죽어버릴 수밖에 없었던 것 아닐까. 내게 생긴 시곗줄 자국은 아버지에게서 물 한 국자를 얻어먹은 대가일 거라고 생각합니다. 사람들은 이게 슬픔의 현신이니 상실의 흔적이니 하는 모양입니다만, 내 생각은 다릅니다. 이건 아버지가 나를 원망한 흔적입니다. 그게 아니라면 비난의 흔적이겠지요. 사람들은 이걸 보며 망자를 애도합니다. 그런데 나는 도무지, 그럴 수가 없습니다.

……물소년 이야기요? 나중에 아내에게 한번 얘기해준 적이 있습니다. 아내도 지금 선생이 물은 것과 똑같은 걸 묻더군요. 물소년이 처음부터 아무에게도 물을 나눠주지 않았으면 됐을 거 아니냐고 말입니다. 참 순진한 생각이지 않습니까. 만약 그렇게 했다면 물소년은 다음날로 마을 사람들에게 살해당해 산산조각났을 겁니다. 그게 우리가 살고 있는 세상이란 걸 선생도 알고 계시지 않습니까.

*

일그러진 남자는 학생회관과 도서관을 지나 낮은 언덕을 오르고 있었다. 언덕 끝에는 문과대학 건물이, 남자가 수업해야 할 단 하나의 강의실이 있었다. 오랜 방황 끝에 남자에게 남은 마지막 강의였다. 지난해 봄 남자가 맡았던 강의는 일곱 과목에 달했으나 십오 주의 강의기간을 절반도 채우지 못했다. 일그러진 남자가 돌연 증발해버린 뒤 각 학교는 임시강사를 세워 강의를 이어가거나 중도 폐강을 선택했다. 학점 이수에 차질이 생긴 수강생들이 맹렬히 항의한 끝에 남자는 여름이 끝난 뒤 어느 학교로도 돌아가지 못했다. 남자의 모교만이 계절학기 하나를 슬그머니 쥐여주었다. 한겨울에 꼭 삼 주간 열리는 강의였다. 일그러진 남자는 그 수업을 위해 언덕을 오르는 중이었다.

일그러진 남자는 목깃이 구겨진 코르덴 재킷을 입고 있었다. 겨드랑과 옆구리로 파고든 바람이 고드름처럼 단단하게 얼어붙었다. 달력에 표시된 이십사 절기와 실제 계절은 항상 달랐다. 날씨는 예년보다 늘 덥거나 추웠고, 남자의 옷차림은 그날의 기온에 비해 늘 두껍거나 얇았다. 일그러진 남자는 강의실에 들어가기 전 화장실에 들러 핸드 드라이어로 얼어붙은 뺨을 녹였다. 곱은 손가락을 미지근한 물에 담가 한기를 빼내자 일그러진 표정이 조금 부드러워졌다. 남자가 강의실 단상 위에 선 것은 강의 시작 시간이 십 분가량 지난 뒤였다.

남자는 한때 칸트라고 불렸다. 학부 시절은 물론 석박사 학위를 받던 대학원 시절, 이후 시간강사를 하게 되었을 때도 줄곧 같은 별명이었다. 남자는 해박했고 깐깐했고 무엇보다 시간 약속에 철저했다. 세시 강의의 경우 남자는 두시 오십팔분에 건물 계단을 오르기 시작해 오십구분에 강의실 앞에 서 옷자락과 어깨를 말끔히 털었다. 강의실 단상에 올라 출석부를 펴 첫번째 수강생 이름을 부르면 세시 정각이었다. 그러나 지난해 봄 남자가 일그러진 뒤 남자의 시간관념 역시 뒤죽박죽이 됐다. 남자는 두시 사십팔분에 출석을 부르기 시작해 수강생들을 당혹게 하거나 세시 삼십분이 지나도 강의실에 나타나지 않았다. 학생들은 짐짓 일그러진 얼굴로, 때에 따라서는 흥미진진한 얼굴로 남자를 기다렸다.

일그러진 남자는 천천히, 하나하나 이름을 호명해 출석을 확인했다. 봄학기에 펑크 난 학점을 채우려는 학생들이 대부분이었다. 명단은 스무 명 남짓했으나 얼굴을 확인하느라 제법 시간이 걸렸다. 남자는 때로 한 이름을 여러 번 불렀고, 결석한 사람을 체크한 뒤 오래도록 침묵하기도 했다. 육선민, 육선민, 육선민. 일그러진 남자가 사 일째 결석한 학생 이름을 곱씹고 있을 때 맨 앞자리 학생이 물었다.

―선생님이 더이상 칸트가 아니게 된 건, 역시 시계 때문인가요?

―시계?

―네, 시계. 선생님이 지난봄까지 차고 다니던 그 시계요. 잃어버리셨잖아요.

―난 원래 시계를 안 차.

남자의 대답에 학생이 손가락을 뻗었다.

―거기, 자국이 남았는데요.

일그러진 남자는 자신의 손목을 들여다보았다. 왼쪽 손목에 손가락 한 마디만큼 두꺼운 선이 그어져 있었다. 가무잡잡한 피부 때문에 흰 띠가 도드라져 잘린 손목을 이어붙인 것처럼 부자연스러웠다. 문자판이 엄청 커다란, 고동색 가죽줄 시계를 차고 다니

셨어요. 한 학생이 말했다. 아니야, 문자판이 엄청 컸던 건 맞는데 가죽줄이 아니라 은색 메탈이었어. 판서할 때마다 흘러내렸으니까 엄청 헐렁헐렁했어요. 다른 학생이 말했다. 그냥 검정색 시계 아니었어? 또다른 학생이 말했다. 일그러진 남자는 멍한 얼굴로 자신의 손목을 들여다보았다. 시계라니. 머릿속을 아무리 뒤져봐도 그런 건 존재하지 않았다.

                              *

―사라지기도 하나요. 이게, 사라지기도 한단 말인가요.

시곗줄증후군에 여러 사례가 있다고는 들었어요. 그간 저를 찾아온 연구자분들만 해도 수백 명이 넘어요. 사진 찍고 피부조직을 떼어내고 고름을 옮겨 담느라 바쁘시데요. 저처럼 시곗줄 자국이 수시로 곪고 피가 나는 경우는 처음이라면서요. 선생님도 필요하면 떼어가세요. 연구를 하든 어디다 내다팔든 상관없어요. 어차피 죽어 없어질 몸뚱인걸요.

사례금을 주는 분도 여럿 있었어요. 아이가 그렇게 되고 나니 사방에서 돈이 들어오데요. 성금, 위로금, 조의금, 격려금, 이름도 액수도 제각각인 돈들이요. 도움이 됐냐고요? 선생님은 아이 일주기에 받는 출산장려금이, 상상이 되세요? 어서 둘째를 낳아 이전 아이를 잊어버리라며 출산장려회에서 보내온 돈이었죠. 그 사람들은 정말, 진심으로 그렇게 생각한 걸까요? 전 아무래도 조롱 같아서 그대로 돌려보냈어요. 다른 걸로 대체될 수 있는 목숨이란 게 존재할 리 없잖아요. 아닌가요? 그 돈은 죽어버린 아이와, 혹시 태어날지 모를 아이 둘 다를 모욕한 돈이었어요. 끔찍한 일이죠.

제 아이는, 태어날 때부터 그리 튼튼한 편이 아니었어요. 물혹 때문에 한쪽 난소를 제거한 뒤 어렵게 생긴 아이였는데, 자궁까지 약한 탓에 튼튼하게 낳아주질 못했죠. 임신 직후부터 제일 많이 들은 말이 아슬아슬하다, 였어요. 아이가 아슬아슬하게 매달려 있어요, 조심하셔야 돼요. 의사가 그렇게 말해서 전 당장 직장을 그만뒀어요. 아이가 평균보다 너무 작아요, 태반도 불안정해서 이대로라면 정말 아슬아슬해요. 의사가 그렇게 말해서 철저하게 고단백 식사를 하고 온갖 비타민을 챙겨 먹었어요. 매일 계란노른자를 세 개씩 먹고 시금치랑 과일을 토할 때까지 씹었죠. 자궁 입구가 아슬아슬하게 열려 있어요, 지금 조산하게 되면 큰일나요. 의사가 그렇게 말해서 임신 이십팔 주부터는 두 다리를 붙들어 맨 천을 천장에 고정시켜둔 채 잠을 잤어요. 오로지 아이를 위해서요. 그랬는데도 아이는 팔삭둥이로 태어났어요. 기관지랑 폐가 워낙 약했죠. 제 자궁도 너덜너덜해졌고요. 네, 사실 전 둘째를 가지려 가질 수가 없어요. 그렇게 말했더니 어떤 사람들은 개나 고양이를 기르라고 충고하더군요. 정말 미친 사람들 아닌가요.

아이는 예쁘게 컸어요. 세상에 자기 자식 안 예쁜 부모가 어디 있겠어요. 제 눈에 우리 애는, 그냥 천사였어요. 진부하고 뻔한 표현이지만 전 다른 말은 모르겠어요. 우리 애는 천사였고, 고작 네 살이었고, 그게 다였어요. 전 지금도 궁금해요. 그 여자 눈에는 우리 애가 대체 뭘로 보였기에 그랬던 걸까 하고요. 우리 애가 대체 뭘로 보여야 그렇게 내던지고 머리를 후려치고 온몸을 짓밟는 게 가능할까요. 선생님, 우리 애 사진 좀 봐주실래요? 그애가 뭘로 보이나요? 혹시 수수깡 인형이나 소금 자루나 책가방 같은 걸로 보이는 건가요?

아이를 일찍부터 어린이집에 맡긴 건 시아버님 때문이었어요. 신장병을 오래 앓으셔서 보름에 한 번씩 투석실로 모셔가야 했거든요. 혼자 계시니 이것저것 돌봐드릴 것도 많았고요. 남편과 상의한 끝에 아이를 하루 네 시간씩, 아파트 단지 내에 있는 어린이집에 맡기기로 했죠. 그 시간에 저는 시댁에 가서 빨래와 청소와 식사 준비를 하고 시아버님을 병원에 모셔다 드렸어요. 그날도…… 후우…… 그날도 다른 때와 같았어요. 아이를 어린이집에 데려다 놓고 시아버님 댁에 가서 겨울 커튼을 뜯어 빨고 있었죠. 볕이 좋아서 오후에는 아이를 데리고 공원에 놀러가야겠다, 그런 걸 생각하고 있었어요. 어린이집에서 전화가 왔어요. 아이가 이상하다고, 아픈 아이를 말도 않고 어린이집에 보내면 어쩌냐면서 그 여자가 짜증을 부리더군요. 당장 아이에게 뛰어갔어요. 벨을 누르니까 어린이집 그 여자가, 도무지 선생이라고 부르고 싶지도 않은 그 악마 같은 여자가 낮잠이불로 둘둘 싼 애를 내밀더군요. 아이 뺨이 냉동된 젤리처럼 차가웠어요. 받아 안으니 머리가 툭 떨어지는데 그때의 기분은……

아이를 태운 구급차는 한 시간이 넘도록 병원에 도착하지 못했어요. 지름길로 삼을 만한 골목들은 불법주차한 차들로 도무지 지나갈 수 없었고, 대로는 꽉꽉 막혀 있었죠. 아무리 사이렌을 울리고 방송을 해도 사람들이 길을 비켜주질 않았어요. 누구를 원망할까요, 저처럼 박복한 년은. 산소호흡기를 끼고도 입술이 새파랗게 죽어가는 아이를 구경만 해야 했던 저는요, 애를 업고 구급차에서 뛰어내려 맨발로 도로를 뛰어가고 싶었던 저는요…… 드디어 구급차가 서고 문소리가 났을 땐 병원에 도착했구나, 살았구나 싶었어요. 근데 창밖을 보니 아직 도로였어요. 거친 실랑이 소리가 들리더군요. 접촉사고를 내놓고 그냥 도망갈라고? 니들이 맨날 빈차에 사이렌 꽂고 다니는 거 내가 모를 줄 알아? 선생님, 뒤에 정말 위급한 아이가 타고 있습니다. 아이입니다, 아이예요. 차는 애를 호송한 뒤 바로 보험처리 해드릴 테니까. 지랄하고 자빠졌네, 내가 사람 눈을 딱 보면 그게 개뻥인지 진실인지 꿰뚫어보는 천리안을 가졌어. 개소리 말고 당장 보험사 불러. 경찰 올 때까지 난 꿈쩍도 안 할라니까. 문 열어 보여드리면 믿으시겠습니까? 진짜 한시가 급합니다! 제발 차 좀 빼주십쇼, 우선 아이부터 병원에 보내놓고. 그런 소리가 오가는 동안 제 아이는…… 선생님은 죽어

116

가는 사람의 눈을 본 적 있으세요? 성에가 끼는 것처럼 눈동자가 탁해지는 그 순간을, 본 적 있으세요?

결국 아이는 응급실 문턱도 못 넘었어요. 병원에선 워낙 뇌손상이 심해 일찍 도착했더라도 손쓸 도리가 없었을 거라더군요. 가까스로 남편에게 전화를 걸었는데 남편보다 장례업체 사람이 먼저 도착했어요. 오동나무 관으로 하시겠습니까, 상복은 몇 벌이나 필요하신가요, 사이즈는요, 아동학대로 고소하시려면 진단서를 따로 발급해드릴게요, 경찰에 신고하시겠습니까. 아이의 죽음을 슬퍼할 겨를도 없이 쏟아지는 질문들이 온통 그랬어요. 아이가 죽어가면서 들은 마지막 말이 도로 한복판에 쏟아지는 욕설이었으니 살아 있는 사람에게 그 정도는 당연한 걸까요.

화장터에서 납골당으로 가는 고속도로에서, 저와 제 남편은 뼈항아리를, 우리 아이를 번갈아가며 안아줬어요. 아이가 아직…… 따뜻했거든요. 집에 데려가 재우고 싶다고 말했더니 남편이 고개를 끄덕였어요. 우리집에 데려가자고, 우리가 계속 데리고 살자고요. 운전기사에게 휴게소가 나오면 차를 세워달라고 부탁했죠. 그때 사이렌 소리가 들렸어요. 차 안에 있던 사람들이 모두 깜짝 놀랄 만큼 큰 소리였어요. 갓길을 순식간에 지나치는 구급차를 보고 났는데 남편이 갑자기 제 손을 움켜잡았어요. 하마터면 안고 있던 아이를 떨어뜨릴 뻔해서 조심 좀 하라고 화를 냈더니 남편이, 울기 시작하더군요. 아이 장례식을 치르는 동안 어린이집 여자를 경찰에 고소하고 증거를 찾고 조서를 쓰느라 제대로 울 겨를도 없던 남편이었어요. 이걸 봐, 이걸 좀 봐. 남편이 제 손을 흔들며 말했어요. 양쪽 손목에서 피가 나고 있더군요. 뚝뚝 떨어지는 피 때문에 손목이 잘려나간 것처럼 보였어요. 통증요? ……그때의 저는 제 목이 잘려나갔다 해도 몰랐을 거예요.

평소엔 지금처럼 시곗줄 자국으로 멈춰 있어요. 구급차 사이렌 소리를 듣거나 어린이집 앞을 지나면 살갗이 벗겨지고 진물이 나거나 피가 흐르죠. 재판 때는 붕대를 몇 겹씩 동여매도 피가 멈추질 않았어요. 그 여자 쪽 변호사가 항의하는 바람에 재판정에서 제가 쫓겨났을 정도니까요. 재판요? 아직 끝나지 않았어요. 벌써 이 년째 이어지고 있으니 전 그날로부터 한 발자국도 벗어나지 못한 셈이죠. 재판 결과를 기다리고 있는 건 저뿐만이 아니에요. 절 찾아왔던, 조직 샘플을 얻어갔던 사람들 모두 재판이 끝나기만을 고대하고 있죠. 재판 결과가 이 자국에 어떤 영향을 미치는지 궁금해서일 거예요. 그 여자의 형량이 확정되면 또 저를 찾아오겠죠. 제 손목에서 언제까지 피가 흐르는지, 언제부터 새살이 돋는지 확인하려고요.

자국이 사라지든 사라지지 않든 그런 건 제게 중요하지 않아요. 재판이 끝난다고, 그 여자가 형벌을 받는다고 뭐가 달라질까요. 제 아이는 죽었고, 남편과 저의 세계는 그 순간에 멈춰 있어요. 상상이 가시나요. 저는 이 손목이 아무렇지도 않을 때마다 죄책감을 느껴요. 피가 흐르고 고름이 터져야 겨우 숨이 쉬어지지요. 제 아이가 세상에 존재했단 걸, 제 품안에서 살아 움직였던 걸 증명해주는 건 오로지 이 고통뿐이에요. 이 끔찍한 절망만이 제가 아이를 잊지 않고 있다는 증거예요.

*

일그러진 남자는 버스에서 내려 집을 향해 걸었다. 아스팔트로 포장된 길고 좁은 외길이었다. 드문드문 꽂힌 가로등이 굵고 짧았다. 그보다 더 드문드문 꽂힌 집들을 지나 일그러진 남자는 언덕 아래 엎드린 자신의 집을 향해 걸었다. 오래 걸은 탓에 구두가 형편없이 구겨져 있었다. 길 끝에 각기 농도가 다른 서너 개의 그림자가 맺혔다. 꼬리가 구겨진 개가 일그러진 남자를 향해 달려오고 있었다. 그림자는 길쭉한 꼬리를 가졌고 짧은 주둥이를 가졌다. 달려오면서 그것은 짧은 꼬리와 길쭉한 주둥이 두 개로 나뉘거나 번졌다. 맹렬히 달려오는 개와 분주히 흩어지는 그림자 때문에 시야가 산만했다. 일그러진 남자는 자신의 앞에 다다라서야 비뚤, 기울어지는 개를 걷어찬 뒤 다시 걸었다.

일그러진 남자는 내내 시계에 대해 생각하고 있었다. 자신의 손목을 가로지른 희고 간결한 띠를 들여다보며 문자판이 커다란 고동색 가죽줄 시계에 대해 생각했다. 문자판이 커다란 은색 메탈 시계에 대해 생각했다. 그런 것이 아니었다. 남자는 발뒤꿈치에 달라붙는 꼬리가 구겨진 개를 거듭 밀어내며 시곗줄 자국을 들여다보았다. 일그러진 남자가 알고 있는 시계는 그런 것이 아니었다. 집 대문에 다다라서야 그는 한 가지를 기억해냈다. 이를테면 그것은 일그러진 남자가 한 번도 잃어버린 적 없는 시계에 관한 대화였다.

　—꼭 그렇게 비싼 걸 사야 해요? 시간만 정확하게 알 수 있으면 되는 거잖아요.
　—정확한 시간이야 당연한 거고 그다음이 중요한 거지. 세라크롬 베젤 디스크에 시곗바늘이랑 문자에는 크로말라이트 처리를 했단 말이지. 칼리버3135라, 좋네. 오이스터록 세이프티 클래스프…… 이것 봐, 이 시계는 수심 천삼십칠 미터까지 방수가 되는 거래.
　—당신이 다이버도 아닌데 거기까지 내려갈 일이 뭐 있겠어요? 수심 삼십칠 미터만 해도 터무니없이 깊은데.
　—사람 일은 모르는 거지. 그리고 이건 방수기능이 중요한 게 아니라 혁신적인 기술이 탑재되어 있다는 사실 자체가 중요한 거야.
　—혁신적인 기술이 꼭 좋은 것만은 아니에요. 스마트폰 사용하는 사람들 보면 모르겠어요? 그 놀라운 세계에 빠져 사느라 정작 옆에 있는 사람은 쳐다보지도 않잖아요. 게다가 난, 싫어요, 그런

시계. 수심 천삼십칠 미터에서 혼자 째깍째깍 움직이는 시계라니 그건 너무 쓸쓸하잖아요.

—당신은 너무 감상적이야.

—나도 알아요. 하지만 나한텐 그 시계가 꼭 소금맷돌 같은걸요.

—소금맷돌? 그게 뭐야?

—소금이 나오는 맷돌 얘기 몰라요? 틀림없이 들어봤을 텐데. 그러게 어릴 때 동화책을 좀 읽지 그랬어요. 손잡이를 돌리면 끊임없이 소금이 나오는 맷돌에 대한 얘기예요. 맷돌 주인은 소금을 팔아 큰 부자가 되었는데, 어느 날 도둑이 그 맷돌을 훔쳐가버려요. 도둑은 주인에게 잡히지 않으려고 맷돌을 배에 싣고 바다를 건너요. 그때만 해도 바다는 호수처럼 맑고 물이 달았대요. 도둑이 배에서 맷돌을 돌리기 시작해요. 소문대로 소금이 나와 배 안에 가득 쌓였죠. 욕심 많은 도둑은 맷돌을 계속 계속, 쉬지 않고 돌려요. 소금이 산만큼 쌓이고, 결국 배는 무게를 이기지 못해 그대로 가라앉아버리죠. 바닷속에 가라앉은 맷돌은 혼자 계속 돌아가면서 소금을 만들어내요. 그래서 지금 바닷물이 그렇게 짜졌다는 이야기예요.

—난 또 뭐라고. 그냥 전래동화잖아. 그래서 그 얘기의 어디가 쓸쓸하다는 건데?

—맷돌이 돌아가는 게요. 깊은 바닷속에 혼자 가라앉아 자기가 거기 있다고, 자기를 잊지 말아달라고 계속 계속 돌아가는 맷돌이

가엽고 쓸쓸해서 견딜 수가 없어요.

일그러진 남자가 아득해진 시선을 돌렸다. 집안은 고요히 굳어 있었다. 물건들 역시 서로에게 적당한 간격을 두고 굳어 있었다. 일그러진 남자는 그것이 고요하되 조작된 침묵임을 깨달았다. 집안 듬성듬성 이 빠진 자리에 무엇이 존재했었는지 깨달았다. 방에서 뽑혀나간 건 아내의 화장대였다. 옷장 안 무수한 빈자리는 아내의 두껍거나 얇은 옷이 박혀 있던 자리였다. 거실 벽이 텅 빈 것은 아내의 사진들이 뜯겨나갔기 때문이었다. 일그러진 남자는 순식간에 모든 것을 기억해냈다. 찬장에서 아내의 그릇과 원색의 냄비들을 끄집어낸 사람은 남자 자신이었다. 바닥에 내동댕이쳐져서 깨지고 일그러진 조각들을 밟아 으깬 것도 자신이었다. 그것은 슬픔 때문이었다. 뭉뚝한 주둥이와 날카로운 꼬리를 지닌 슬픔이 여러 개로 나뉘거나 번져 남자를 짓누른 까닭이었다.

소금맷돌뿐일까.

일그러진 남자는 방 복판에 서서 자문했다. 꼬리가 구겨진 개가 발톱으로 대문을 긁고 있었다. 비틀리고 일그러진 소리가 집안 가득 고였다.

가엽고 쓸쓸한 게 소금맷돌뿐일까.

*

　—영 이상했네. 처음 통화할 때부터 자네가 남처럼 느껴지질 않
더란 말이지. 내내 이상했는데 지금 만나보니 알겠네. 자네 역시
그랬구만. 요즘 같은 세상에 드문 일도 아니지.

　동생 얘길 하는 건 오랜만이네. 나랑 열한 살 터울이니 동생이
라기보단 조카나 아들 같았지. 사이에 여동생이 둘 있는데 하나는
2003년도에 죽었고 하나는 이민 가서 살고 있으니 이래저래 뿔뿔
이 흩어진 셈이야. 자넨 나이가…… 그렇지, 동생이 살아 있다면
딱 자네만했겠군. 결혼은 했나? 아이는?

　동생을 두고 지하철 의인이니 영웅이니 떠들어대던 때가 벌써
육 년 전이네. 당시엔 유난들 했지. 각종 신문사, 방송사에서 취재
를 오고 전화가 빗발치고 내 집까지 찾아온 사람만 해도 수십이
네. 대한민국에 언론사가 그렇게 많은지 그때 처음 알았지. 받아
놓은 명함만 몇 상자였는지 원. 동생에게 도움을 준다는 기업도
있었고 순수한 마음으로 찾아와 격려해주는 시민도 있었네. 고마
운 사람들이었음엔 틀림없지. 동생도 그렇게 생각했으니 그 와중
에 인터뷰를 하고 사진도 찍었겠지. 사실 화상 치료라는 게 생각
처럼 간단한 게 아니라네. 좀 끔찍한 비유지만 삼겹살을, 일단 불
위에 올렸던 삼겹살을 원래대로 되돌리는 건 불가능하잖은가. 동
생은 등을 제외한 전신이 그런 상태였네. 얼굴이랑 목, 손이 제일

심했지. 손가락이 불에 녹아 붙어버리는 바람에 소독할 때마다 살 갗을 찢어야 했네. 한쪽 눈은 실명됐고, 코가 뭉개져 뺨에다 숨구 멍을 뚫어야 했지. 아무리 센 진통제를 주사해도 동생은 온몸을 덜덜 떨며 비명을 질러댔네. 팔다리가 부러진 거라면 얼마나 좋을 까, 간이나 비장이 찢어진 거라면 얼마나 좋을까, 그런 생각을 하 며 병상을 지키던 날들이었어. 수술비와 집중치료실 입원비만 해 도 상당했는데 그때 받은 성금으로 어찌어찌 해결했지. 방송을 틀 면 지하철 참사를 막아낸 영웅이라며 종일 동생 얘기가 나왔네. 전동차에 휘발유를 뿌리고 불을 붙이려던 괴한을 온몸으로 막아 냈다고 찬사를 거듭했지. 인정하네, 그건 정말 아무나 할 수 있는 행동이 아니었어. 동생이 그때 받은 표창장만 해도 수십 개라네. 도움의 손길도 이어졌지. 일 년 정도 동생 치료비를 충당할 수 있 을 만큼의 큰 금액이었으니 그 또한 감사할 일이네. 문제는 인간 의 생이 그렇게 짧지 않다는 데 있지. 환호와 응원이 모두 끝나버 린 뒤에도 버텨내야 할 생이 남아 있거든. 훨씬 더 비루하고 끔찍 한 모양새로 말일세.

동생의 삶 역시 이어졌네. 화상 치료에는 상상을 초월할 만큼의 돈이 들어. 게다가 아무리 해도 치료가 끝나질 않지. 좀 나았나 싶 으면 합병증을 일으키고 괜찮나 싶으면 살 어딘가가 썩어들어가 수술을 해야 했어. 동생에겐 아무 걱정 말고, 치료에만 전념하 라고 했지만 집안 사정은 엉망이었네. 동생이 살던 전셋집은 일찌감치 팔아버렸지. 그나마 보증금 절반은 제수씨가 이혼하면서 가져가버렸어. 제수씨 입장도 이해는 가네. 싫었을 거야. 입원과 퇴원을 반복하는 반송장 남편이 완쾌해 직장을 갖고 평범한 가정을 꾸리게 될 확률이 전혀 없었으니. 간혹 잊지 않고 성금을 보내주는 사람들 덕분에 간신히 생활을 이어갔지만 병원비로 진 빚을 감당할 수 없었네. 젖먹이는 자꾸 커가고 몸 누일 집도 없고 식당 일은 힘에 부치고 간병과 빚 독촉도 지긋지긋했겠지. 삶이 결코 녹록지 않음을 알고 있으니 제수씨를 원망할 마음은 없네. 그저 가여울 뿐이지. 제수씨도, 동생도 죄다.

몸이 좀 나은 뒤엔 동생도 어떻게든 일을 얻어 살아보려 애썼네. 하지만 몇백 명을 구한 의인이면 뭐하겠나. 동생은 그저 제 몸도 제대로 가누지 못하는, 혐오스러운 외관을 가진 환자에 불과했어. 우울증이 심해졌지. 이후 동생은 여러 번 자살 시도를 했네. 빚 같은 건 어떻게든 갚으면 된다고, 사람은 어떻게든 살아내게 되어 있다고 혼을 냈더니 동생이 말하더군. 몸이, 몸이 너무 아파 견딜 수가 없었다고 말이네. 사람답게 살고 싶다거나 그런 사치스러운 소리가 아니라 그냥 통증에서 도망치고 싶었다고, 아프지만 않으면 자기도 살겠노라고 말일세. 동생을 죽음으로 몰고 간 건 사람들이 의로운 상처라고 칭송하던 바로 그 화상이었지. 동생은 재작년에 기어코 자살했네. 옷을 전부 벗고 저수지에 뛰어들었는데 그 옷 주머니에 유서가 있었어. '물을 더럽혀서 미안합니다.'

딱 한 줄이 쓰여 있더군. 삐뚤삐뚤 엉망인 글씨였지. 손가락이 굽어지질 않으니 동생은 글씨를 쓸 수가 없었네. 유서를 쓴 사람은 동생의 아들, 내 조카였어.

조카는 그때 여덟 살이었네. 모진 경험을 했지. 동생은 아무래도 조카와 함께 죽을 작정이었는지 그날 저수지까지 조카를 끌고 갔다네. 벌거벗은 남자가 애를 잡아끌고 물속으로 들어가는 모습을 본 목격자가 있더군. 목격자가 말하길, 애 손목을 잡아끌던 남자가 돌연 그걸 놓더니 혼자 물속에 빠지더라고 했네. 저수지까지 부득불 조카를 끌고 간 게 동생의 잔인함이라면 마지막 순간 손목을 놓아버린 건 동생의 선량함이었겠지. 물론 화상 때문에 손에 힘이 풀려 놓친 걸 수도 있겠네만 난 그게 동생의 의지였다고 믿고 싶네.

동생 장례는 조용히 치르고 싶었다네. 알다시피 잘 안 됐지. 동생이 화상을 입었던 때처럼 사람들이 몰려들어서 내가 할 수 있는 일은 조카를 방안에 숨겨놓는 것 정도였어. 지하철 의인이 화상 후유증과 우울증으로 자살했다는 보도가 사방에서 나왔네. 고인을 추모하는 방송에선 동생에 대해 이렇게 말하더군. 평소 올곧고 정의로운 성품을 가지고 있던 고인은 지하철 방화범을 보자마자 의협심을 발휘해 시민들을 구하기 위해 스스로를 희생했다. 그것참 요란도 하지. 사실 내 동생은 소심하고 겁 많은, 예민한 아이였네. 어릴 땐 내가 큰 소리로 윽박지르기만 해도 며칠 밤을 악몽에 시달렸지. 길 가다 험한 눈길이라도 받으면 주눅이 들어 도망쳤네. 아홉 살이나 연상인 제수씨와 일찌감치 결혼했던 것도 제수씨가 워낙 괄괄한 성격인 탓이었으니 말 다 했지. 그런 사람이 어떻게 방화범에게 달려들었냐고? ……2003년. 내 아까 여동생 하나가 2003년도에 죽었다고 말한 걸 기억하나? 우리는 그때 대구에 살고 있었네. 여동생은…… 지하철 참사로 목숨을 잃었지. 내장 시설과 함께 녹아버려 시체도 찾지 못했어. 동생은 몇 년을 고통스러워했네. 우울증으로 처음 자살 시도를 한 것도 그때였지. 대구를 떠난 뒤에도 동생은 한동안 정신과 치료를 받았어. 그러니 방화범을 향해 달려든 건 본능이지 않았겠나. 끔찍한 공포에서 벗어나려는 본능, 똑같은 참사를 막아야 한다는 절실한 본능 말일세.

시곗줄 자국은 나에게도, 조카에게도 있네. 모든 걸 생생하게 보고 겪은 건 난데 어째선지 내 자국은 눈에 띄지 않을 정도로 흐리네. 조카 것은, 꽤 끔찍하지. 뱀이 칭칭 감았다 놓은 것처럼 시커먼 게 몇 줄이나 되거든. 조카는 그게 동생의 손가락 자국이라고 말하더군. 저수지에서 자기를 움켜쥐었던 그 손자국이 지금까지 남아 있는 거라고 말일세. 그래도 넌 살아남았으니, 살아남은 자의 몫을 다해야 한다고 말해줬지. 그랬더니 조카가 뭐라고 했는지 아는가. 살아남았다고 해서 모두 다 숨을 쉴 수 있는 건 아니에요. 그렇게 말하더군. 살아남았다고 해서 모두 다 살아 있는 건 아니라고 말일세.

*

일그러진 남자가 책상 앞에 앉았다. 녹음기에서 흘러나오는 목소리들은 구불구불하고 어두웠다. 낮게 엎드린 음성마다 가시가 만발해 남자의 목덜미와 손등을 함부로 잡아챘다. 일그러진 남자는 스탠드 불빛에 의지해 목소리를 기록했다. 노트마다 글자들이 비뚤비뚤 일어섰다 사라졌다. 꼬리가 구겨진 개의 울음소리가 스산했다. 울어대는 것은 꼬리가 구겨진 개만이 아니었으나 남자의 귀엔 잡히지 않았다. 일그러진 남자는 무언가를 묻기 위해 목소리를 기록하는 중이었다. 손으로 꼭꼭 눌러 접은 슬픔과 죽음의 기억처럼 단단한 것들, 상실과 분노와 공포처럼 흉포하고 허기진 것들. 형태가 있든 없든 하나같이 귀퉁이가 일그러진 것들이었다. 남자의 주변에는 그런 것들이 잘 모여들었다. 이유는 당연히, 그가 일그러진 남자이기 때문이었다.

손바닥만한 노트를 절반쯤 채워놓았을 뿐인 남자가 숨을 헐떡였다. 책상에 세워놓은 스탠드가 기울어졌다. 펜을 쥔 손그림자가 거대해지며 더욱 불규칙한 형태로 일그러졌다. 그 끝에 뭉뚝한 주둥이가 끼어들었다. 닳아빠진 기억의 송곳니가 일그러진 남자의 손등에 헐겁게 박혀 있었다. 그것은 아내에 대한 기억이었다. 아내가 사라져버린 계절의 기억, 수심 삼십칠 미터에서 혼자 째깍째깍 움직이고 있을 아내의 시간에 대한 기억이었다. 홀로 소금을 쏟아내며 울고 있을 존재에 대한 기억이었다.

일그러진 남자는 다시 노트를 폈다. 숨을 참고 글자들을 적어 나갔다. 글자를 완성할 때마다 심장이나 폐 따위가 조금씩 일그러 졌다. 손목의 시곗줄 자국이 조금 더 정교해졌다. 일그러진 남자 는 마지막 강의를 했다. 산길을 오래 걸어 구덩이를 파고 아내의 남은 물건들을 묻었다. 목소리를 얻어와 남김없이 기록했다. 지금 일그러진 남자가 할 수 있는 일은 고작 그 정도였다.

여진

1

기억이 안 납니다.

남자는 말했다.

미안합니다. 정말로 기억이, 안 납니다.

남자가 손을 들어 코밑을 훔쳤다. 수갑 때문에 딸려올라온 다른 손이 오그라든 채 허공에 떠 있었다. 남자는 태연한 얼굴로, 코를 훔치려면 으레 한 손은 떠 있어야 한다는 듯 느리게 움직였다. 허공에 뜬 손이 오그라든 건 붕대 때문이었다. 검지와 중지에서 시작해 엄지 두덩을 꽉 눌러 묶은 붕대가 남자의 손목까지 이어졌다. 붕대 끝에 튀어나온 손가락 마디가 붉었다. 남자의 변호사가 방청석을 흘끗 바라보고는 남자에게 뭐라 속삭였다. 남자는 두 손을 내려 무릎 위에 두었다.

먹구름이 하늘을 뒤덮고 있었다. 가로수마다 여름내 자란 잎사귀들을 한 자루씩 이고 있었다. 새떼의 흔적이나 낮게 나는 항공기 그림자 같은 것이 거리를 스쳤다. 그늘에 가려진 것이라면 얼마든지 있었다. 보도블록에 흘러내린 그림자가 입간판을, 트럭을, 육교를 차례로 집어삼켰다. 최종적으로는 검고 두꺼운 그늘 외에 어떤 것도 거리에 남지 않았다. 남자는 자신의 기억 역시 그러하다고 주장하고 있었다. 고백해야 하는 것이 무엇이든, 그것은 불규칙하고 무성의한 그늘 속에 숨어 있다고.

남자는 대체로 무표정했다. 재판이 진행되는 내내 담담한 얼굴로 몸의 각도를 일정하게 유지하려 애썼다. 고개를 들지도 완전히 숙이지도 않은, 앞에 선 사람에게 이마와 콧잔등은 보이되 하관은 보이지 않는 각도였다. 입꼬리에 그림자가 달라붙어 남자는 침울해 보였다. 내리깐 눈 아래가 푸르스름해 병약해 보였다. 달아오른 텅 빈 정수리가 비루해 보였다. 남자는 적당한 각도를 변호사에게 배우기라도 한 것처럼 자리에 꼭 맞는 꼴로 멈춰 있었다. 기억이, 안 납니다. 미안합니다. 두서없이 되뇌는 쉰 목소리 때문에 남자는 심지어 반성하고 있는 것처럼 보이기도 했다.

개자식.

소년은 흠칫 놀라 오른쪽을 바라보았다.

소년의 오른쪽엔 엄마가, 왼쪽엔 아빠가 앉아 있었다. 욕설이 들려온 게 왼쪽이 아니라는 사실에 소년은 침을 삼켰다. 아빠의 욕설은 익숙했다. 소년의 아빠는 운전할 때나 야구경기를 관람할 때, 뉴스를 볼 때 추임새를 넣듯 거친 말을 쏟아내곤 했다. 제한속도를 과도하게 잘 지키는 운전자에게는 꼼꼼하게 성별을 따져 욕했고, 실수를 연발하는 운동선수에게는 신체 부위를 골라 비난을 퍼부었다. 엄마는 그렇지 않았다. 소년의 엄마는 말을 함부로 하는 사람이 아니었다. 부득이하게 누군가와 말다툼을 해야 할 때에도 꼬박꼬박 경어를 썼고, 아무도 듣지 않는 곳이라 해서 아무 말이나 내뱉는 버릇도 없었다. 말마디를 정확히 구분해 한 글자씩 신중하게 발음하는 엄마의 화법을 소년은 지루하게도 자랑스럽게도 여겨왔다.

그러나 지금 소년의 오른쪽에 앉아 최선을 다해 남자를 노려보고 있는 엄마는 어떻게 이해해보려 해도 낯설었다. 소년의 부모는 거울 속에 삼켜진 것처럼 정반대의 모습을 보이고 있었다. 소년의 아빠는 너무 오래 생각하느라 머릿속의 단어가 모두 녹아버린 사람 같았다. 소년의 엄마는 혀 위에 단어를 올려놓기 무섭게 밖으로 뱉어버렸다. 재판이 진행되는 내내 소년의 엄마는, 운전대를 잡고 고속도로를 달리던 과거의 아빠처럼 수시로 분개하고 큰 소리로 혈떡였다. 남자의 변호사가 판사에게 정신감정소견서를 제출하자, 소년의 엄마는 더이상 참지 못하고 자리에서 일어나 외쳤다.

아닙니다, 판사님. 그건 개자식이에요. 미친놈이 아니라 개자식입니다, 판사님!

소년의 아빠는 엄마를 말리는 대신 소년의 손을 꽉 쥐었다.

소년은 재판이 진행되는 내내 머리를 숙이고 있었다. 간혹 얼굴을 들어올렸다가도 누가 볼세라 무릎 사이로 머리를 처박았다. 도드라진 날갯죽지가 소년을 앙상하고 깨지기 쉬운 무엇으로 보이게끔 만들었다. 그건 뒷자리에 고모와 나란히 앉은 누나 역시 마찬가지였다. 소년의 누나는 배를 심하게 앓는 사람처럼 마른 수수깡 같은 몸을 구부리고 있었다. 고모가 상체를 흔들 때마다 소년의 누나가 구깃구깃 쪼그라들었다. 소년의 엄마처럼 고모 역시 사나운 얼굴이었다. 소년이 이해하지 못할 말들과 소년의 누나가 들어서는 안 될 말들이 난무했으나 누구 하나 이들의 귀를 막아주지 않았다.

한 가지……

변론과 반론이 거듭되던 어느 시점이었다. 남자가 천천히 입을 뗐다.

기억나는 게, 한 가지……

어느새 자리를 옮긴 남자가 방청석에 등을 보이고 앉아 있었다.

완만하게 구부러진 어깨와 누런 목덜미가 방청석에 앉은 여느 사람들처럼 평범했다. 윗집에 사는 칠십대 노부부를 과도로 스물세 차례나 찔러 살해한 범인이란 흔적은 어디에도 없었다. 남자는 손을 씻고 머리를 감고 옷을 갈아입은 것만으로 그날과 멀어졌다. 손톱과 수염을 깎고 붕대를 싸매는 것만으로 새날을 맞이했다. 불리한 기억은 모조리 그늘 아래 쑤셔넣었으므로, 사물에 새겨진 기억이 남자의 것보다 훨씬 선명하고 날카로웠다. 때문에 재판은 사물의 흔적을 더듬어 남자의 행적을 짜맞추는 식으로 진행되었다.

남자는 7월 16일 오후 일곱시경, 자신의 집에서 나와 비상계단을 타고 위층으로 올라갔다. 초인종을 누를 때까지 남자는 경고의 말을 하고 싶었을 뿐 위해를 가할 생각은 없었다고 진술했다. (이후 남자는 '경고'에서 '부탁'으로 말을 바꾸었다가 진술을 번복해 기억이 안 난다는 입장을 고수했다.) 윗집 노부부는 의심 없이 현관문을 열었다. (평소 왕래가 있었느냐는 질문에 남자는 '아랫집입니다'라고만 했을 뿐인데 문이 열렸노라고 답변했다. 이 부분의 진술은 번복하지 않았다.) 남자는 노부부를 거칠게 밀어붙이며 집 안으로 들어갔다. 떠밀린 노인이 거실에 넘어졌다. 넘어지지 않은 노인은 주방으로 도망쳤다. 노부부의 집 구조가 남자의 집과 똑같았으므로, 남자는 머뭇대는 일 없이 노인을 쫓았다. 보폭이 넓고 힘찬 발자국이 거실 바닥에 찍혀 남자의 동선을 증명했다. 싱크대 안쪽에 걸려 있던 과도를 꺼낸 사람은 노인이었으나 그것에 찔린 사람 역시 노인이었다. 노인은 목에 중상을 입은 채 쓰러졌다. 다음부터 이어지는 남자의 발자국에는 피가 흥건했다. 남자는 과도를 움켜쥐고 거실로 가, 경찰에 신고중인 또다른 노인을 스물두 차례 찔렀다. 남자의 움직임은 여기서 급격히 산만해졌다. 첫번째 살인이 날렵하고 정확하게 이루어진 데 비해 두번째 살인은 엉성하기 그지없었다. 다른 인격을 덮어쓴 것처럼 남자는 돌연 서툰 행동으로 노인을 공격했다. 급소를 전부 빗맞혔고 여러 차례 칼을 놓쳤다. 노인의 늑골에 걸린 칼끝이 이 밀리미터가량 부러졌다. 체액에 젖은 칼 손잡이가 남자의 손에서 미끄러졌다. 중지와 검지가 칼날에 찢어지고 엄지손가락은 골절됐다. 마침 노부부의 집에 동치미를 가지러 왔던 며느리가 현장을 목격했다. 단 한 차례 목을 찔렸을 뿐인 노인은 그 자리에서 죽었다. 스물두 곳이나 자상을 입은 노인은 세 차례의 수술 후 일주일을 버티다 죽었다.

소년은 이 모든 걸 재판정에서 들었다. 잔혹한 내용에 고통스러워하느라 소년의 부모는 소년과 소년의 누나를 법정에서 내보낼 타이밍을 놓쳤다. 검사가 들끓는 목소리로 '잔악무도하고' '파렴치하며' '비인간적인' '엽기적' 행위임을 강조할 때마다 어린 남매는 몸을 떨었다.

검사는 사건 개요를 설명하는 데 수십 장의 현장 사진을 활용

했다. 이천사백만 화소에 광각렌즈로 촬영된 죽음은 지나치게 정교해서, 남매가 굳이 목격하지 않아도 좋을 부분까지 친절하게 복원해냈다. 소년은 문이 활짝 열린 채 기울어진 싱크대 서랍장과 그 안에 차곡차곡 정돈된 냄비와 프라이팬을 보았다. 사과식초와 간장, 용도를 알 수 없는 유리 뚜껑, 찬장 벽에 기대 세워진 강판 두 개와 밀대. 사물은 친근했으나 그 위에 끼얹어진 죽음은 기이하고 낯설었다.

너무 시끄러워서.

남자가 말했다.

시끄러워서 도무지 견딜 수가 없었다는 게…… 그게, 기억납니다. 그애들이, 쿵쿵대고 뛰어다니고 쇠공 같은 걸 집어던지고, 종일 제 머리통을 밟고 다니는 것처럼 소리가, 도무지 견딜 수가 없어서 아아 정말…… 죽여버릴까 하고…… 그랬습니다. 그애들만, 그 소리만 아니었어도 저는……

벌떡 일어나려는 엄마를 소년의 아빠가 저지했다. 재빨리 뻗어나온 긴 팔이 소년을 가로질러 소년의 엄마를 눌러앉혔다. 짓누른 손이나 짓눌린 손이나 같은 정도로 차가웠다.

소년은 순간적으로 팽개쳐진 자신의 손을 바라보았다. 손톱과 손톱 밑 살점이 한계에 다다를 때까지 뜯겨 있는 손이었다. 물어뜯은 흔적 그대로 곪거나 붓거나 검게 죽은 손끝이 남의 것처럼 생소했다. 재판정에 오기 전까지 소년의 손은 열 손가락 모두 반창고로 감겨 있었다. 소년의 엄마는 소년을 꾸짖는 기색도 없이 약을 바르고 반창고를 감아주었다. 이제 그러면 안 돼. 나직이 말해놓고 소년의 엄마는 바닥을 오래 내려다보았다. 반창고 포장지와 소독약과 면봉 같은 것들이 어지러이 널려 있었다. 소년의 엄마가 말없이 방으로 들어갔다. 소년은 반창고가 떨어지지 않게 조심하며 끝이 뭉툭한 가위와 소독약을 구급상자에 챙겨넣었다.

피가 흐리게 밴 반창고는 지금, 방청석 바닥에 엉망으로 버려져 있었다. 소년은 재판정에 있는 남자와 마주친 뒤, 정확히는 남자의 손에 감긴 붕대를 발견한 뒤 반창고를 죄다 풀어버렸다. 살점이 떨어져나간 부위에서 진물이 솟았다. 그애들. 소년이 속삭였다. 그애들, 그애들만 아니었다면.

소년은 그들이 누구를 뜻하는지 알고 있었다. 시끄럽게 뛰어다니고 쿵쿵대며 쇠공을 집어던졌다는 애들, 칠십대 노부부를 죽음에 이르게 만든 그애들이 누구인지. 알 수밖에 없었다. 노부부의 장례식장에서, 학교에서, 길거리 상점에서 마주친 모든 사람들이 소년에게 알려주었다. 사람들은 경이로울 만큼 상냥한 태도로 그애들의 등을 쓰다듬었다. 상점가를 걸어가면 갓 튀긴 핫도그나 아이스크림 같은 걸 그애들 손에 쥐여주었다. 학교 복도에서 마주친 선생님은 자애로운 표정으로 고개를 끄덕였다. 어른들처럼 능숙하지 못한 아이들은 차라리 입을 다물었다.

아니야.

그애들의 친구들은 자주 머리를 흔들며 말했다.

아무것도 아니야, 엄마가 말하지 말랬어.

소년은 동그랗게 몸을 말았다. 숨겨지지 않는 팔다리를 가슴 쪽으로 힘껏 끌어당겼다. 몸통이 가늘고 다리가 많은 벌레가 파고드는 것처럼 손톱 밑이 간지럽고 쓰라렸다. 소년은 손가락 끝을 청바지의 거친 면에 문질렀다. 더이상 물어뜯을 수도, 내버려둘 수도 없는 손가락을 여기저기 문질러대는 것만이 지금 소년이 할 수 있는 일의 전부였다.

2

어머님이 해주시는 밥은 참 맛있어요.

소년의 엄마는 자주 그렇게 말했다.

어딜 다녀봐도 어머님이 하신 게무침만큼 간이 똑떨어지는 게 없어요.

그게 뭐라고 호들갑은.

저는 암만해도 간이 안 맞아요. 양념 쓰임새도 모르겠고.

그거는 익혀야지. 양념이, 빠짐없이 제 곳에 쓰여야 맛이 나는 거지.

그럼요, 어머님. 뭐든 쓰일 곳이 딱 정해져 있더라고요.

아무렴.

그러니까요, 어머님.

그래.

이제 그러지 마세요. 그러시면 안 돼요.

소년의 조모가 게무침 그릇을 자신의 앞으로 끌어갔다. 속이 꽉
찬 게 몸통을 골라 손가락으로 밀어 살을 짜내고, 그 살들을 밥그
릇마다 부지런히 날랐다. 소년의 밥그릇과 소년의 누나 밥그릇과
소년의 엄마 밥그릇까지 빠짐없이. 소년의 엄마는 잘 발라진 게살
을 양념을 떠다 싹싹 비벼 먹으며 어머님 또요, 또 주세요 어머님,
했다.

아범은 이 맛있는 걸 못 먹어요, 맨날 일만 하느라.

너도 할 일이 있을 텐데 주말마다 오느라 애쓰지 않아도 된다.

싫어요, 어머님. 여기 아님 제가 어디서 밥을 먹나요.

애들 데리고 오가기도 힘들 텐데.

애들은 여기서 노는 걸 더 좋아해요. 그보다 꼬막을 사러 나갈
까요? 아범이 요즘 입맛 없다고 밥을 통 안 먹어요. 그럴 땐 어머
님 꼬막무침이 최고거든요.

어느새 밥그릇을 비웠는지 소년의 엄마가 그릇을 챙겨 일어났
다. 상에 수북이 쌓인, 쭉정이만 남은 게 껍데기를 정리하는 손이
재빨랐다. 소년은 바쁘게 움직이는 엄마를 바라보았다. 조부모의

집에만 오면 엄마는 말이 많아지고 어리광이 심해지고 움직임이 커졌다. 조모를 졸졸 따라다니며 굴전이나 오이소박이가 먹고 싶다고 졸랐고 조모가 하는 일마다 어이구 어이구 치켜세우기 바빴다. 어머나, 저 화분걸이를 어머님이 만드신 거예요? 저도 하나 만들어주세요. 물통 손잡이에 이거 뭐예요? 레이스 뜨기로 이런 걸 다 만들 수 있어요? 저도요, 저도 주세요. 소년의 집에는 화분이 없었다. 직수정수기를 설치해두었으므로 물통을 쓸 일도 없었다. 그럼에도 소년의 엄마는 조모가 한 모든 것에 감탄하고 일일이 탐을 냈다.

엄마가 엄마가 아닌 것 같아. 조모에게 딱 붙어 있는 엄마를 가리키며 소년의 누나가 속삭였다. 엄마가, 어린애가 된 것 같아. 먹고 싶은 거 해달라고 떼쓰고 보채고. 이상하지? 그치? 소년은 고개를 끄덕였다.

사실 소년의 눈에는 안방에 앉아 손바닥만한 책을 들여다보며 종일 혼자 바둑을 두는 조부가 더 이상해 보였다. 조부는 숨도 아껴 쉬며 바둑판을 채워넣다가 어느 순간 흑돌을 내려놓고는 아아, 깊게 탄성을 내질렀다. 그렇지, 그렇지, 홀로 추임새를 넣으며 손에 쥔 돌들을 왈각거리기도 했다. 할아버지도 이상하지 않아? 소년이 묻자 소년의 누나는 너도 게임할 때 저래, 하고 톡 내뱉었다.

그러면 안 되는 거랬잖아.

뭐가?

엄마가, 다른 사람 귀찮게 하면 안 되는 거라고 그랬잖아.

꼬막무침과 깻잎을 잔뜩 싸들고 집으로 돌아가면서 소년의 누나가 물었다. 묻고 싶은 것을 참느라 여러 번 움켜쥔 치맛단이 꼬깃꼬깃해져 있었다.

스스로 할 수 있는 건 다른 사람한테 해달라고 하면 안 돼, 엄마. 엄마도 밥할 줄 알잖아. 할머니 피곤해. 귀찮게 하면 안 돼.

귀찮게 해도 돼, 할머니는.

왜?

할머니는 자꾸 귀찮게 해드려야 해. 자꾸 뭘 해달라고 하고, 어디든 같이 가자고 해야 해. 그래야 할머니가 우울해지질 않아.

할머니 우울해?

할머니는 자기가 세상에서 제일 쓸모없는 존재라고 생각하셔. 그게 뭐냐면, 할머니가, 아무도 자기를 필요로 하지 않는다고 생각하는 거야. 할머니는 아주 오랫동안 일을 해오셨잖아? 그런데 작년에 갑자기 그만두시곤 혼자 쓸쓸한 생각을 너무 많이 하셨어. 일을 할 수 없게 된 걸 보니 나는 아무짝에도 쓸모가 없나봐, 이런 식으로 말이야. 우리가 자꾸 알려드려야 해. 할머니가 얼마나 소중한 사람인지, 할머니밖에 할 수 없는 일이 얼마나 많은지. 자꾸 알려드려야 저번 같은 일이 안 생겨.

저번?

……그런 게 있어.

구급차?

누나와 엄마의 대화를 잠자코 듣고 있던 소년이 끼어들었다. 소년의 엄마 얼굴이 험악해졌다.

한낮의 구급차 소동은 소년의 누나가 모르는 것이었다. 소년은 학교 수업이 오후 한시에 끝났고, 소년의 누나는 방과후 학습과 영어학원까지 마친 뒤 오후 다섯시에나 집에 돌아왔다. 소년은 전화를 받은 엄마의 얼굴이 지점토를 마구 치댔을 때처럼 뭉개지는 걸 혼자 목격했다. 그럼 지금 구급차 타고 가는 길이세요? 아버님, 진정하시고, 어느 병원으로 가는지를 물어보세요. 제가 당장 그리로 갈게요. 소년이 들은 말은 그게 전부였다.

소년은 동네 놀이방에 맡겨져 자신보다 훨씬 어린 아이들이 주먹만한 블록을 빨거나 목적 없이 바닥을 뒹구는 걸 구경했다. 간식으로 계란 과자와 요구르트를 먹고, 장면을 거의 외우다시피 한 애니메이션을 다섯 편쯤 보도록 엄마는 돌아오지 않았다.

이건 비밀이야. 해가 완전히 기운 뒤에야 놀이방에 도착한 엄마가 소년에게 점퍼를 입히며 말했다. 아빠한테도 누나한테도 비밀이야, 알았지? 소년은 비밀을 지켰다.

날이 더워지기 시작하자 조부모는 웬만해선 잘 움직이지 않았다. 겨드랑과 종아리가 훤히 드러나는 모시옷을 입고 느릿느릿 집 안을 오갔다. 조부는 에어컨이 설치된 거실로 바둑판을 옮겨왔다.

기보책 아랫부분이 손에 쥐었던 모양 그대로 땀에 젖어 우그러들었다. 실내 온도는 늘 이십오 도로 맞춰져 있었으나 달궈진 유리창으로 가차없이 내리꽂히는 햇빛 때문에 금세 땀이 솟았다. 조부와 조모 중 어느 한쪽이 보이지 않아 방으로 들어가보면 대나무 자리 위에 반듯하게 누워 코를 골고 있었다. 조부모는 교대하듯 잠들었다 깨기를 반복했다. 소년과 소년의 누나는 엄마가 당부한 대로 조모를 살폈다.

할머니는 자고 있어.

소년의 엄마가 전화를 걸어 물을 때마다 남매는 성실히 대답했다.

할아버지는 땀이 아주 많이 났어.

할머니는 언제부터 주무셔?

아까, 한 시간 전쯤부터.

그럼 가서, 할머니 손바닥 간질여봐.

손바닥? 왜?

아무튼. 얼른 가서 해봐. 간질였는데 안 움직이면 살짝 꼬집어도 돼. 할머니가 주먹을 쥐거나 손가락을 움직이면 괜찮은 거야. 발바닥도 괜찮아. 얼른 가서 해.

남매는 조모 손바닥을 이쑤시개로 콕콕 찍었다. 왜 그러냐? 조모가 잠이 깨어 물으면 배가 고프다거나 심심하다는 이유를 댔다. 그러면 조모는 양푼에 밀가루를 담아 남매에게 건네주었다. 소년이 밀가루를 주무르는 동안 소년의 누나가 약간의 소금과 물과 계란을 양푼에 넣었다. 반죽이 어느 정도 뭉쳐지면 조모가 밀대로 넓게 밀어 착착 접은 뒤, 비스듬히 누인 칼날로 썰어냈다. 칼국수 면은 때론 푸석푸석하고 때론 딱딱했다.

남매가 나란히 강판을 앞에 두고 앉을 때도 있었다. 조모는 강판 두 개와 감자 두 알을 내준 뒤 분주히 움직였다. 감자전을 부쳐주기 위해서였다. 소년과 소년의 누나는 동글동글 미끄러지는 감자를 움켜쥐다시피 해 강판에 갈았다. 손이 다칠까봐 절반까지만 갈 수 있었다. 소년의 누나는 반듯하게 갈린 자신의 감자와 사선으로 길어진 소년의 감자를 나란히 세워두고 웃었다. 흰 종지에 간장을 따르는 건 소년의 몫이었고 그 위에 식초를 딱 세 방울 떨어뜨리는 건 누나의 몫이었다.

여름이 되면서 소년의 아빠가 운영하는 가전센터는 눈코 뜰 새 없이 바빠졌다. 소년의 아빠가 에어컨을 설치하러 다니는 사이 엄마가 센터를 지켰다. 조부모의 집에는 소년과 소년의 누나만 남겨지는 경우가 많았다. 한가롭고 평온했으나 지루한 날들이었다. 남매는 텔레비전을 보고 가져온 만화책을 읽고 아이스크림 막대를 집요하게 씹으며 뒹굴거렸다.

일요일이 우유통에 빠진 기분이야. 그것도 흰 우유. 아무것도 안 탄.

동물원 가고 싶어. 호랑이가 짖는 거 볼래.

호랑이는 우는 거야. 어흥 하고.

그럼, 우는 거 볼래.

동물원 호랑이는 안 울어, 바보야. 갇혀 있잖아.

갇혀 있으면 안 울어?

안 울어. 우리도 안 울잖아.

소년의 누나가 시큰둥한 목소리를 냈다.

조부모의 집에서 할 수 있는 일이란 소소한 것들뿐이었다. 손가락 축구나 실뜨기, 빙고 게임처럼 하기 전과 하고 난 후의 온도 차가 크지 않은 놀이, 거듭할수록 무료함이 배가되는 놀이들이었다. 뭘 하지. 뭘 할까. 뭘 하고 싶은데? 글쎄. 하릴없는 질문들이 오갔다. 오늘은 뭘 하고 놀지. 소년이 묻자 소파에 배를 딱 붙이고 있던 소년의 누나가 몸을 일으켰다.

도도두두 놀이를 하자.

그게 뭔데?

도도두두. 술래잡기 놀이.

소년의 누나가 재빨리 덧붙였다.

도망치는 사람이 도도, 따라잡는 사람이 두두야.

놀이의 규칙은 간단했다. 도망치는 사람은 도도도도, 앞꿈치만으로 땅을 디뎌 도망친다. 뒤쫓는 사람은 두두두두, 뒤꿈치만으로 땅을 디뎌 쫓아간다.

이건 사실 무시무시한 놀이야. 저주받았거든.

저주?

그래, 저주. 이건 무려 육십육 년 전부터 유행했던 놀이인데, 지금까지 이 놀이를 하고 다리가 부러진 사람이 무려 육백 명이 넘는대. 학교에서 도도두두를 하면 선생님한테 끌려가서 엄청나게 혼나거든. 그게 다 저주 때문이야.

학교에선 원래 술래잡기하면 안 돼.

그게 아냐, 바보야. 우리 학교에서도 몰래 하다가 저주받은 사람이 있어서 그래. 이건 비밀인데, 도도를 했던 오학년 언니 발가락이 일곱 개나 부러졌대. 화장실도 못 가서 병원에 석 달이나 입원해 있었는데도 아직까지 절뚝거리면서 걷는대. 뛰는 건 절대 못하고 피구랑 뜀틀도 당연히 금지. 더 무시무시한 건, 두두를 했던 사람이야. 두두를 육십육 번 하게 되면 틀림없이 인대인가 그게 끊어진대. 그러면 아예 걸어다닐 수가 없다는 거야. 병원에 몇 년을 있어도 안 낫는대. 무섭지?

하나도 안 무서운데.

그래? 그럼 해봐. 저주받아서 발가락이 전부 부러져도 난 몰라.

소년의 누나가 도도도도 도망쳤다.

소년이 두두두두 쫓았다.

소년의 누나가 두두두두 쫓아오면 소년은 누군가에게 발뒤꿈치를 베어먹힌 것처럼 종아리에 바짝 힘을 주고 달아났다. 도도는 쉽게 고꾸라졌고 두두는 수시로 엉덩방아를 찧었다. 술래잡기일 뿐인데 저주라는 단어 때문인지 묘한 긴장감이 돌았다. 소년과 소년의 누나는 경쟁하듯 달리고 바닥을 뒹굴었다. 한참을 놀다보면 발바닥의 움푹 파인 곳이 쩌릿거리며 아팠다. 남매는 발을 주무르고, 서로의 땀냄새와 발냄새를 조물거린 손바닥으로 서로를 위협하고 쫓고 도망쳤다. 그러다 문득 멈춰 서서 이마를 맞대고는, 곧 저주받게 될 거야, 은밀하게 서로에게 속삭였다.

애들이 너를 닮았다.

조모는 저녁이 되어서야 남매를 데리러 온 소년의 엄마에게 말했다.

구김살 하나 없이 밝고 건강하고 활기차고. 애들 노는 걸 보고 있으면 내가 다 신이 난다.

조부모 집에 들어서자마자 에어컨 필터를 점검하고 있던 소년의 아빠가 옆에 서서 에어컨 내부를 들여다보고 있는 소년의 머리통을 쓰다듬었다.

어머님이랑 아버님이 돌봐주셔서 그래요. 두 분 안 계시면 저희가 어떻게 마음 편히 일을 나갈 수 있겠어요.

소년의 엄마가 누나의 머리통을 쓰다듬다 흠칫 놀랐다.

에어컨 진짜 고장났나봐, 애 머리가 땀으로 흠뻑 젖었어.

소년의 아빠는 아닌데, 괜찮은데, 하며 에어컨을 다시 만졌다. 소년은 길게 뻗은 아빠의 팔 밑으로 비집고 들어가 아빠와 마주섰다. 따뜻한 숨이 정수리에 쏟아졌다. 담배 냄새와 청양고추 냄새가 희미하게 배어 있는 숨이었다. 그것은 잘 움직이지 않고 금세 우울해지는 조부모의 숨과 달리 힘차고 친밀했다.

조부모의 집은 차분했으나 수시로 적막과 연결되었다. 회색 페인트가 두껍게 덧칠된 것 같은, 굳고 강건한 형태의 침묵이었다. 소년의 조모는 태엽 풀린 인형처럼 수시로 느려지다 우뚝 멈췄다. 텅 빈 냄비 안을 질리지도 않고 몇십 분씩 들여다보거나, 욕조에 물을 가득 받아놓고 마냥 서 있기도 했다. 물놀이를 해도 되나요? 소년의 누나가 물으면 그제야 뒷걸음질치며 고개를 끄덕였다. 그럼. 조모는 안도한 듯도, 아쉬운 듯도 한 목소리로 대답했다. 그럼, 되고말고.

소년과 소년의 누나는 미지근해진 물을 서로의 몸에 끼얹으며 놀았다. 욕실에서 나올 때는 마개를 뽑아 모든 물을 흘려버렸다. 아예 욕조 마개를 숨겨버린 일도 있었다.

조모는 베란다에 놓인 화분에서 화초 뿌리가 드러날 때까지 흙을 파냈다. 깨진 그릇이나 계란 껍데기 같은 걸 신발장 가득 쟁여두기도 했다. 남매가 너무 작아진 연필과 다 쓴 스케치북 같은 걸 버리려고 하면 예민하게 반응했다. 그래서, 이젠 쓸모가 없어졌다는 거야? 실컷 부려먹고 이제 와서? 조모가 소리칠 때마다 소년과 소년의 누나는 숨을 참았다. 조모가 대나무 자리 위에서 코를 골기 시작할 즈음에야 서로의 가슴팍을 두드려 숨을 깨웠다. 무슨 일이 벌어지든 조부는 바둑돌을 쥔 채 꿈쩍도 하지 않았다.

소년은 에어컨 필터를 뜯어내는 아빠 품으로 몸을 밀어붙였다. 가슴께에 귀를 붙이고 옆구리를 끌어안았다. 필터를 청소하는 손길이 눈에 띄게 느려졌으나 소년의 아빠는 소년을 밀쳐내지 않았다. 소년은 아빠의 작업복에 뺨을 붙인 채 주방을 살폈다. 말끔한 차림새의 조모가 저녁식사 준비를 하고 있었다. 흐트러진 머리칼도 형형한 눈빛도 꽉 쥔 주먹도 거기엔 없었다. 종일 쫓고 쫓긴 발바닥에 열이 올랐다. 누나도 마찬가지인지 엄마에게 몸을 바짝 붙인 채 발가락을 꼼지락대고 있었다.

오늘도 잘, 했니?

소년의 엄마가 몰래 물었다. 소년의 누나는 가자미에 간장을 끼얹고 있는 조모를 보았다. 에어컨 냉매가스를 확인하러 베란다로 나간 아빠와 그 옆에 쪼그려앉은 소년도 보았다.

술래잡기는 이제 지겨워.

그런 거 말고 할머니 말이야. 오늘 괜찮으셨어?

할머니는 도도야.

그게 뭔데?

우리는 두두. 그런데 엄마.

소년의 누나가 옷자락 솔기를 매만졌다. 단단하게 감침질된 단 끝이 매만질 때마다 조금씩 느슨해졌다.

그건 사실 무시무시한 놀이야. 두두를 육십육 번 하게 되면……

그래그래, 재미있게 놀았네. 아무튼 내일도 할머니 잘 지켜드려야 해. 엄만 너희만 믿을게.

소년이 누나를 돌아보았다. 조모가 가자미찜과 무조림을 넓은 그릇에 옮겨 담았다. 실외기까지 점검을 마친 소년의 아빠가 거실로 돌아왔다. 바둑판을 물끄러미 들여다보던 아빠가 돌 하나를 옮겨놓자 조부가 아아, 하고 탄성을 자아냈다. 명이나물 장아찌를 돌돌 말아 입에 넣은 소년의 엄마는 이제 막 호들갑을 시작하려는 참이었다. 소년의 누나는 입을 다물었다. 빠져나온 실을 힘주어 잡아당기자 단 끝이 순식간에 풀렸다. 얇은 천의 솔기까지 일직선으로 터져나가는 데는 몇 초도 걸리지 않았다.

이제는 쓸모없어진 실 가닥이 손안에 있었다. 소년의 누나는 그것을 이리저리 살폈다. 옷의 형체를 잡아주고 있던 것이라 하기에 한 줄의 실은 지나치게 가늘고 흐늘흐늘했다. 이런 거였구나, 고작. 소년의 누나는 소년에게 그것을 건넸다. 소년은 실을 돌돌 말아 쓰레기통에 버렸다.

3

그애들. 소년이 속삭였다. 그애들, 그애들만 아니었다면.

가슴속에 펼쳐져 있던 우산대 같은 것이 가차없이 부러져나갔다. 소년은 살갗이 벌어져 다시금 피가 스며나오기 시작하는 손가락을 문질렀다. 청바지에 흐린 핏자국이 남았다. 저주를 받게 될 거야. 소년과 소년의 누나 목소리가 되돌아오고 있었다. 이건 사실 무시무시한 놀이야. 저주받았거든. 우리도 곧, 저주받게 될 거야.

소년은 도도와 두두의 횟수를 헤아려보았다. 어느 쪽도 기억나지 않았다. 누나는 육십육 번이라고 했지만, 그보다 훨씬 많이 해버리면 저주가 다른 사람들까지 삼켜버리는지도 몰랐다. 소년은 사실 매번, 매 순간 두려웠다. 도도를 쫓을 때마다 두려웠다. 두두에게 쫓길 때마다 배꼽 근처가 꽉 조여질 만큼 두려웠다. 달리다가 고꾸라졌을 때, 쥐가 난 다리에 감각이 사라졌을 때, 두번째 세번째 발가락이 서로 다른 방향으로 꺾어졌을 때도 전부 두려웠다. 무서웠다.

그렇지만.

소년은 고목처럼 딱딱하던 조모의 발가락을 떠올렸다. 그 어떤 두려움의 순간도 조모의 발바닥을 간지른 뒤 반응을 기다릴 때만큼 숨막히진 않았다. 욕조 가득 담긴 물을 응시하고 있는 조모의 눈동자만큼 공포스럽진 않았다. 흙이 잔뜩 묻은 손으로 뺨을 문지르며, 베란다 너머 까마득한 허공을 바라보는 조모의 뒷모습만큼 끔찍하진 않았다.

조모는 남매 중 누구의 동의도 없이 수시로 도도가 되어 놀이에 끼어들었다. 발가락으로 위태위태하게 서서, 언제든 고꾸라질 준비가 되어 있는 도도. 소년과 소년의 누나는 필사적으로 도도를 붙들었다. 놀이를 시작했든 아니든 상관없었다. 조부모의 집에 머무는 내내 남매는 매분 매초 두두였다. 그러니 남매가 두두 역할을 맡은 횟수는 자신들이 헤아리는 것보다 훨씬 더 많을 수밖에 없었다.

거짓말! 다 거짓말이야!

소년의 고모가 분개한 목소리로 외쳤다. 소년의 부모가 자신들의 뒷자리, 소년의 누나와 고모가 함께 앉아 있는 자리를 향해 몸을 틀었다. 증언중인 남자를 제외한 대부분의 사람들이 같은 방향으로 시선을 돌렸다.

거긴 노인 둘이 사는 집이야. 관절이 안 좋아 잘 걷지도 못하는 노인네들이었다고! 애들이 종일 뛰어? 쇠공을 던져? 이애들이?

소년의 고모가 무언가를 와락 잡아끌었다.

팔죽지를 우악스레 움켜쥐고 일으킨 통에 소년의 누나는 다 쓴 케첩통같이 찌그러져 있었다. 힘껏 쥐어짜내져 안에 아무것도 남지 않은 것처럼, 가늘고 허약한 팔다리가 고모가 흔드는 대로 나부꼈다. 목과 팔과 가슴이 탈각탈각 소리를 내며 서로를 밀쳐냈다. 애를 괴롭히지 말아요. 누군가 꽉 눌린 목소리를 냈다. 그애를, 놔줘요.

자, 똑바로 봐. 이렇게 비쩍 마른 애가 뭘 어떻게 했다고? 당신이 내 부모를 처참하게 살해할 만큼의 소리를, 고작 이런 애가, 이렇게 작은 애가 낼 수 있다는 거야?

그만둬요.

여진이 너, 뛰어봐.

고모가 소년의 누나를 거칠게 떠밀었다.

자, 저기까지, 저기 판사석까지 뛰어봐. 천둥소리가 나나 지진
이 일어나나 직접 확인해보게. 뛰어! 뛰어보라고! 당장 뛰지 못
해?

그만하란 말이야!

소년의 엄마가 고모에게서 누나를 빼앗아 안았다. 강마른 몸이
엄마의 팔에 채 담기지 못하고 밑으로 줄줄 흘러내렸다. 소년은
의자 등받이에 뺨을 기댄 채 주저앉은 누나를 바라보았다. 저주
야. 소년의 누나가 입술을 달싹였다. 소년의 아빠가 의자를 뛰어
넘어 누나를 부축했다. 고모는 여전히 격앙된 목소리로 무언가를
소리치고 있었다. 판사의 목소리와 발소리가 어지럽게 얽혔다. 소
년의 부모는 그제야 남매를 끌어안고 재판정 밖으로 나갔다. 그러
나 모든 것이 너무 늦어버린 뒤였다.

재판은 지지부진 이어졌다. 가해자와 피해자가 분명하고 사건
의 인과관계가 명확했음에도 처벌 과정은 길고 지난했다. 남자는
계속 어딘가가 아프다며 서류를 제출했다. 환청과 환각, 심각한
불안증세, 공황장애, 해리성 인격장애의 징후, 불면, 조현병의 전

형적인 증세들, 양극성 장애의 가능성, 피해망상, 과민성대장증후군, 선택적 함묵증.

그러니까 어떤 증세도 확실한 게 없다는 거잖아.

거듭되는 병명들에 소년의 엄마가 날 선 목소리를 냈다.

일상생활이 불가능할 정도로 심각한 불안증세라고? 이게 살인자가 할 소리야? 그럼 우리는, 우리 생활은 안정적이고 일상적이어서? 여기 휘말린 우리 애들은 어쩌고. 그 빌어먹을 현장을 직접 목격한 나는 지금 제정신일까봐?

누나 올 시간 됐어. 진정해.

진정하게 됐어? 당신 누나도 똑같아. 사람이 어쩜 그래? 자기 애 아니라고 재판정에서 그렇게 막무가내로……

그만하자.

소년의 아빠가 테이블 위에 검은 상자를 올려놓았다. 둔탁하면서도 공허한 소리가 울렸다. 소년은 검은 상자가 절반은 차고 절반은 비어 있다는 사실을 알고 있었다. 절반을 채운 건 앨범과 표창장, 이발사 자격증과 전역증처럼 낯선 물건들이었다. 도장이 하나도 찍히지 않은 낡은 여권과 패물, 오래된 수첩과 결혼식 사진도 있었다. 앨범에 정리하지 않고 고무줄로만 묶어놓은 사진 다발도 여남은 개나 되었다.

소년의 부모는 사설 청소업체에 전화를 걸어 조부모의 집 정리를 부탁했다. 범죄피해자 지원센터에서 해주는 경우가 있다고 들었으나 절차가 복잡하고 진행이 느렸다. 더디고 숨막히는 건 재판만으로 충분했다. 범죄현장 특수청소업체는 조부모의 집 물건을 모두 정리해서 버리고, 핏자국을 지우기 위해 마루와 벽지를 전부 뜯어내고, 집 전체를 꼼꼼히 소독한 뒤 유품 상자 하나를 만들어 왔다. 그리고 그것이 지금, 테이블 위에 놓여 있었다.

소년의 부모는 유품을 나누기 위해 고모를 기다리고 있었다. 첫 재판을 방청한 이후로 남매가 고모를 만나는 것은 처음이었다. 소년의 누나는 아침부터 마른 덩굴처럼 단단히 비틀려 이불 속에서 나오지 않았다. 소년의 부모는 사진 다발을 꺼내 누나를 불러냈다. 소년과 소년의 누나가 지금보다 다섯 뼘쯤 더 작던 시절의 사진들이 상자 안에 가득했다.

소년의 부모는 남매에게 조부모 사진을 몇 장 고르게 했다. 이후 남는 것은 다 소각할 작정이었다. 누군가의 죽음을 받아들이는 것은 감정이 하는 일이 아니었다. 소각과 소거를 거듭해나가는 절차에서 체념하듯 얻어지는 무감각에 불과했다. 나아지는 것도 지워지는 것도 아닌, 다만 가려지는 것. 그나마 소년의 부모는 그조차도 하지 못한 채 재판에 매달리고 있었다.

소년과 소년의 누나는 대부분 빈집에 둘만 있었다. 이전과 같지도 다르지도 않은 생활이었다. 특별한 일과가 없다는 점은 이전과 같았다. 바둑판 앞에 앉아 손에 쥔 돌들을 왈각대는 조부와 뭔가를 굽거나 끓이거나 멈춰 있는 조모가 없다는 점은 이전과 달랐다. 소년의 누나는 방과후 학습과 학원을 그만두었다. 소년은 가을부터 다니기로 했던 태권도학원 등록을 뒤로 미뤘다. 앞으로 어떤 것들을 그만두고 어느 만큼 보류해야 할지 알 수 없었다. 소년의 부모는 자세한 설명 없이 나중에, 라고만 말했다. 나중에. 소년과 소년의 누나는 고개를 끄덕였다.

소년과 소년의 누나는 서로에게 몸을 기대고 앉아 아무것도 하지 않았다. 한 명이 잠들면 다른 한 명이 손바닥이나 발바닥을 간질였다. 재판과 관계된 일로 부모는 바빴고, 아빠의 가전센터는 석 달 넘게 문을 닫은 상태였다.

도도두두에 대해 소년은 한마디도 하지 않았다. 저주에 대해 소년의 누나 역시 말을 꺼내지 않았다. 차가운 우유에 시리얼을 말아 먹고 학교에 갈 땐 마스크를 착용했다. 미세먼지 때문이라고 소년의 부모는 말했으나 남매는 교실 안에서도 마스크를 벗지 않았다. 그를 지적하는 선생은 없었다. 학교가 끝나면 곧장 집으로 돌아왔다. 예전처럼 슈퍼에 들러 장난감이 들어 있는 계란 모양 초콜릿을 사먹거나, 문구점에서 카드를 고르는 데 시간을 쓰지 않았다. 적어도 그애들은 그러면 안 됐다. 안 될 것만 같았다.

집에 돌아온 뒤에도 보이지 않는 마스크가 남매의 입을 눌러 막았다. 남매는 작은 목소리로 이야기하고 아주 조금씩만 음식을 먹었다. 소년은 몸을 낮추고 살금살금 걸었다. 소년의 누나는 거의 움직이지 않았다.

소년의 부모는 밤늦게 돌아와 지친 기색으로 돌아누워 잠을 잤다. 소년의 아빠는 소주를 한 병 마신 뒤 거실 소파에서 그대로 잠들기도 했다. 소년의 엄마는 식탁을 행주로 훔치거나 빨래를 널면서 중얼중얼 뭔가를 되까렸다. 터무니없이 무거운 침묵이 그들 주변을 맴돌았다. 소년과 소년의 누나는 박제처럼 방 귀퉁이에 놓였다. 그들은 더이상 움직이지 않았고 말하지 않았다. 그래야 했다.

소년의 누나는 새 학기가 시작된 뒤에도 학교에 가지 않았다. 침대 위에 도롱이벌레처럼 이불을 돌돌 감고 누워 한나절을 보냈다. 소년의 엄마가 누나에게 학교에 가지 않는 이유에 대해 물었다. 누나는 대답하지 않았다. 소년의 누나는 책을 읽고 그림을 그리고 텔레비전을 보고 종일 무언가를 끄적였다. 거실에 나올 때에도 이불을 안고 나와 팔다리가 삐져나오지 않도록 몸을 돌돌 싸맸다.

춥니?

소년의 엄마가 물었다.

아니. 그냥.

그냥?

허전해서.

소년의 엄마는 집을 나설 때마다 누나를 꼼꼼히 살폈다. 현관쪽으로 소년을 가만히 불러내서는 손을 꽉 잡고 말했다. 누나를,

잘 살펴봐. 엄만 너만 믿을게. 소년은 슬그머니 손을 뺐다.

검은 상자가 집에 도착한 건 단풍이 한층 짙어질 무렵이었다. 능선을 타고 번지는 알록달록한 색들을 소년과 소년의 누나는 텔레비전 화면으로 봤다. 소년의 누나는 동그랗게 벌어진 이불 틈새로 얼굴을 반만 내놓고 있었다. 대관령이니 소백산이니 하는 이름들이 어쩐지 익숙했다. 조부모와 관련된 기억이 있는 듯해 소년이 물었다.

우리 저기 간 적 있어?

없어.

아닌데. 가본 거 같은데.

안 갔어. 가자고만 했지. 엄마가, 할아버지 관절 좋아지면, 할머니 기분 좋아지면 다 같이 놀러가자고 그랬어.

갔으면 좋았겠다.

갔어도 똑같았을 거야.

뭐가?

할머니도, 할아버지도.

할아버진 거기서도 바둑 뒀을까.

계곡 바위 같은 데서 두지 않았을까.

폭포 밑에서도 뒀을 거야. 이렇게, 이렇게 하고는.

소년이 양팔을 길게 폈다. 한 손엔 기보를, 다른 손엔 바둑돌을 든 것처럼 힘을 잔뜩 주어 손가락을 구부렸다. 손가락을 움직일

때마다 입으로 왈각왈각 바둑돌 부딪치는 소리를 냈다. 정말 그랬
겠다. 소년의 누나가 작게 웃었다. 이불 속에 파묻힐 것처럼 희미
한 웃음이었다.

웃는구나.
소년의 고모가 말했다.
웃는구나, 너희는.
소년의 고모가 소년을 물끄러미 바라보며 말했다.
웃기도 하는구나. 아주 잘, 웃네.
소년의 고모가 누나를 바라보며 말했다.
누나가 붙든 이불 끝이 부들부들 떨렸다. 어느 틈에 들어섰는지
거실 가장자리에 우뚝 선 고모는 가시가 수북하게 돋친 고슴도치
같았다. 어깨에 두른 검은 숄 때문에 몸집이 한층 더 거대해 보였
다. 걸음을 뗄 때마다 검은 가시들이 후둑후둑 떨어졌다. 소년과
소년의 누나는 작게 몸을 옹송그리고 서로에게 몸 반쪽을 꽉 붙였
다. 다가선 고모의 손이 누나의 뺨에 가닿았다. 소년은 어째서인
지 제 뺨에 닿은 것처럼 그 손을 생생하게 느낄 수 있었다. 손이라
기보다 차가운 뼈 같았고 표면이 거친 가시 같기도 했다. 갈고리
모양으로 험악하게 휘어 있는, 적어도 살아 있지 않은 무엇.
고모.
주방에서 나오던 소년의 엄마가 고모를 불렀다. 다급하고 초조

한 목소리였다.

그애를 가만둬요. 저리 비켜요.

그러나 고모는 꿈쩍도 하지 않은 채 소년을, 소년의 누나를 들여다보았다. 소년의 배가 차게 식었다. 소년의 누나가 깔고 앉은 쿠션이, 이불 귀퉁이가 뜨겁게 젖기 시작했다. 왈각왈각, 소리와 함께 지린내가 솟았다.

정말,

소년의 고모가 입을 뗐다. 양손으로 누나의 뺨을 꽉 움켜쥔 채였다.

정말로, 너희들 때문이었니?

새까맣게 탄 뼛조각이 달각달각 밀려났다. 웃자란 뼈와 덜 자란 뼈가, 방향을 잃은 뼈와 도망치다 지레 부러진 뼈가 함부로 부딪는 소리. 작게 균열이 생기다가 점점 더 굵고 반듯한 금이 그어지더니 이내 겹쳐진 금들이 거대한 공동으로 변해가는 소리를, 소년은 빠짐없이 듣고 있었다.

쟤들이 걔들이야. 바로 그애들.

상점가의 수군거림이 되살아났다.

그래도 그게 오죽했으면.

학교에서의 미심쩍어하던 얼굴들이 일렁거렸다.

꼭 그렇지만은 않지 않나. 애들이란 게 아무래도.

남매의 뒤에서 모호하게 얼버무려지던 문장들이 한꺼번에 밀려들었다.

소년은 이제 알 수 있었다. 소년과 소년의 누나 안에서 어떤 세계가 완전히 막을 내렸음을. 희망이나 기적이나 오래오래 행복하게 살았습니다 같은 것들을 간직하고 있던 세계가 지금, 흔적도 없이 사라져버렸음을. 소년은 도도의 발가락과 두두의 발뒤꿈치를 간신히 바닥에 붙이고 섰다. 서서히 땅이 흔들리기 시작했다.

이형의 계절

버스는 좀처럼 오지 않는다. 너는 팻말 하나가 전부인 정류장에 서 있다. 둥글게 굳힌 시멘트 덩어리에 알루미늄 파이프를 박아 만든 임시 팻말이다. 정류장. 둥그란 널판에는 그렇게 쓰여 있다. 정직하게 쓰여진 글자만큼이나 생각할 여지도 의심할 이유도 없는 정류장에, 너는 혼자 서 있다. 옷이 몸에 감겨 접힌 곳마다 땀이 찬다. 손부채질을 하면 겨드랑 밑이 끈끈해져 너는 턱까지 흘러내린 땀을 내버려둔다. 인도와 차도의 경계가 없어 사방은 그저 검고 낮다.

　정류장은 버려진 들판에 위치해 있다. 처음부터 버려진 것은 아니었으나 결과적으론 그렇게 됐다. 도로 하나가 가르마처럼 박힌 들판은 외지고 을씨년스럽다. 수직으로 솟은 철골이 들판 위 유일한 건축물이다. 분홍색. 공사가 중단된 철골은 선명한 분홍색이다. 바람과 수분과 염분이 파고든 곳마다 녹이 풍성하나 색을 가릴 정도는 아니다. 너는 아무것도 되지 못해 더욱 거대하게 느껴지는, 촌스러운 분홍 뼈대 앞에 서 있다.

들판에는 아파트 단지가 세워질 예정이었다. 예정과 계획은 수시로 몸을 바꿔 대형 쇼핑몰이 되었다가 영어마을이 되었다가 생태공원이 되었다. 주어가 바뀔 때마다 낯빛을 바꾸는 인근 주민들을 너는 말없이 구경했다. 네 관심사는 버스정류장이었다. 노선만 증설된다면 무엇이 들어서든 좋았다. 너는 깨끗이 밀려나간 들판에 사는 유일한 주민이었다. 들판 끄트머리 언덕에 지어진 단층 건물이 네가 사는 곳이었다. 원래는 언덕 꼭대기에 설치된 풍향계를 관리하는 사무실이었으나 태풍에 시설이 부서진 뒤부터 네가 살게 되었다.

공사는 딱히 이름 지어지지 않은 어느 밤부터 시작되었다. 들판에 부려놓은 H빔과 시멘트 포대를 보고 인근 주민들은 공원 화장실과 주차타워를 들먹였다. 맞물린 철골은 지나치게 크고 두꺼워 의심을 샀다. 최종 낙찰된 이름이 납골당이라는 소문이 사실로 밝혀지자 주민들은 시위를 시작했다. 합의점을 찾지 못해 삼 년이 지나도록 들판은 빈 채였다. 경작 행위가 불법임을 알리는 현수막과 지연된 개발에 대해 항의하는 현수막이 경쟁하듯 붙었다 떨어졌다. 분홍 뼈대만이 남았으므로 어떤 의미에서 들판은 납골당이

된 것이 맞았다.

그러니까 그런, 버려진 장소에 너는 서 있다.

너는 땀으로 끈끈해진 목덜미를 손바닥으로 훑는다. 육과의 약속시간까지는 고작 이십 분이 남아 있다. 늦었다, 고 너는 생각한다. 약속시간뿐 아니라 네 인생 전반에 대한 판단이기도 하다. 너는 버려진 들판에 서서 늦었다, 는 말에 배어 있는 단정斷定을 생각한다. 바꿀 수 없는 결과에 대해 고민해본 일이 네게는 없다. 타임머신이나 타임 슬립을 상상해본 적도 없다. 시간을 언제로 되돌리든 너의 행동은 같을 것이다. 육에 대해서도 마찬가지다.

—나는 언니 동생이에요.

육은 문득 전화를 걸어와 그렇게 말했다.

—나는 언니 동생이에요. 이제 언닐 만나야겠어요.

간결한 문장만큼이나 육의 말투는 똑 부러졌다. 육의 목소리를 듣는 건 십육 년 만이었다. 시간과 장소를 통보받는 동안 너는 거절의 말을 찾아내지 못했다. 육이 만나야겠어요, 라고 말한 탓이기도 했다. 만나고 싶어요, 만나도 될까요라고 물었다면 거절할 수 있었을까. 너는 아주 오래전부터 의지가 강한 사람에게 약했다.

육은 정말 육일까. 어쩌면 사나 오일지도 모른다. 너는 육에 대해 혹은 사나 오에 대해 떠올리려 애쓴다. 그들의 성별과 나이를, 목소리와 습관을 떠올리려 애쓴다. 유년의 낡은 뼈대가 툭툭 부러지는 소리를 낸다. 그것은 들판만큼이나 남루하고 황폐한 기억이다.

*

이형은 너에게 다섯 명의 동생을 만들어주었다.

남아 있는 아이는 없다. 어떤 동생은 삼 년 만에, 어떤 동생은 단 이 주 만에 사라졌다. 돌아간 곳이 분명치 않아 다시 찾아볼 수도, 소식을 들을 수도 없었다. 파양의 이유는 제각각이었다. 삼 년 동안 너의 동생이었던 육은 덧니가 생겨 못난이가 됐다는 이유로 쫓겨났다. 슬그머니 부푼 두덩에서 빠져나온 덧니는 가지런하던 육의 치열을 엉망으로 만들었다. 들쭉날쭉해진 치아를 혀로 더듬는 육을, 이형은 견디지 못했다.

이나 삼이었던 아이는 이 주 만에 쫓겨났다. 혀가 얇고 연한 아이는 뜨거운 걸 잘 먹지 못했다. 이형은 두부와 미역을 넣고 오래 끓인 이유식을 제대로 삼키지 못하는 아이를 미워했다. 너는 식탁 모서리에 앉아 뜨거운 두부를 씹지도 않고 삼켰다. 식도가 타들어가는 것 같았지만 멈출 수 없었다. 너는 일이었고, 이와 삼과 오가 나타났다 사라지는 동안에도 여전히 일이었다. 쫓겨날까봐, 어딘지도 모를 곳으로 보내질까봐, 가족사진 속에서 사라져버릴까봐 너는 두려웠다. 이형은 항상 어쩔 수 없다고 말했다.

—어쩔 수 없는 애로구나.

—넌 정말 어쩔 방법이 없네.

그것은 파양 선고이자 아이의 존재 자체를 지워버리는 섬뜩한 주문이었다.

이형이 너를 어쩌고 싶은지는 중요치 않았다. 너는 매일 이를 닦으며 잇몸을 확인했고 손톱을 짧게 깎았으며, 뜨거운 것을 삼키고 차가운 것을 힘차게 씹었다. 잠잘 때도 양말을 벗지 않았으며 말을 더듬지 않으려고, 눈에 다래끼가 나지 않게 하려고 필사적이었다. 다른 동생들의 파양 이유가 떠오르지 않을 땐 뭐든지 했고 무엇도 하지 않았다. 그래서 이형이 선심 쓰듯 너에게, 너는 내 친딸이니 버리지 않아, 라고 말했을 땐 오히려 깊은 절망에 빠졌다. 이형이 친엄마라니 그것만큼 끔찍한 진실은 세상에 없었다.

어린 시절 너의 일기는 절망적이다로 시작해 절망적이다로 끝났다. 아침에 눈을 뜨니 사방이 고요해 절망적인 기분이 들었다. 비가 내려 신발과 양말이 젖어버리는 바람에 절망했다. 급식으로 양배추볶음이 나와 절망의 시간을 보냈다. 어느 순간부터 너는 절망을 증명하기 위해 살게 되었다. 네게 붙은 절망은 농도가 짙고 기름졌으며 시도 때도 없이 찾아온다기보다는 한 번도 네게서 떠난 적이 없었다.

성장해서도 마찬가지였다. 절망적이다, 라고 너는 썼다.

절망의 무릎, 절망의 피부, 절망의 갑상선 따위를 두서없이 썼다. 연골이 닳아버린 무릎 뒤쪽과 아토피 때문에 부스럼과 진물이 엉겨 있는 뺨, 비대하게 부풀어오른 나비 모양 기관에 대해 집요하게 썼다. 절망에 신체가 있다면 이럴 것이다 싶은 것들을 모두 썼다. 절망을 정의하기에 너만큼 적합한 인물은 없었다. 너는 때로 자갈길에서 둥근 어항을 끌어안고 엎어진 어린아이가 된 기분으로 절망을 쓰고 채색했다.

*

파란 버스가 너의 앞에 선다.

고딕체로 예비 차량이라 쓰인 A4용지가 앞유리에 붙어 있다. 버스 기사는 그에 걸맞게 설익어, 선글라스 아래 튀어나온 뺨과 핸들을 쥔 손등만 검고 팔뚝은 희다. 너는 바퀴 때문에 발판이 불쑥 솟아오른 좌석에 몸을 웅크리고 앉는다. 무릎과 허벅지가 심장에 가까워질수록 마음이 안정된다. 잠잘 때조차 팔다리를 활짝 벌리지 않는 너다. 웅크린 너의 몸은 돌돌 말린 껌 종이만큼이나 존재감이 없다.

철도 파업 때문에 급조된 버스 노선은 터무니없이 길다. 평소 연결되지 않던 도시의 끝과 반대편 끝이 굵은 선으로 이어져 있다. 검은 물과 점성이 강한 기름 냄새로 코팅된 부두, 고층 건물들이 체스 말처럼 박혀 있는 거대한 아스팔트 판, 적색 벽돌로 담을 쌓아 경계선을 그은 오래된 공장들, 크기도 국적도 제각각인 비행기들이 긴 궤적을 그리며 파고드는 국제공항 활주로. 도시의 가장자리에는 그런 것들이 마침표처럼 찍혀 있다. 아니, 찍혀 있는 것은 섬이다. 버스 노선이 끊긴 곳부터는 수역에 흩뿌려진 섬의 개수만 이백사십 개에 달한다. 섬과 육지가, 경계와 친절이, 썩고 낡은 것과 첨단의 것이 뒤섞인 기묘한 도시다. 너는 이곳에서 삼십 년 넘게 살았으나 오래 살았다고 해서 위화감까지 사라지는 건 아니다. 노선도에서 버스가 방점을 찍게 될 몇몇 곳을 너는 눈여겨본다.

육이 지정한 장소는 도시의 마침표 중 가장 낡은 곳이다. 지명이나 건물이 아닌 기억의 낡음이다. 너는 아주 오래전 육과 함께 그곳에 간 기억이 있다. 정확히는 너와 육과 이형, 이렇게 셋이서.

*

너는 열다섯 살이었다. 육이 여덟 살, 이형은 사십대 초반이었을 것이다.

기억은 월미도 놀이공원 한복판에서 돌연 시작됐다. 너와 육은 거대한 문어발처럼 생긴 놀이기구 끝에 나란히 묶여 있었다. 쇠로 된 의자가 차고 축축했다. 엉덩이를 들썩일 틈도 없이 문어발이 팽글팽글 돌기 시작했다. 옆에 앉은 육이 낮게 물 끓는 소리를 냈다. 몸집 작은 개가 그르렁대는 소리 같기도 했다. 너는 처음엔 엉덩이가 차가워서, 다음엔 육 때문에 불안해서 몸을 비틀었다. 육이 울음을 터뜨릴까봐 조마조마했다. 이형은 우는 아이를 싫어했다. 칭얼대거나 고집부리는 것, 우물쭈물 눈치보며 말 더듬는 것도 싫어했다. 또 무엇을 싫어하는지 몰라 너는 상체를 젖히거나 구부려 육의 얼굴을 가렸다.

이형은 난간에 바짝 붙어 사진을 찍고 있었다. 너는 가열하게 돌아가는 놀이기구 위, 경망스런 기계음 속에서도 셔터 소리를 구별해낼 수 있었다. 찰나가 묶이는 소리. 낚싯줄을 꼬아 만든 질긴 그물이 온몸에 휘감기는 소리였다.

카메라 렌즈가 집요하게 너와 육을 좇았다. 놀이기구를 조종하는 직원의 뒷덜미나 흑개미가 잔뜩 달라붙은 아이스크림 포장지를 향할 때도 있었으나 순간이었다. 검고 커다란 동공 앞에서 너는 한없이 무기력했다. 소금기 어린 바람이 코끝에 매달렸다. 습도가 끔찍하게 높았다. 머리칼이 이마와 귀 뒤에 달라붙어 너와 육은 빈말로라도 보기 좋은 꼴이 아니었다. 어깨선에 맞춰 자른 곱슬머리가 지저분하게 엉켜 있었다. 너는 육의 머리칼을 넘겨주는 대신 가르마를 흩뜨려 뺨을 감췄다. 핏줄이 파랗게 도드라진 육의 얼굴은 금이 간 도자기 인형 같았다.

검고 단단한 몸체의 니콘 카메라는 이형의 남편이 사온 것이었다. 사흘 전 일본 출장에서 돌아온 그는 다음날 다시 베트남으로 출국했다. 갑자기 나타나 소파 한편을 차지한 육에 대해서는 한마디도 묻지 않았다. 너는 이형이 여행 가방에서 오래된 속옷 무더기와 함께 카메라를 끄집어내는 걸 보았다. 이형에게는 검은 카메라가, 너에게는 길리안 초콜릿 박스가 남았다. 가족 중 누군가의 존재감은 그 정도 무게로 충분했다. 이형의 남편은 손금 같은 사람이었다. 없으면 허전했으나 치명적이진 않았다. 그는 이형의 집 한편에 있거나 없었고, 식탁에 그의 그릇이 놓이는 경우도 드물었다. 굳이 따지자면 이형의 손금이었으므로, 네가 그를 더듬어 헤아릴 필요는 없었다. 이형의 무게만으로도 너는 충분히 숨이 막혔다.

카메라 안에는 지난 사흘이 빠짐없이 담겨 있었다. 너는 새벽에도 한낮에도 셔터 소리를 들었다. 이형은 멸치와 말린 블루베리와 땅콩을 볶다 말고 카메라를 들었다. 욕조에 솔이끼향 입욕제를 풀다 말고 뛰쳐나오기도 했다. 다섯 갈래로 나눠 땋은 육의 머리칼이, 천연 대리석으로 상판을 올린 육인용 식탁에 기댄 너의 팔꿈치가 카메라에 담겼다. 너는 발가벗은 기분으로 카메라 앞에서 이를 닦고 밥을 먹고 피아노를 쳤다. 마흔여덟 장짜리 코닥 필름 한 상자가 순식간에 동이 났다. 이형의 크로스백에는 코닥 필름 일곱 롤이 담겨 있었다. 너는 놀이공원 곳곳에 세워진 필름 가판대를 불안한 눈으로 바라보았다.

놀이기구는 안전장치가 허술한데다 움직임도 매끄럽지 않았다. 비틀대며 출구 계단을 밟고 내려가면 이형이 다음, 또 다음 탑승권을 쥐여주었다. 너는 잿빛 구름이 그득한 하늘을 올려다보았다. 갱지에 인쇄된 싸구려 잉크가 맥없이 번져 있는데도 빗방울은 좀처럼 떨어지지 않았다. 파란 방수천으로 덮여 있던 놀이기구들도 하나둘 몸을 드러냈다.

육은 삐걱대며 걷고 아무데나 주저앉았다.

너는 육을 부축했다가 옆구리를 꼬집었다가 질질 끌고 가기를 반복했다. 이형은 다음, 또 다음 놀이기구로 넘어가 사진 찍기 좋은 자리에서 두 사람을 기다렸다. 네가 육을 밀고 끌어 이형의 앞에 세웠을 때 뱃고동이 울렸다. 놀이공원에서 뻗어나간 길 하나가 유람선 선착장과 연결되어 있었다. 새우깡과 뻥튀기와 풍선을 든 사람들의 행렬이 느리게 움직였다.

—우리도 저걸 탈 거야.

이형이 마침 선착장으로 들어오는 희고 뾰족한 뱃머리를 가리키며 말했다.

—갈매기한테 새우깡 주는 모습도 찍자. 〈타이태닉〉 포즈도 해보고.

도리질 치는 육의 머리를 네가 꽉 붙들었다. 일주일이야, 너는 빠르게 읊조렸다.

—기껏해야 일주일이야. 그만큼만 견디면 돼.

이형은 지나치게 충동적이었다. 너는 이형의 환호를 믿지 않았다. 화장실에 가는 동안 떼놓는 것도 아쉬워하던 아이일수록, 감탄사를 연발하며 유난 떨던 아이일수록 파양 시기가 빨랐다. 사진 역시 그럴 것이었다. 이형의 초에는 심지 대신 그럴듯하게 꼬아놓은 기름종이가 박혀 있었다. 불꽃은 화려했지만 뜨겁지도, 오래가

지도 않았다. 육의 목덜미를 틀어쥔 네가 이형과 이형의 카메라를 향해 웃었다. 말갛고 연약한 육의 몸 어딘가에서 툭툭, 금이 가는 소리가 들렸다.

유람선 선착장으로 가는 동안 육은 소리 없이 흐느꼈다. 목덜미에 찍힌 손자국을 너는 모르는 척했다. 해가 기울고 있었으므로 이형이 원하는 사진을 찍으려면 서둘러야 했다. 앞장서 걷는 이형의 그림자가 길어져 너의 발치에 어른거렸다. 너는 발가락에 힘을 주어 그림자 목을 꾹꾹 밟으며 걸었다.

*

버스는 서너 개의 정류장을 건너뛴다.

정류장 뒤쪽 그늘에 앉아 있던 아주머니와 배낭을 멘 노인이 양팔을 휘저으며 버스 뒤를 쫓는다. 버스 기사는 어깨를 직각으로 세우고, 앞만 보며 운전한다. 순식간에 점으로 좁아붙는 사람들을 너는 감흥 없이 바라본다.

지붕이 있고, 빠르게 이동할 수 있고, 에어컨이 나온다. 너는 자리에 앉아 버스의 이점을 나열한다. 저들이 필사적으로 버스 뒤를 쫓아야 할 이유를 나열한다. 대수롭지 않은 것들이지만 무시할 만한 것도 아니다. 너는 그런 것들, 대단치 않으나 포기할 수 없는 것들에 매달려 삼십이 년을 살아왔다.

지붕이 있고, 다음 교육과정으로 이동할 수 있고, 덥거나 춥지 않다.

그럴 수 있다, 고 너는 생각한다. 버스에 타려면 요금을 내야 한다. 이형의 집에 살려면 그에 해당하는 삯을 치러야 했다. 이상한 일이 아니야, 그럴 수 있어. 그러나 너는 육의 앞에서 그 말을 늘어놓을 자신이 없다.

너는 딱히 고해성사를 할 마음이 없다. 만나자고 한 사람은 육이었으므로 말을 할 사람 역시 육이다. 육이 비난할 대상이 있다면 그건 이형이지 네가 아니다. 그럼에도 너는 자꾸 변명거리를 떠올린다. 어떤 단어가 너를 더 객관적으로, 중립적으로 보이게 만들지 고민한다. 어떻게 해야 네가 비겁하되 안전한 자리에 놓일 수 있을지 고민한다. 말을 고른다는 건 그런 의미다. 너는 두서없이 떠오른 단어들을 배열한다. 어떤 단어는 검게 지우고 어떤 단어는 깨끗이 털어 앞줄에 널어둔다. 그동안 네가 써온 어떤 페이지도 인용할 수 없다. 너의 일기장에는 눌리고 찢긴 흑지만이 남아 있다. 유년의 기억은 모두 부정당했다. 남아 있는 기록은 성장기에 자라난 뼈마디마다 눈금처럼 새겨진 증오와 절망뿐이다.

버스는 좁고 복잡하게 얽힌 길을 빠져나가 팔차선 도로로 들어선다.

너는 파리 눈을 닮은 럭비 경기장과 백화점 앞 육교와 나이트 클럽을 개조한 웨딩 하우스를 지나친다. 시선이 닿지 않는 곳에는 그보다 많은 것들이 박혀 있다. 십대의 너를 숨겨준 사설 독서실과 기본 수강생이 삼백 명쯤 되던 단과학원. 너의 이십대를 위로한 음악감상실과 독립영화관. 너는 불규칙적인 흰 선이 세 개쯤 화면을 가로지르던 낡은 상영관을 떠올린다. 스피커는 좋지 않았고 쾨쾨한 실내 공기 때문에 수시로 재채기가 났다. 그건 네가 떠올리는 모든 장소들의 공통점이기도 했다. 너는 담배 구멍이 뚫린 붉은 벨벳 의자와 신청곡 쪽지를 담는 라탄 바구니, 그 순간만큼은 온전히 너의 것이었던 한 뼘의 공간을 기억한다. 너무 사소해서 소멸당할 기회를 잃은 것들이다.

육은, 사나 오는 무엇을 기억하고 있을까.

*

사는 이제 막 배변 연습을 시작한 아기였다.

삼이 돌려보내진 뒤 한 달 만이었다. 사는 잘못 온 택배처럼 거실 한복판에 놓여 있었다. 두리번대는 사를 보며 이형이 기분좋게 웃었다. 빨간 운동화를 신은 사가 거실을, 안방을 걸어다녔다. 네 방까지 빨간 발자국이 찍히는 기분이었다. 너는 걸레를 들었다 내려놓았다. 이형이 여전히 웃고 있었다.

너는 피가 나올 때까지 손발톱 깎는 걸 그만두었다. 알코올을 묻힌 솜으로 눈가를 문지르는 건 그만두지 않았다. 계절이 바뀌듯

동생 얼굴이, 성별이, 나이가 바뀌고 있었다. 너는 그중 가장 수상한 계절이었다. 오래전에 끝났어야 할 계절이라고 너는 생각했다. 이미 지난 계절이라 더 안전할 수도 있겠다고 생각했다. 무엇을 생각하든 정답은 아니었다.

사는 예민하고 신경질적이었다. 항상 뺨이 달아올라 있었으며 옆구리를 만지면 발버둥쳤다. 울고 소리치느라 목에서 쉿소리가 났다. 손에 잡히는 건 무엇이든 내던졌다. 어쩔 수 없다, 고 너는 생각했으나 이형은 달랐다. 이형은 사의 고추에 빠져 있었다. 작은 고치처럼 생긴 것이 꼼틀대다 오줌 줄기를 쏟아내는 걸 깔깔대며 구경했다. 너는 계집애여서 이런 재미가 없었어. 이형이 그렇게 말할 때마다 너는 초조해졌다.

기저귀를 차지 않은 사는 아무 곳에나 오줌을 쌌다. 이형은 수시로 사를 붙안아 오리 변기 앞에 세웠다. 이형이 안아 어르는 동안은 얌전했으나 그때뿐이었다. 사는 밤마다 울었다. 참기름이 들어간 음식을 먹으면 토했다. 이형의 향수병과 찻잔을 깨고 가죽소파에 식용유를 뿌렸다. 그럼에도 이형은 끈질기게 사를 용서했다.

이는 동글동글한 머리통에 고수머리가 귀여웠다. 삼은 정수기 버튼을 잘못 눌러 손을 데었을 때도 울지 않았다. 그런데도 돌려보내졌다. 손톱 밑에 자꾸 때가 끼네. 이형은 피가 비칠 때까지 아이의 손톱을 깎다 눈 다래끼가 나자 얼른 아이를 돌려보냈다. 뜨거운 걸 먹지 못해서, 풍선을 불어달라고 졸라서 돌려보냈다. 너는 그 아이들이 한 일과 하지 않은 일을 학습하고 배척해왔다. 그러나 사의 고추는 네가 따라 할 수 없는 것이었다. 너는 사를 부러워했으나 그 역시 반년을 채우지 못했다.

사의 머리칼를 잘라낸 건 너였다. 의도된 일은 아니었다. 희고 찐득찐득한 것이 사의 머리칼에 붙어 있었다. 냄새는 없었으나 눈에 거슬렸다. 너는 가위로 사의 왼쪽 이마를 덮은 머리칼을 잘라냈다. 오른쪽 머리칼도 조금 잘랐다. 콧잔등에 떨어진 머리카락 때문에 사가 사납게 킁킁대며 울었다. 너는 정수리와 뒷머리에 붙은 오물을 마저 잘라냈다. 바닥에 떨어진 머리카락을 테이프로 눌러 떼며 너는 관대함에 대해 생각했다. 이형이 저토록 인내심이 강한 사람이던가 생각했다. 사는 이형의 집에 온 지 반년이 지나도록 기저귀를 떼지 못했다. 너는 적응이라는 단어에 대해서도 생각했다. 단어들이 지닌 의미에 대해서, 그 무책임한 정의에 대해서.

이형은 주방에 있었다. 소고기와 메추리알을 간장으로 졸이던 이형이 문득 사를 돌아보았다. 사는 식탁 모서리를 잡고 서 있었다.

—애가 왜 이렇게 멍청해 보이지?

이형이 의아한 목소리로 물었다. 너는 입을 다물었다. 접시에 남은 메추리알을 눌러 터뜨리는 사의 얼굴이 멍했다. 삐뚤빼뚤한 앞머리 역시 우스꽝스러웠다. 이형이 사의 턱을 들어 이리저리 살피더니 말했다.

—이렇게 바보같이 생겨서야 어쩔 수 없네.

버스는 이제 한적한 도로로 접어든다.

크고 넓은 도로는 비어 있다. 간혹 낯선 지역의 이름표를 매단 버스와 모래를 가득 실은 화물차가 지나갈 뿐이다. 목적이 분명한 차들은 머뭇대는 법 없이 일차선을 곧게 달려 사라진다. 듬성듬성 흙무더기가 쏟아진 일차선과 달리 사차선은 타이어 자국 하나 없이 깨끗하다. 버스는 도로변을 달리다 승객을 내려놓는다. 올라타는 승객은 없다. 버스 안에 남은 승객은 이제 너 하나다. 버스는 너무 빠르고, 너무 느리다. 너는 끝내 변명을 완성하지 못한다.

스무 살이 되어서야 너는 이형과 분리되었다. 너의 뜻은 아니었다. 이형의 남편은 길고 복잡한 소송 끝에 이형과 헤어졌다. 이형의 남편은 손금 같은 사람이었다. 그의 부재는 치명적이지 않았으나 이형의 삶이 균형을 잃을 만큼은 되었다. 그는 몸체가 검고 단단한 니콘 카메라만큼의 무게를 가지고 있었다. 길리안 초콜릿 박스만큼의 무게이기도 했다. 대수롭지 않지만 무시할 만큼도 아니었다. 너는 그런 것들, 대단치 않으나 포기할 수 없는 것들에 매달려 살아왔다. 이형 역시 그래왔다는 걸 너는 스무 살이 되어서야 알았다.

이형은 너와 함께 살기를 원했다. 이형의 남편은 너에게 무심했다. 너는 고민 없이 독립을 택했다. 이형의 집에 사는 동안 너는 특별히 예쁘지도 못나지도 않은 아이가 되어야 했다. 너는 경계선 안에서 몸을 작게 웅크리고 목소리를 숨긴 채 살아왔다. 그것이 이형의 집에 머물 수 있는 유일한 방법이었다. 잊혀진 계절의 의무였다. 너는 새삼 너를 돌아보고 눈을 마주치고 네게 손짓하는 이형이 두려웠다. 이형은 너에게 다섯 명의 동생을 만들어주었으나 남아 있는 아이는 없었다.

버스가 월미도라고 쓰인 표지판 밑을 지나간다. 결국 종점이다. 오래전 지우고 찢어낸 페이지 속으로 너는 걸어들어가고 있다. 네가 두려워하는 건 육이 아니다. 육이 가진 기억이다. 육이 지닌 유년의 페이지, 거기 남아 있는 너에 대한 기억이다.

*

절망적이다, 라고 쓰는 동안 너는 자랐다.

밤마다 뼈가 자라는 소리에 고막이 저릴 지경이었다. 삼과 사가, 오가 차례로 사라진 뒤 육이 왔을 때 너는 교복을 입고 있었다. 육은 이전 아이들과 달리 글자를 읽고 쓸 줄 알았다. 가늘지만 단단한 종아리로 넘어지지 않고 걸었다. 이형이 멈추라면 멈추고 놀아주면 웃었다. 이형은 육에게 귀여워 죽겠다거나 평생 함께 살자고 말하지 않았다. 육은 적당히 사랑받고 적당히 방치됐다. 그게 불안의 시작이었다.

너는 육을 이형의 화장대 앞에 세워두고 싶었다. 이형이 아끼는 찻잔을 육의 손에 쥐여주고 싶었다. 가느다란 갈색 머리칼을 뭉텅뭉텅 잘라내고 싶었다. 깨지고 조각난 물건들 앞에서, 더벅머리를 한 육 앞에서 우아하게 혀를 차는 이형을 보고 싶었다.

　'어쩔 수 없는 애네.'

　그러나 이형은 아무 말도 하지 않았다.

　육은 다섯 동생 중 이형의 집에 자신의 공간을 갖게 된 유일한 아이였다. 이형은 네 것과 똑같이 생긴 침대를 육의 방에 넣어주었다. 연두색으로 칠한 원목으로 지붕 모양을 짜 넣은 책상과 책장도 넣어주었다. 동화 전집과 스탠드를 끼워넣자 육의 방은 완벽해졌다. 계절에 따라 모기장이나 핫백이 더해지고 빠졌다. 너는 육이 벗어놓은 잠옷과 책상에 펼쳐진 책들, 의자 바퀴에 눌린 색종이 같은 것을 바라보았다. 그것은 일상 그 자체였으나 그렇기 때문에 낯설고 위협적이었다.

　이형의 남편은 여전히 집에 있거나 없었다. 이형이 여행 가방에서 오래된 속옷 무더기와 선물 상자를 꺼냈다. 길리안 초콜릿 박스 두 개. 너는 육과 함께 산 시간을 헤아려보았다. 이형의 남편이 언제부터 육에게도 초콜릿 한 박스의 무게를 전하게 되었는지도 헤아렸다. 신발장에는 육의 신발이, 작아져 더이상 신을 수 없게 된 신발과 새로 산 신발이 뒤섞여 있었다. 육은 착실히 성장하고 있었다. 누구보다 자연스럽고 단단하게.

—오늘은 동생하고 안 왔어?

너는 흠칫 놀라 뒤를 돌아봤다. 기말고사 때 쓸 빨간 펜과 컴퓨터용 사인펜을 사러 나온 참이었다. 문구점 여자가 놀란 네 어깨를 가볍게 토닥였다. 동네에는 문구점이 하나뿐이었다. 너는 유치원 시절부터 그곳에 다녔으나 마주한 여자의 얼굴은 낯설었다. 이형 때문이었다. 이형은 문구점 여자가 미용실 여자만큼이나 말이 많다며 싫어했다. 동네의 모든 소문이 문구점에서부터 시작된다고도 말했다. 너는 이형의 성실한 딸답게 문구점 여자를 멀리해왔다. 계산을 해야 할 때는 여자의 손만 봤다.

—맨날 딱 달라붙어 다니더니 어쩐 일로 혼자야? 나이 차이가 커서 그런가 둘이 어쩜 그렇게 사이가 좋으니. 너 하이츠 3동 사는 소율이네 알아? 성곡중학교 다니는 연년생 애들. 걔네는 맨날 얼마나 싸워대는지 아랫집에서 구청에 민원을 다 넣었다잖니.

여자는 질문을 계속했으나 어떤 답도 기다리지 않았다. 소율이라면 너도 아는 아이였다. 초등학교 때 두 번쯤 같은 반이었다. 집에 놀러간 적은 없지만 어디 사는지는 알았다. 너는 이마가 납작해 몹시 가난해 보이던 소율의 얼굴을 떠올렸다. 널빤지처럼 얇고 납작한 몸도 떠올렸다. 울림통이 반토막 난 것처럼 소율은 큰 소리를 낼 줄 모르는 애였다. 짓궂은 애들이 생쥐라고 놀려도 슬그머니 자리를 피하곤 그만이었다. 너는 한 번도 본 적 없는 소율의 동생을 떠올렸다. 소율의 생김새나 성격과 크게 다를 것 같지 않왔다.

너는 문구점 여자의 얼굴을 물끄러미 바라보았다.

늦은 시간이라 문구점 안은 비어 있었다. 너는 그제야 네가 서 있는 곳 말고는 형광등이 모두 꺼져 있다는 걸 알았다. 문 닫을 준비를 하던 여자가 네 옆까지 옮겨온 듯했다. 너는 손에 쥐고 있던 빨간 펜을 도로 내려놓았다. 네 입술이 머뭇머뭇, 그러나 분명하게 움직였다.

―저기, 아주머니, 부탁이 하나 있는데요. 제 동생이, 혹시 문제를 일으키면 제게 전화 주시면 안 될까요?

―문제를 일으키다니 무슨 소리니?

―혹시 뭔가를, 훔친다거나, 훔치면요.

―동생이 물건을 훔쳐? 어쩜, 그렇게 안 봤는데.

―아직 어려서요. 그게 나쁜 짓인지를 잘 몰라요. 엄마한텐 비밀로 해주세요. 진짜 큰일나거든요. 이전에 동생이…… 아니, 아무것도 아니에요. 그냥 꼭 부탁드려요.

너는 도망치듯 문구점을 빠져나왔다. 네가 한 말의 경도는 형편없었다. 그러나 너의 머뭇거림과 얼버무림이, 문구점 여자의 호기심과 타인의 불행에 대해 떠들어대고 싶어하는 근성이 말의 몸체를 불릴 것이었다.

육은 아무것도 훔치지 않았다. 그렇기 때문에 모든 것을 훔칠 수 있다고 오해받았다. 시선과 소문이 늘 육을 따라다녔다. 문구점 여자는 육이 휴대용 나침반을 색깔별로 훔쳐갔노라고 했다. 편의점 직원은 육의 손이 얼마나 빠른지 현장을 한 번도 잡지 못했다고 투덜댔다. 육이 다니는 학원 선생님마저 육이 다녀가면 지우개고 사탕이고 뭔가가 하나씩은 꼭 사라진다고 말했다. 소문이 번져갈수록 너는 죄책감을 느꼈다. 그것은 사의 앞머리를 잘랐을 때만큼의 죄책감이었다.

어쩜 그렇게 안 생겨서는, 부잣집 애가 말이죠. 문구점 여자의 말은 이상한 방향으로 신빙성을 더했다. 너는 집으로 이어지는 긴 골목을 천천히, 혼자 걷고 있는 육을 보았다. 교문 앞에서도 놀이터에서도 육은 혼자였다. 너는 방안에 오도카니 앉아 있는 육을 보았다. 책상 위에 펼쳐진 동화책은 한 페이지도 넘어가지 않았다. 밤이 되면 육은 가방 안에 있는 책과 연필과 수첩을 모두 꺼냈다 다시 담았다. 이형이 사다준 새 연필과 노트를 넣었다가 빼냈다. 너는 네가 쓰다 버린 연필과 다 쓴 볼펜 따위를 육이 주워간다는 걸 알고 있었다. 육은 낡고 부러진, 다 쓴 것들로만 가방을 채웠다.

이형은 소문에 대해 아무것도 묻지 않았다.

토요일이 되면 이형은 육의 손을 잡고 문구점에 갔다. 이형은 육이 들고 있는 바구니가 넘칠 만큼 물건을 담아 계산했다. 그렇게 딸려온 물건들은 쓸모없는 것이 많았다. 컵케이크 모양 지우개 세트나 만화 캐릭터가 그려진 카드를, 육은 밤마다 가방에 넣었다

뺐다. 이형은 육에게 괜찮다거나 너를 믿는다고 말하지 않았다. 어쩔 수 없는 애라고 비난하지도 않았다. 육이 무슨 생각을 하는 지는 모를 일이었다.

―언니.

육은 가끔 네 방문 앞에 서서 너를 불렀다. 문턱을 넘어오는 일 은 없었다.

―언니, 난 다른 사람 건 아무것도 갖고 싶지 않아.

너는 답하지 않았다. 육은 이미 많은 걸 가졌고, 이형은 너의 것 이 아니었다.

육의 이갈이는 다른 아이들보다 늦게 시작됐다. 아홉 살이 되어 서야 앞니가 빠졌다. 식탁에 앉아 있던 육은 수박씨를 뱉듯 톡, 조 그맣고 흰 이를 뱉어냈다. 새로운 이가 돋는 데는 반년이 걸렸다. 돋아난 이는 두 개였다. 송곳니 위쪽에 볼록한 주머니가 하나 더 생긴다 싶더니 이가 튀어나왔다. 덧니는 억척스럽게 이 사이를 파 고들었다.

이형은 몇 번이고 육의 입을 벌려보았다. 덧니는 다른 어떤 이 보다 크고 굵었다. 어금니를 제외한 윗니 전부가 사십 도씩 기울 어 있었다. 삐뚤빼뚤해진 치열을 육의 마른 혀가 더듬었다. 들개 도 아니고. 이형이 말했다. 들개도 아니고 이가 이게 뭐야, 정말.

―어쩔 수 없는 애네.

*

버스에서 내린 너는 놀이공원까지 걷는다.

휴장일인지 놀이기구가 모두 멈춰 있다. 너는 나무와 표지판, 울타리 위로 튀어나온 놀이기구들을 바라보며 걷는다. 기억과 달리 기구의 표면은 반질반질하다. 구조물이 높고 곧다. 놀이기구마다 알록달록 색을 입혀 외양이 바뀌긴 했지만 너는 안다. 저기 어딘가에는 너와 육이 뜨거워진 이마를 맞대고 앉았던 나무의자가 있다. 오렌지맛 슬러시를 나눠 마시고 솜사탕을 떼어먹던 가로등이 있다. 새우깡을 산 가판대와 하얗게 물거품을 일으키며 뱃머리를 밀고 들어오던 유람선이 저기 있다.

멈춰 선 놀이기구들 사이를 너는 걷는다. 철골들이 새로 깎은 뼈처럼 신선하고 탄탄하다. 눈이 아릴 만큼 뚜렷한 색으로 칠해진 기구들은 이제 너의 몸에 맞지 않는 것이 대부분이다. 너는 반듯한 사각형으로 세워진 매표소를, 이제는 갱지에 인쇄된 탑승권 같은 건 나눠주지 않을 매표소를 지난다. 놀이공원 길 중 하나는 유람선 선착장과 이어진다. 난간 너머 잿빛 물결이 흐리게 출렁인다. 육은 유람선 매표소 앞에 서 있다. 너는 준비한 말을 한마디도 하지 못할 것이다. 너는 자리에 멈춰 선다.

가로등이 켜진다. 너의 그림자가 발 앞으로 길게 늘어진다. 이형을 떠난 뒤 네가 갖게 된 유일한 것이다. 너는 버려진 들판의 분

이형의 계절 189

홍 뼈대 아래서 그림자를 주웠다. 아른거리는 수준이었던 그림자는 이제 버스에 탈 수 있을 만큼 선명해졌다. 심지어 길고, 무겁다. 너는 너의 그림자가 너보다 먼저 육에게 다가서는 걸 바라본다. 오래전 네가 그랬던 것처럼, 육이 너의 그림자 목을 꾹꾹 힘주어 밟았으면 좋겠다고 생각한다.

때로는 아무것도

1

　최초의 기억은 무수한 선으로 뒤덮여 있었다. 리모컨과 마름모 꼴 박하사탕, 생닭 따위가 허공을 날아다녔는데 그건 어떤 의미에서 몹시 정확한 기억이기도 했다. 도영은 그것들이 그려내는 복잡한 선에 빠져 있었다. 스테인리스 컵이 진한 곡선을 긋고 냅킨 뭉치가 짧은 직선으로 지그재그 흩어졌다. 도영은 포대기에 싸인 몸을 꼼지락대며 선을 눈으로 좇았다. 무언가가 빠른 속도로 날아와 뒤통수를 후려치기 전까지는 그랬다. 당시 세 살이었던 도영은 어머니 등에 꽉 묶인 채로 정신을 잃었다.

　—하필 냉동 닭이 날아오는 바람에.

이후 도영의 머리를 깎아줄 때마다 어머니는 음울한 목소리를 냈다. 도영의 뒤통수는 반 수저 떠낸 홍시 모양으로 움푹 꺼져 있었다. 친근하게 머리를 쓰다듬어줄 때가 아니면 눈치채지 못할 정도였으나 도영의 어머니는 거기서 좀처럼 눈을 떼지 못했다. 도영은 자신의 첫 기억이 통닭집에서 목격한 무수한 선들이라는 사실을 어머니에게 말하지 않았다. 대신 뒤통수의 홈에 손가락을 덧대 꽁꽁 언 닭의 크기를 가늠해보았다. 정확하게는 닭다리나 날갯죽지의 너비 정도일 것이었다.

싸움의 원인은 사소하고도 다양했다. 그래서인지 몸싸움으로 번지게 된 이유를 기억하는 사람은 아무도 없었다. 모두 누군가를 때렸고 모두 누군가에게 맞았다. 아무도 때리지 않고 중상을 입은 사람은 도영뿐이었다. 영광빌라 A동 친목도모회중 벌어진 일이었다. 작은 통닭집에 모인 주민은 열 명 남짓이었는데, 301호에 세쌍둥이가 이사 온 뒤로 관계가 사뭇 험악해진 상태였다. 종아리가 당차게 여문 세쌍둥이는 한밤에도 우박 떨어지는 소리를 내며 온 집안을 뛰어다녔다.

—위에서 얼마나 뛰는지 거실 전등이 다 나갈 지경이라고.

201호 남자가 자리에 앉자마자 투덜댔다. 이마가 좁고 하관이 지나치게 발달한, 왜소한 체구의 남자였다. 새치가 절반인 짧은 머리칼이 고슴도치처럼 솟아 있어 뒷모습이 우스꽝스러웠다.

마주앉게 된 102호가 슬그머니 의자를 뒤로 물렸다. 강퍅한 성미에 불만 서린 얼굴로 빌라 곳곳을 쑤시고 다니는 통에 201호 남자를 달가워하는 사람은 아무도 없었다. 그는 수시로 옥상을 오르내리며 층계참에 놓인 세발자전거와 항아리들을 걷어찼다. 우편함 옆에 서서 드나드는 사람 모두에게 빌라 출입문을 똑바로 닫으라고 을러대기도 했다. 빌라 주민들이 가장 끔찍하게 여기는 건 매달 셋째 주 일요일의 계단 청소였다. 남자는 오전 일곱시부터 빌라 전층을 뛰어다니며 고함을 지르고 초인종을 연거푸 누르고 알루미늄 난간을 두드려댔다. 그 소란은 주민들이 수도에 긴 호스를 연결해 물을 뿌리고 빗자루로 빌라의 모든 계단을 쓸어낼 때까지 계속되었다.

—공동생활에도 격이 있는 법인데 말이지. 거, 가정교육이라는 게 뭔지 알기나 하나, 그 집은? 애새끼들이 얼마나 날뛰는지 내가 집에 앉아 있질 못해, 천장 무너질까봐.

—애들 뛰는 게 뭐 그리 대수라고 유난이래요. 우리집에선 콩 튀는 소리만큼도 안 들립디다.

402호가 슬그머니 면박을 주었다. 세쌍둥이 엄마가 자신의 딸 학교 선생이라는 걸 알게 된 뒤로 402호는 유난히 그 집을 감쌌다. 꼭대기 층부터 시작되는 계단 청소 특성상 셋째 주 일요일의 괴롭힘이 402호에게 유난히 질긴 탓이기도 했다. 그쪽이야말로 공동생활이라는 게 뭔지 알기나 하나? 402호가 비쭉거리며 말을 흘렸다.

—애들 노는 게 우렁차긴 하지 뭘.

B02호 노인이 말했고,

—부실시공이 문제예요, 다 그것 때문에 그래. 초인종만 눌러도 온 빌라가 쩌렁쩌렁 울리잖아요. 몇 호가 짜장면을 시켜 먹는지 몇 호에 잡상인이 찾아왔는지 다 들리는 판국에.

101호 주민이자 통닭집 주인이 슬쩍 말을 물렸다.

술이 몇 차례 돈 뒤에는 분위기가 누그러졌다. 통닭집 주인과 그녀의 늙은 아들이 닭을 튀기느라 분주히 움직이는 동안 402호가 양배추를 썰었다. 도영의 어머니가 양배추 위에 케첩과 마요네즈를 섞어 뿌렸다. 생맥주를 따르러 간 201호 남자가 부걱부걱 터져나온 맥주거품을 뒤집어썼고, B02호 노인이 냉장고에서 중국산 노가리를 찾아내 굽기 시작했다. 텔레비전에서 뉴스가 흘러나오고 있었다. 테이블 모서리에 노가리를 탕탕 찍던 노인이 화면을 보고는 물었다.

—저 사람들은 다 뭐고? 공터에 웬 사람들이 저래 빼곡하니 꽂혀 있나?

오묘한 색깔로 변한 마요네즈를 찍어 먹던 도영의 어머니가 마요네즈만큼이나 오묘해진 낯빛으로 대꾸했다.

—촛불이잖아요, 할아버지. 광화문 광장에요. 사람들이 촛불을 들고 모인 거예요.

─촛불이 어디? 시꺼먼 머리통만 몇 겹씩 휘감겨 있구만, 보기 흉측스럽게. 전쟁통에 피란 가는 사람들도 아니고 어으, 껌껌하기도 하다. 내 자네한테 말한 적 있던가? 육이오 난리통에 내가 갓 돌잡이한 새끼를 옆구리에 끼고서는……

─할아버지 눈이 영 안 좋으신 모양이네. 저게요, 사람들이 들고 있는 저 촛불이 엄청 중요한 거거든요. 효순이 미선이 모르세요?

─중요한 건 그런 게 아니지.

맥주거품에 상의 앞섶이 푹 젖은 채 소주를 따라 마시고 있던 201호 남자가 끼어들었다. 험상궂은 시선이 마침 가게에 들어선 301호에게 갈고리처럼 가 박혔다.

─거, 공룡놀이는 좀 아니지 않나? 애아빠가 새벽에 들어오면 발 씻고 잠이나 잘 것이지, 왜 자는 애들을 깨워서 티라노사우루스니 트리케라톱스니 떠들어대며 크와아아, 쿵쿵 뛰고 비명 지르고 지랄들을 하냐고. 그 집 애새끼들 뛸 때마다 우리집 전등이 껌뻑껌뻑 나가는 걸 알고는 있고? 나도 한번 해봐줘? 거, 열 손가락에 장도리니 드라이버니 끼고 그 집 문 앞에서 크와아아, 한번 날 뛰어줘?

─그러는 아저씨야말로 왜 그래요?

포크를 내동댕이치며 102호가 말했다.

─대체 왜 자꾸 우리집을 들여다보는 거예요? 우리는 한낮에도

암막 커튼을 치고 살아요. 아저씨가 요리조리 들여다보고 새벽마다 담배 피우러 나온 척 베란다 창살 사이로 머리를 집어넣는 통에요. 여자들만 산다고 만만히 보는 거예요? 아저씨야말로 내가 한번 해봐줘요? 열 손가락에 송곳이니 과일칼이니 끼고?

—살벌한 소리들 말고, 여기 통닭 좀 들어요. 우리가 양심껏 깨끗한 기름으로 튀기는 거라 튀김옷까지 다 씹어먹어도 살도 안 찌고 여드름도 안 나. 주위에 광고들 좀 해주고, 응?

—친목모임에 안 나오면 벌금 삼만원이라니, 언제부터 그런 규칙이 있었죠? 이거 텃세 아닌가요?

통닭집 주인과 301호가 각각 떠들어댔다. 저런 쓸데없는 거 말고요 할아버지, 정말 저 불빛들이 안 보이세요? 도영의 어머니가 B02호 노인에게 바짝 붙어 서며 다그쳤다. 통닭집으로 뛰어들어온 세쌍둥이가 크와아, 소리치는 것과 동시에 201호 남자가 자리를 박차고 일어섰다.

십오 평짜리 통닭집은 싸움이 시작된 지 십여 분 만에 완전히 폐허가 되었다. 뒤엉킨 사람 중에 201호 남자의 움직임이 제일 빨랐다. 냉장고 문을 열어 식자재를 끄집어낸 사람도 그였다. 생닭과 절임무와 플라스틱 접시 들이 가게 안을 날아다녔다. 가장 위협적인 것은 생닭이었는데 철썩, 하고 얼굴에 붙는 속도가 무시무시한데다 유통기한이 지난 노계들이라 삭은 기름 냄새가 그야말로 끔찍한 탓이었다. 싸움은 냉동 닭에 머리를 맞은 도영이 병원으로 실려가면서 끝이 났다.

　도영과 도영의 어머니, B02호 노인이 병원에 간 뒤 통닭집에 남은 주민들은 한동안 서로를 노려보고 서 있었다. 201호 남자만이 누구를 노려봐야 할지 몰라 두리번거렸다. 마주 노려볼 사람이 너무 많아서였다. 남자는 한참 만에야 결심한 듯 카운터 뒤에 쪼그려앉아 울고 있는 세쌍둥이 중 하나를 노려보았다.

　싸움은 끝났으나 더럽고 으깨진 것들을 직접 치워야 하는 번거로움이 남아 있었다. 주민들은 절임무를 쪼개 콧구멍에 박은 채 씨근거리며 벽을 닦고 바닥을 쓸었다. 닭 비린내와 땀내와 걸쭉하게 끓어오른 분노의 열기 때문이었다. 생닭에 맞아 코피가 터지지 않은 사람은 세쌍둥이뿐이었다. 세쌍둥이는 통닭집 앞 길가에 조르르 붙어앉아 콧물을 훔쳤다. 하나가 졸기 시작했다. 다른 하나가 칭얼댔고 마지막 하나가 짧은 손으로 양옆 아이들을 토닥였다. 가을볕이 몇 번이고 즈려밟은 통에 세쌍둥이의 이마와 콧등이 검게 타 반들거렸다.

2

　오래된 종이는 눅눅하고 질겼다. 도영은 학교신문 상단에 찍힌 발행일자를 더듬었다. 자료실이라고 붙은 팻말이 겸연쩍을 만큼

습한 창고이니 눅진 면은 어쩔 수 없겠으나 질긴 감은 쉽게 이해되지 않았다. 도영의 머릿속에서 '오래된 것'은 손을 대면 가루가 되어버리는, 소멸 직전의 무엇이었다. 가마에 구워 단단하게 굳힌 도자기 정도가 아니고서야 적당히 닳아 없어지는 것이 옳았다.

도영은 책상 위에 쌓인 오래된 신문들을 반복해서 넘겼다. 빠르게, 더욱 빠르게 넘기거나 무언가의 껍질을 벗겨내듯 가장자리를 살살 긁어 일으키기도 했다. 어떤 방식으로 펴든 신문에는 질기고 억센 종이의 궤적이 남아 있었다. 또박또박 잘린 칸에 나열된 글자들 역시 꿈쩍도 하지 않았다. 집요한 것은 종이가 아니라 기록된 글자들인지도 모르겠다고, 도영은 생각했다. 종이 섬유와 함께 짜이기라도 한 것처럼 글자들은 빈틈없이 질겼다.

대학에서의 첫 여름을 학교 도서관 창고에서 보내는 것은 좋지도 나쁘지도 않았다. 사양이 형편없는 노트북 한 대가 놓인 일인용 책상이 도영의 지정석이었다. 창고에는 작업을 지시하는 사람도, 확인하는 사람도 없었다. 금요일 오후에 일주일 분량의 작업 문서를 정해진 이메일로 보내면 끝이었다. 도영은 보통의 스무 살들이 그러하듯 빠듯한 일과를 보내고 있었다. 방학이란 단어는 의미 없어진 지 오래였다. 방학의 방放 자가 놓다, 석방되다, 라는 의미란 걸 알았을 때는 헛웃음이 났다. 학업과 등록금과 미래와 스펙에서 석방된 사람이 적어도 도영 주위에는 없었다. 도영은 두 개의 아르바이트와 토익 준비를 병행하고 있었다. 학교 도서관 아르바이트는 적막했고 이십사 시간 만화 카페 아르바이트는 번잡했다. 돈을 벌든 공부를 하든 시간은 언제나 부족했다. 도영은 뒤통수의 홈을 꾹꾹 누르며 엑셀 창을 열었다.

—방학 동안만 자료실에서 일하면 될 거야.

그렇게 말하던 도서관 사서의 옆얼굴이 떠올랐다. 어쩐지 어정쩡한 표정이던 사서는 도영과 전혀 눈을 맞추지 않았다. 개교 백주년을 맞은 학교에서 그간 발행된 학교신문을 전부 디지털화하겠다고 공표한 직후의 일이었다.

—어떤 작업을 하는지는 상관없잖아. 근로장학금만 정확히 입금되면 되는 거니까. 그렇지?

도영은 대충 고개를 끄덕였다. 창고에 처박혀 백 년분의 기록과 홀로 싸우게 되리라는 사실을 미처 몰라서였다. 도서관에서 도영이 하던 일은 반납된 책더미를 정리하고 새 책에 도난방지 스트립을 눌러 박는 것이었다. 어깨가 굳고 팔이 저려도 어울려 이야기할 사람들이 곁에 있었다. 근로 학생 대부분은 도영보다 나이가 많고 학식과 등록금에 엇비슷한 불만을 가지고 있었다. 도영은 그들 중 하나가 책장에 바짝 붙어 서 있던 모습을 떠올렸다. 어느 오후의 일이었다. 사람들 발길이 뜸한 서쪽 구역의 통로를 도영이 느릿느릿 빠져나가던 참이었다. 그쪽 구역 분류 기호가 뭐였더라. 철학서들이 꽂혀 있는 곳이었는데. 그때 그 사람이 쥐고 있던 책은.

—……딱히 상관없지만.

도영이 작게 읊조렸다. 이곳에서는 이곳에 맞는 일을 하면 그만이었다.

도영은 엑셀 시트를 연도별로 분류했다. 오늘 입력분은 1961년 발행된 학교신문 뭉치였다. 첫 장을 넘기자 켜켜이 박제되어 있던 먼지가 거대한 몸피로 부풀어올랐다. 도영은 양팔을 휘젓거나 종이를 펄럭여 먼지를 흩뜨리지 않았다. 내버려두면 맥없이 제자리로 내려앉을 것들이었다. 잠시 숨을 참은 도영이 신문 각 면에서 헤드라인을 골라 나눠둔 칸에 입력해나갔다. 학생에게가 아니면 시키지 못할 단순하고 무식한 작업이었다.

1961. 02. 06. 제216호. 1면. 兪賢根 總長 寄宿舍開館記念行事

1961. 03. 13. 제221호. 2면. 兪祕根 理事長 獎學金授與式

기사 대부분이 한자라 사전을 찾는 시간이 훨씬 길었다. 그럼에도 이름 몇 개는 획 하나 틀리지 않고 똑같이 그려낼 수 있을 만큼 눈에 익었다. 작업을 하는 동안 도영이 가장 많이 입력한 건 유필근, 유현근, 유상근으로 이어지는 가계도였다. 따지고 보면 수십 년 분량의 기사들은 학교에 관한 것이라기보다 유씨 집안의 행보를 기록한 것에 가까웠다. 도영은 다음 면을 열어 헤드라인을 눈으로 짚었다. 그러나 손가락은 미끄러지듯 구석으로 밀려난 조그만 글자들을 더듬었다. 11면 왼쪽 하단. 總長室 占據한 學生會長 重懲戒. 도영은 무심코 신문 하단에 실린 작은 기사를 읽어내려가기 시작했다. ……에 대한 반대 입장을 표명하고 횡령 및 재단 비리에 대한 해명을 촉구하며 총장실을 점거한 학생회 임원들의 징계 절차를 밟아 엄중히 처벌……

—중요한 건 그런 게 아니지.

문득 들려온 목소리에 도영이 주위를 둘러보았다. 놀람이나 당황에서 비롯된 행동은 아니었다. 습관에 가까운 두리번거림은 느슨하고 여유로웠다. 도영은 허공을 향해 중얼중얼 대꾸했다.

—네에, 네, 알아요. 안다고요.

기사를 읽던 손가락이 다음 헤드라인을, 또 다음 헤드라인을 입력했다. 도영의 손끝이 1961년을 지나 1962년을 향해 거침없이 내달리는 동안 목소리는 침묵했다. 당연했다. 목소리가 들려오는 경우는 도영이 불필요한 곳으로 시선을 흘릴 때뿐이었다.

처음 목소리가 들린 것은 중학교 삼학년 때였다. 기말고사 기간이었고, 아침 자습이 끝난 뒤 한국사 시험을 볼 예정이었다. 도영은 주관식에 나올 만한 단어들을 골라 외우고 있었다. 아관파천, 고종 대한제국 선포, 광무개혁을 통해 자주국가의 면모를, 기술교육기관과 사립학교 설립. 검은 동그라미가 한참 늘어갈 무렵이었다. 중요한 건 그런 게 아니지. 걸걸하고 낮은 남자 목소리가 귓속을 파고들었다. 비아냥대는 것처럼 말끝이 끌려올라간, 기분 나쁜 어투였다.

도영은 놀란 얼굴로 주위를 살폈다. 아이들은 도영처럼 어딘가에 밑줄을 긋고 동그라미를 치느라 바빴다. 도영은 양전사업에 동그라미를 그렸다. 목소리가 들렸다. 유학생 파견에 밑줄을 그었다. 목소리가 들렸다. 전제군주제 강화를 옮겨 적었다. 목소리가 들리지 않았다.

이후 남자의 목소리는 수시로 도영의 귓속을 파고들었다.

도영이 상가 앞 간이 테이블에서 설문지를 작성하고 있거나 학급별 축구대회를 위해 골대 그물을 묶거나 자동차 아래 동그랗게 몸을 말고 있는 고양이를 끄집어내고 있노라면, 목소리는 쯧쯧 혀를 차며 말했다. 중요한 건 그런 게 아니지. 그럼 도영은 얼른 앞에 놓인 것에서 손을 뗐다. 서점에서 수험서를 고르거나 수행평가지를 작성하고 있을 때면 사위가 고요했다. PC방으로 몰려가는 동급생들과 다른 방향으로 발길을 돌릴 때도 마찬가지였다.

목소리의 판단은 냉정하고 정확했다. 도영은 수능 공부를 할 때, 대학 원서를 넣을 때, 하다못해 십자말 퀴즈를 풀 때조차 목소리의 도움을 받았다. 보다 더 중요한 것을 선택하는 일. 도영은 올바른 판단에 대해 그렇게 정의해왔다. 그리고 지금, 도영에게 중요한 건 헤드라인을 엑셀 창에 정확히 입력하는 일이었다.

3

─정산은 내가 할게.

도영에게서 동전 통을 빼앗으며 세쌍둥이가 말했다.

—너 잔돈 처리 꽝이잖아. 매일 몇백원씩 비는 거 진짜 짜증나.

—신경써서 하고 있는데요.

—웃기시네. 니 발밑에 떨어진 동전이나 보고 말해.

세쌍둥이가 바닥을 걷어차자 짤랑 소리와 함께 은빛 곡선이 그어졌다. 도영은 단조롭고 분명한 선의 궤적을 지켜보았다. 선이 끝나는 지점을 손으로 더듬자 차갑게 식은 동전이 잡혔다.

—안과에 가보라니까? 그거 분명히 병이야. 어떻게 발밑에 떨어진 동전을 못 보냐. 지난번 클레임 들어온 것도 니가 손님이 보고 있던 책들 싹 정리해버려서 그런 거잖아. 바로 앞에 앉아 있는 사람을 못 봤다는 게 말이 돼?

—가봤어요, 안과.

—뭐래?

—몽골리안 시력이래요.

—지랄한다.

정말이었다. 도영의 시력을 재던 간호사는 혀를 내두르며 말했다. 이렇게 시력 좋으신 분 처음 봐요. 몽골족에게서나 나올 수치인데 이게 정말 보이세요? 도영은 시력검사표 바닥까지 내려간 지시봉을 바라보며 고개를 끄덕였다. 다른 것은 뿌옇게 흐렸지만 지시봉 끝이 가리키는 숫자와 기호는 정확하게 보였다. 그러나 기계로 다시 시력을 재고 나자 간호사가 싸늘한 얼굴로 덧붙였다. 검사표 외우고 그러시면 안 되거든요. 어린애들도 그런 짓은 안 해요.

도영은 카운터 옆 선반에 감자칩을 채우기 시작했다. 만화 카페는 시간제로 운영되었다. 카드 결제가 대부분이었지만 과자와 초콜릿 같은 군것질거리 값은 따로 현금으로 받았다. 어째서 잔돈을 자꾸 흘리는지, 어째서 자신은 그걸 발견할 수 없는 건지 의아하긴 했다. 다른 일에는 좀처럼 실수하지 않는 도영이었다. 오히려 지나치리만큼 정확했다. 예를 들어 도영은 이만여 권의 만화책 중에서 손님이 요구하는 책을 단번에 골라낼 수 있었다. 잘못 꽂힌 책을 귀신같이 찾아내 원래 자리로 돌려놓기도 했다.

—관심이 없는 거야, 넌.

—그래봤자 잔돈인데요.

—응. 근데 지난달에 니가 펑크 낸 돈 다 모으면 만원이 넘어. 그럼 그건 더이상 잔돈이 아니지 않아? 최소한 나한테는 이 동전들이 엄청 중요하다고.

세쌍둥이가 주문받은 생과일주스를 믹서에서 따라 유리잔에 담았다. 도영도 주문표에 찍힌 대로 아메리카노를 뽑아 쟁반 위에 올렸다. 카페 구석에서 위잉 위이이잉 진동벨이 울렸다. 점점 가까워지는 소리는 도영에게 몇 시간 전 도서관 자료실에서 질리도록 들었던 기계음을 떠올리게 했다. 그것은 규칙적으로, 진동에 춤추는 먼지 뭉치가 눈에 보일 정도로 가까운 곳에서 울렸다. 책상을 옮겨보거나 노트북 전원을 꺼도 멈추지 않았다. 이상한 소리가 들린 건 처음이 아니었으나 위이이잉 하는 기계음은 묘하게 거슬렸다. 대체 어디서 나는 소리였을까. 도영의 찌푸린 얼굴에 음료를 가지러 왔던 손님이 불쾌한 기색을 보였다.

—이쪽은 됐으니까 잠깐 쉬고 와.

세쌍둥이가 카운터 밖으로 도영을 밀어내며 말했다. 툴툴대긴 해도 도영의 사정을 봐주는 건 세쌍둥이뿐이었다. 도영은 세쌍둥이의 코를 잠깐 바라보다 고개를 흔들었다. 알고 지낸 지 십칠 년이 지났지만 도영은 세쌍둥이를 그냥 세쌍둥이라고 불렀다. 언젠가 각각의 이름을 소개받은 날도 있었겠지만 기억나지 않았다. 도영은 그들을 굳이 구분해야 할 필요성을 느끼지 못했다. 그들의 차이는 콧날이 휜 방향이라든지 콧잔등이나 뺨에 얹힌 점의 개수처럼 미미했다. 이십사 시간 만화 카페에서 함께 일하게 된 후로도 마찬가지였다. 그들이 하는 일은 대동소이했다. 셋 모두 도영을 이름 대신 너, 라고 불렀고 청소와 책장 정리를 도영에게 맡겼으며 수시로 동전 통을 빼앗아갔다.

—참, 너 들었어? 201호 아저씨 얘기.

—그 아저씨 이사 간 지가 언젠데 아직도 그렇게 불러요.

—이사 갔다고 해봤자 바로 앞 건물인데 뭐. 쥐똥만한 동네에서 옮겨다녀봤자지. 암튼 그 아저씨 말야, 죽었대.

—죽어요?

—응. 골목에서 죽어 있는 걸 누가 신고했다나봐. 이렇게 앉은

채로 죽어 있데래. 왜 죽었는진 아직 모르고. 경찰이 수사하러 올지도 몰라, 우리집이랑 사이 엄청 안 좋았으니까.

—옛날 얘기잖아요.

—원래 옛 원한이 무서운 거야. 너도 용의자가 될 테니까 알려주는 거야. 네 뒤통수 찌그려놓은 사람도 그 아저씨잖아.

도영이 뒤통수를 만지작거렸다. 거기 홈을 낸 사람이 201호 남자인지 301호인지 확실치 않다는 말은 하지 않았다. 냉동 닭을 집어던진 사람은 통닭집 늙은 아들일 수도 402호일 수도 있었다. 굳이 따져보자면 홈의 어느 부분은 세쌍둥이가 힘차게 밟고 지나간 흔적이기도 했다.

4

휴게실로 도영을 밀어넣으며 세쌍둥이는 슬쩍 도영의 뒤통수를 쓰다듬었다. 머리카락으로 가려져 있어도 그것의 위치는 쉽게 짚어낼 수 있었다. 통닭집에서의 싸움 이후 도영의 상처는 일 년 가까이 아물지 않았다. 가까스로 아문 뒤에는 머리칼이 나지 않아 윗머리를 길게 길러 상처를 덮어야 했다. 영광빌라 A동 사람들은 여전히 데면데면하게 지내며 불만 섞인 시선을 주고받았지만 골목 끝에서 도영이, 뒤통수에 커다란 반창고를 붙인 도영이 나타나면 얼른 서로에게 웃어 보이곤 했다. 그러니까 도영은 좀 이상한 형태로 출범한 평화사절단인 셈이었다.

세쌍둥이는 그 시절을 모호하게 기억하고 있었다. 셋이 각각 기억하고 있는 장면은 명확했지만 그것들을 한데 모으면 어쩐지 귀퉁이가 일그러진 그림이 되었다. 기본적인 것에서부터 그랬다. 세쌍둥이 중 하나는 그 시절 아버지와 어머니가 사이좋게 함께 살고 있었다고 기억했다. 다른 하나는 그 시절 아버지와 어머니가 거실과 온 방을 내달리며 밤새 욕을 하고 싸워댔다고 기억했다. 마지막 하나는 그 시절 아버지와 어머니는 이미 별거중이었고, 자신들을 불쌍히 여긴 삼촌이 때때로 놀러와 공룡놀이를 해주었다고 기억했다.

—그래서 201호 아저씨가 새벽에 시끄럽다고 쫓아올라왔다가 그냥 가버리곤 했잖아. 아버지가 선풍기며 의자며 집어던지는 바람에 난장판인 거실에서 엄마는 막 소리지르며 굴러다니고. 한번은 아저씨네 액자 떨어졌다고 욕하러 왔다가 우리만 데리고 내려갔는데 기억 안 나? 아저씨네 집에서 꿀을 탄 우유를 마셨는데. 넌 마시다가 이불에 토했고.

—무슨 소리야, 아저씨네 집에 간 건 벌받을 때였지. 아저씨가 계속 엄마 괴롭히니까 우리가 복수해주자고 그 집 현관문에 먹물 뿌렸다가 걸리는 바람에. 며칠 동안 가서 걸레로 문 닦고 벌서고 그랬잖아.

―그건 삼촌 아냐? 삼촌이 아버지 대신 그 집에 가서 따졌지. 그리고 먹물은, 그 집 아냐. 402호야.

세쌍둥이는 입을 다물었다.

시간이 흐르는 동안 빌라 구성원이 대부분 바뀌었지만, 모두 모여 계단 청소를 하는 일 따위도 없어졌지만 세쌍둥이는 내내 402호가 불편했다. 사층으로 올라가는 좁은 계단과 기역자로 꺾인 복도도 싫었다. 그곳을 보고 있노라면 엉덩이로 축축한 한기가 올라오는 것 같았다. 복도 창문으로 기어든 햇빛이 계단 높이로 싹둑싹둑 잘려 있던 장면이 문득 떠오르는 날도 있었다. 언니가 재밌는 거 보여줄까. 계단 꼭대기에서 손짓하던 희고 통통한 손. 어느 쪽이든 불편하긴 마찬가지였다.

세쌍둥이는 서로 조금씩 다른 방식으로 402호 현관문에 먹물을 끼얹던 순간을 기억했다. 빌라에는 모두 똑같은 회색 철문이 달려 있었는데 402호만이 짙은 밤색 테두리를 두른 크림색 현관문을 달고 있었다. 팻말도 금박으로 반짝거리게 만든 새것이었다. 그 문으로 402호 딸의 친구들이 바쁘게 들락거렸다.

―402호 언니는 그러고도 잘 살까.

―언니라고 부르지 마. 그년은 미친년이야.

―그러고 보면 걔도 그때 중2였으니까 자기를 통제할 수 없었는지도 몰라. 어린애였잖아.

―지랄하네. 중2병이 황금면죄부냐? 자꾸 봐주니까 그것들이

죄를 지어놓고도 반성할 줄 모르는 거야. 나쁜 년은 그냥 나쁜 년 이야.

세쌍둥이는 카페 안 각각의 자리로 흩어졌다. 하나가 에스프레소를 추출하는 동안 다른 하나가 테이블에 어질러진 만화책을 정리하고, 나머지 하나는 카페 한쪽에 앉아 동영상 강의를 들었다. 누군가의 말투가 험악해지면 적당히 흩어지는 게 그들만의 규칙이었다. 세쌍둥이의 어머니와 아버지는 포기를 모르는 사람들이었다. 상대방 말투가 험악해지면 더욱 거친 말투를 썼고, 그보다 더 악독한 말이 없으면 기꺼이 몸을 날렸다. 세쌍둥이는 그런 면만은 결코 닮고 싶지 않았다.

─그래도 서른두 시간이라니. 아저씨 엄청 더웠겠다.

찢어진 페이지에 투명 테이프를 붙이던 다른 하나가 중얼거렸다.

201호 남자의 죽음을 알게 된 건 카페로 출근하던 한낮의 일이었다. 지은 연도도 공법도 들쭉날쭉한 빌라들이 빼곡해 워낙 제멋대로 길이 꺾인 동네였다. 경사진 골목을 생각 없이 따라가면 길을 잃기 십상이었다. 세쌍둥이는 미로처럼 얽힌 골목을 능숙하게 빠져나가 큰길에 다다랐다. 큰길이라고 해봤자 손수레 하나가 가까스로 지나갈 수 있는 너비였다. 세쌍둥이는 길 끝에 이르러 발을 멈추고 갸웃거렸다. 경찰차 한 대가 앞을 막고 있는 까닭이었다. 어떻게 봐도 차가 들어올 수 있는 공간이 아니었다. 경찰차는 배수관에 머리가 끼인 새끼고양이처럼 앞부분이 담과 담 사이에 꽉 끼인 채 멈춰 있었다.

　—할아버지가 보신 것만 솔직하게 얘기하면 된다니까요, 네?

　—201호를 내가 모른다고 한 것도 아니잖나. 내 아는 사람이라
니까, 근 이십 년을 알고 지낸 사람이라고 몇 번을 말해.

　—그런데 그날은 못 보셨다구요?

　—그렇지.

　—몇십 년을 알고 지낸 사람인데 유독 그날, 그 자리에서만 못
보셨다?

　—그렇대두.

　—그게 말이 됩니까? 저희가 CCTV도 확인했어요. 할아버지가
수레를 끌고서 골목에, 그러니까 그 사람 앞에서 한참 서성대는
걸 다 확인했다고요.

　—폐지를 주웠다니까. 수레도 폐지 모으는 수레고.

　—이십 년을 알고 지낸 사람이 코앞에 죽어 있는데, 폐지를요?

　—그렇지.

　—할아버지, 보세요. 자아, 그 사람은요, 무려 서른두 시간 동
안 똑같은 자리에 앉아 있었어요. 이렇게 쪼그려앉은 시체가 골목
에요, 네? 그런데 할아버지가 오후 일곱시에 한 번, 새벽 다섯시
에 또 한 번 거길 지나갔어요. 그럼 할아버지가 말씀하신 대로 폐
지를 줍다가, 자 보세요, 줍습니다, 이렇게 폐지를 줍다가요, 허리
를 펴거나 고개를 들면 어이쿠, 이 시체랑 딱 마주칠 수밖에 없다

이겁니다. 근데 본 적이 없다니 그 말을 어떻게 믿어요. 할아버지, 일부러 신고 안 한 이유가 있는 거죠? 아니면 할아버지가 수레에 시체를 싣고 와서 저기다 유기한 거예요?

— 못 보지.

— 네? 뭘요?

— 시체는 못 보지. 내 눈엔 폐지밖에 안 보이니까, 못 봐, 그건.

B02호 노인은 완강했다. 두 명의 경찰관이 발을 구르는 걸 보며 세쌍둥이는 길을 돌아 나왔다. 기다려봤자 길을 터줄 것 같지 않아서였다. 그나저나 201호 아저씨가 죽었다니. 나쁜 사람은 아니었는데. 하나가 말했다. 좋은 사람도 아니었지. 다른 하나가 말했다. 사람이란 게 원래 그런 거 아닐까. 좋지도 나쁘지도 않고, 다만 가여운 채로. 나머지 하나가 말했다. 세쌍둥이는 구불구불 이어진 골목을 말없이 걷다 처음으로 방향을 잃었다. 한 번도 본 적없는 초록색 담이 눈앞에 있었다. 이 미터가량 벽돌을 쌓아 만든 것이었는데 담쟁이넝쿨이 끈질긴 기세로 자라 담을 뒤덮고 있었다. 세쌍둥이는 초록색 담 앞에 조르르 붙어앉아 땀을 훔쳤다. 여름볕이 몇 번이고 즈려밟은 통에 세쌍둥이의 이마와 콧등이 검게 타 반들거렸다.

5

  도영은 자료실 문 앞에 서 있었다. 어제 세쌍둥이가 유난을 떠
는 통에 급히 카페에서 나온 게 문제였다. 자료실 보안 키가 든 지
갑을 직원 사물함에 두고 온 것이었다. 영락없는 창고인 주제에
보안 키는 무슨. 201호 아저씨 죽은 게 뭐 그리 대단한 일이라고
유난들을. 투덜대던 도영이 뒤통수를 긁었다.

  위층으로 올라가 여벌 키를 받아오면 끝날 일이었으나 발이 떨
어지질 않았다. 도영은 복도를 서성이다 문고리를 잡았다. 그러고
보니 가끔 문이 열려 있을 때가 있었던 것이다. 도영은 아홉시 정
각 출근이었는데 일주일에 두어 번쯤 보안이 풀려 있었다. 묵직한
소리와 함께 문고리가 돌아갔다. 누가 무슨 일로 열어두었든 간에
도영으로선 잘된 일이었다.

  자료실 내부는 어제와 똑같은 모습으로 멈춰 있었다.

  쌓여 있는 신문 더미에서 몇 부를 골라낸 뒤 도영은 노트북을
켰다. 엑셀 창을 열고 작업대에 신문을 펼쳐 고정시켰다. 1963년
에는 신문 발행이 드문드문 이어졌다. 64년부터 67년까지는 아예
신문이 발행되지 않았다. 도영은 빠른 속도로 68년과 69년 자료를
입력해나갔다. 유씨 집안은 여전히 강건했다. 학교 건물 증축 기
사가 급작스레 늘었다. 신문 기사로만 보자면 도영의 학교는 호시
절 탄탄대로를 걷고 있었다. 간혹 귀퉁이에 실린 사진이나 기사가

눈에 들어오면 도영은 남자의 목소리보다 먼저 중얼거렸다. 아니지, 아냐, 중요한 건 그런 게 아니지.

—아뇨, 중요한 건데요.

도영은 양팔을 힘껏 휘저을 정도로 놀랐다. 바로 옆에서 들려온 목소리는 두려울 만큼 입체적이었다. 짜증 섞인 억양과 숨소리까지 선명했다. 도영의 팔에 밀린 작업대가 넘어지면서 먼지가 솟구쳤다. 엉망으로 접히고 구겨진 신문을, 도영 또래의 학생이 주워들었다. 가지가지 하네, 진짜. 학생이 고개를 돌린 채 뇌까렸다. 도영은 팔을 번쩍 든 채로 멈춰 있었다. 그가 언제 자료실로 들어온 건지, 도영 옆에 바투 선 것은 언제인지 도무지 모를 일이었다.

—9월 11일 자 7면이 빠졌다고 몇 번을 말해요. 빨리 입력해주세요.

—누구세요?

—누구긴요, 그쪽하고 똑같은 근로 학생이죠. 문서에서 누락된 면이 있으면 제가 제대로 스캔을 뜰 수가 없어요. 일에 차질이 생긴다고요.

—스캔?

—신문을요. 아, 진짜 답답하네. 그쪽이 헤드라인 따서 문서 입력을 끝내면, 내가 거기에 맞춰 신문 각 면을 스캔해서 문서에 붙인다고요. 이걸 넘겨야 다음 팀이 일을 하죠. 한 달 내내 같이 일해놓고 갑자기 뭔 모른 척이래.

—한 달 내내? 같이?

—저기요. 시간 없거든요? 그간 공동 작업 싹 무시하고 혼자 시끄럽게 떠들고 펄럭대고 한 건 다 이해해드렸는데요, 작업량 밀리는 건 도저히 못 봐드려요. 나는 그쪽하고 달리 바쁘다고요.

학생이 도영에게 가져온 신문 뭉치를 떠넘겼다. 분명 도영이 작업을 끝낸 일자의 신문이었다. 달라진 게 있다면 먼지가 깨끗이 털려나간데다 우그러들었던 귀퉁이가 반듯해졌다는 점이었다.

자료실을 대각선으로 가로지른 학생이 서쪽 벽 앞에 섰다. 도영은 어리둥절한 얼굴로 그의 궤적을 지켜보고 있었다. 날렵하고 신경질적인 궤적이었다. 그는 벽면 어딘가에서 페인트 롤러처럼 생긴 휴대용 스캐너를 꺼내들었다. 도영이 쓰는 것보다 훨씬 넓고 큰 원목 작업대가 그 앞에 있었다. 신문을 털어 판판하게 편 학생이 스캐너로 신문을 긁어내리기 시작했다. 위잉 위이이잉. 위잉 위이이잉.

도영은 땀이 솟은 머리칼 속으로 손가락을 밀어넣었다. 홈은 여전히 그 자리에 있었으나 어쩐지 물컹물컹하고 깊숙했다. 여태 한 번도 느껴보지 못한 낯선 감촉이었다. 위잉 위이이잉. 기계음이 끈질기게 공기층을 흔들어댔다. 보이지 않는 것. 도영은 문서에 그렇게 찍어넣었다. 2019. 6. 27. 제000호. 1면. 보이지 않는 것, 볼 수 없는 것, 보려 하지 않은 것. 도영은 계속해서 글자를 찍어나갔다. 도영의 머릿속에 펼쳐진 그날의 신문은 식초에 산화된 달

갈 껍데기처럼 불투명하고 질겼으며, 넘길 때마다 글자들이 위태롭게 출렁거렸다.

방학이 막 시작된 무렵이었다.

도서관은 눈에 띄게 한산했다. 간혹 열람실에 자리가 없어 공부할 책상을 찾는 학생들이 드나드는 정도였다. 근로 학생들의 새 일거리는 재고 현황 파악이었다. 사서들은 학생들이 작성한 재고 목록을 받아 학기 동안 도난당한 책의 수를 헤아려 새로운 목록을 만들었다. 도난 도서 목록을 채우는 건 대부분 고가의 전공 서적들이었다.

—어떻게 알고 새 책만 귀신같이 훔쳐간다니까.

사서들이 끝없이 늘어가는 목록을 보며 혀를 내둘렀다. 어느 정도 목록이 채워진 뒤엔 다시금 잡다한 일들이 이어졌다. 대출기간을 넘긴 학생들에게 독촉 전화를 걸고 신간 도서를 신청하고 정렬했다. 새 책에 바코드를 붙이고 스트립을 심었다. 드물게 훼손된 책을 복구할 때도 있었다. 복구라고 해봤자 찢어진 부분에 투명 테이프를 붙이거나 반으로 쪼개진 책등에 본드 칠을 하는 게 전부였지만.

도영 역시 엇비슷한 일을 해나갔다. 실내 온도가 이십사 도로 설정된 도서관은 구역에 따라 덥거나 추웠다. 도영은 일하는 중간 중간 북카트를 밀고 도서관 가장 끝인 서쪽 구역으로 갔다. 볕이 안 들어 서늘한데다 동양철학 서적만 잔뜩 꽂혀 있어 책의 출입도 사람의 출입도 드문 곳이었다. 도영은 그곳에 앉아 팔다리를 주물렀다. 사서들의 눈을 피해 잠시 쉬기에 최적의 장소였다.

그날 오후도 마찬가지였다. 도영은 오전부터 너무 많은 책을 정리했다. 하필 에어컨 바람이 들지 않는 곳에서만 머물러 점심시간이 되자 속이 메스껍고 어지러웠다. 도영은 근로 학생들과 메밀국수를 먹으러 가는 대신 서쪽 구역 차가운 시멘트 바닥에 누웠다. 몸에 쌓인 열기와 어지럼증이 가실 때까지 눈을 붙일 셈이었다. 잠에서 깼을 땐 온몸에 소름이 돋아 있었다. 차갑게 식은 손끝이 남의 것을 떼다 붙인 것처럼 생경했다. 도영은 천천히 굳은 몸을 펴고 어깨를 주물렀다. 온몸의 감각이 둔해져 느릿느릿 통로를 빠져나올 때였다. 책장에 붙어 서 있던 근로 학생 하나가 소스라치게 놀라 도영을 바라보았다.

동양철학 서적은 일 년 내내 대출 권수가 열 권을 넘지 않았다. 학생은 그 동양철학사 책장에 몸을 붙이고 있었다. 정확하게는 하드커버로 근 칠백 페이지는 될 법한 두꺼운 책을 책장 빈 칸에 펼쳐놓고 그곳에 상체를 바짝 기울이고 있었다. 커터 날을 교묘하게 세운 학생의 손이 책 이음매에 매몰되어 있는 도난방지 스트립을 뜯어내고 있는 걸, 도영은 똑똑히 보았다. 도영은 사서들이 만들어낸 끝없는 목록을 떠올렸다. 크림도넛 반쪽과 커피를 나눠주던 또다른 근로 학생 역시 떠올렸다.

—중요한 건 그런 게 아니지.

목소리가 도영의 등을 다그치듯 밀어냈다. 수없이 긴 목록에 한 칸이 더해진다고 크게 달라질 일은 없을 터였다. 사서들은 또 다음 방학이 되어서야 사라진 책들의 존재를 깨닫게 될 것이고, 도난 도서 목록과 재고 도서 목록을 새로이 작성할 것이었다. 새로운 근로 학생이 다시금 그 책들에 스트립을 심고 바코드를 붙여 정해진 자리에 꽂을 것이고 다음엔 또 새로운 도난 도서 목록이. 도영은 도서관 끝까지 걸어가 모서리가 반듯한 새 책들을 북카트에 실었다. 쓸데없는 생각은 그 정도로 충분했다. 이곳에서는 이곳에 맞는 일을 하면 그만이었다.

하지만 사실은, 그렇지 않을지도 몰랐다. 도영이 이해할 수 없는 일이라면 얼마든지 있었다. 도영의 자료실행이 결정된 것은 바로 다음날의 일이었다. 도영은 자신을 대하는 사서와 근로 학생들의 태도가 이전과 확연히 다르다고 느꼈다. 사서들은 줄곧 시선을 피했지만 근로 학생들은 경멸의 기색을 감추지 않은 채 도영을 훑어보고 노려봤다. 어쩐지 새 책만 자꾸 없어지더라니. 수군댄다기엔 너무 큰 목소리가 도영에게 들려오기도 했다. 서쪽 구역에서 마주쳤던 근로 학생 역시 마찬가지였다. 도영은 난감한 얼굴로 뒤통수를 더듬었다. 홈은 전에 없이 얕아서 이대로 없어져버리는 건가 싶을 정도였다. 손끝으로 힘껏 눌러야 못 이기는 척 서걱거렸다. 이것도 저것도 전부 이해할 수 없는 일들뿐이었다.

6

—가끔 안 보이는 게 있어요.

—알아.

잘게 썬 양배추를 휘젓고 있던 세쌍둥이가 가볍게 대꾸했다.

—잔돈 말고도 또 있어요.

—안다니까. 너 계산하러 오는 손님은 기가 막히게 체크하면서 홀에 앉아 있는 손님은 못 보잖아. 물품 주문서 틀린 건 귀신같이 잡아내면서 내가 명찰 바꿔 달고 있는 건 모르고. 지금 당장 중요하다고 생각되는 일이 아니면 무시해버리는 거야, 넌. 못 보는 게 아니라 의식적으로 지워버리는 거지.

—우선순위를 정하는 것뿐이에요. 그게 잘못은 아니잖아요.

—그래, 아니지. 근데 내가 전에도 말했잖아. 잔돈이 자꾸 모이면 더이상은 잔돈이 아니게 된다고.

도영은 못마땅한 얼굴이었으나 딱히 반박하진 않았다. 대신 테이블에 놓인 스테인리스 포크와 플라스틱 접시를 여러 번 들었다 놨다. 오래된 느낌이 역력한 기물들이었다. 지나치게 긴 포크 날과 초록색 바탕에 흰 점이 얼룩덜룩 찍힌 접시 문양 같은 것이 그랬다.

—아무것도 아니라고 생각했던 것들이 때로는 세상의 전부가 되기도 한다는 건가요?

—반대이기도 하고. 세상의 전부라고 생각했던 게 한순간 아무것도 아닌 게 되기도 하니까.

—그럼 중요한 게 뭐라는 거예요?

—난들 아냐.

세쌍둥이가 앞에 놓인 컵을 끌어다 물을 한 모금 마셨다. 주둥이가 넓은 스테인리스 물컵에서 비릿한 쇳내가 올라왔다. 동네 끝자락에 있는 작은 통닭집 문을 열었을 때 도영은 한참 머뭇거렸다. 뭐 어때. 세쌍둥이가 도영을 밀고 끌어 테이블에 앉힌 뒤에도 뒤통수를 한참이나 만지작거리더니 사고 이후로 여긴 처음 와요, 했다. 101호 늙은 아들이 한층 더 늙은 얼굴로 닭을 튀겨내다 눈짓으로 알은척을 했다.

세쌍둥이는 플라스틱 접시에 소금과 후추를 잔뜩 쏟았다. 닭을 덜어 먹는 개인 접시도, 절임무가 담긴 접시도, 마요네즈와 케첩을 절반씩 섞어 버무린 양배추 접시와 양념 접시도 전부 똑같은 종류의 것이었다.

—너는 잔돈을 못 보고 나는 볼 수 있어. 오히려 그게 수상하지 않아? 나한테 굉장히 중요하고 절대적인 무언가가 너한텐 아무것도 아닌 게 된다는 거잖아. 그건 좀,

무섭지. 세쌍둥이가 나직하게 중얼거렸다. 마지막에 덧붙인 말은 텔레비전 소리에 묻혀 도영에겐 들리지 않았다.

언니가 재밌는 거 보여줄까. 402호 딸은 계단 위에서 희고 통통

한 손을 움직여 세쌍둥이를 불러올리곤 했다. 402호 딸 친구들은 여드름으로 발긋한 뺨을 하고 어쩐지 과장된 포즈로 계단 여기저기 앉아 있었다. 보통은 빌라 옥상에 올라가 노는 날이 많았는데, 비가 오거나 날이 추워지면 사층 계단에 눌러앉았다. 그들의 발밑은 가래침 자국과 비벼 끈 담배꽁초로 엉망이었다.

402호 딸이 보여주는 건 대단치 않은 것들이었다. 이해할 수 없는 그림과 유머들이 많았으나 가끔 밀짚모자를 쓴 해적이 나오는 만화책 시리즈를 건네주기도 했다. 세쌍둥이는 402호 딸과 친구들이 꾸준히 뿜어내는 담배 연기를 참으며 계단에 앉아 만화책을 읽었다. 세쌍둥이의 어머니가 사층 계단에 올라온 것은 어느 비 오는 날 오후였다.

─너희들 거기서 뭐하는 거야?

세쌍둥이의 어머니가 카랑카랑한 목소리로 외치며 계단을 올라왔다. 집안에서만큼이나 거친 걸음이었다. 세쌍둥이는 엉겁결에 402호 딸 친구들 뒤에 숨어 눈을 질끈 감았다. 402호 딸이 세쌍둥이 어머니 앞을 가로막았다.

─시끄러워요, 아줌마. 공동생활에도 격이 있는데 아무데서나 소리지르시면 안 되죠.

─뭐야? 너희들 몇 반이야, 담임 누구야?

─니가 학교에서나 선생이지 밖에서도 선생이야? 학교 나서면 아무것도 아닌 게 어디서 나대!

402호 딸의 희고 통통한 손이 세쌍둥이 어머니 머리채를 낚아챈 건 순식간이었다. 머리를 세차게 휘둘린 어머니의 몸이 그대로 떠밀려 계단에서 미끄러지는 걸, 세쌍둥이는 놀란 얼굴로 바라보았다. 세쌍둥이의 어머니가 황망한 얼굴로 층계참에 주저앉았다. 낄낄대며 발을 구르던 402호 딸과 친구들이 의기양양한 표정으로 계단을 내려갔다.

세쌍둥이는 한 발자국도 움직이지 못했다. 아무것도 아닐 리 없었다. 아버지에게 거친 말을 쏟아붓고 빌라 주민들과 일일이 다툼거리를 만드는 상냥하지 않은 사람이라 해도 그들에게 어머니는 세상의 전부였다. 자신들에게 가장 소중한 존재가 402호 딸에겐 왜 아무것도 아닌 걸까. 세쌍둥이는 이해할 수 없었다. 계단에서의 사건은 세쌍둥이와 그들의 어머니에게 명백하고 치명적인 훼손의 순간이었으나 402호 무리에게는 사소한 유희의 순간에 불과했다.

—이상해, 그런 건. 그리고,

—무서워.

세쌍둥이가 다시 한 모금 물을 마셨다가 도로 뱉었다. 가방에서 텀블러를 꺼내 카페에서 가져온 커피로 입을 헹구는 동안 도영은 텔레비전 쪽으로 시선을 돌렸다. 통닭집의 낡고 닳은 집기들과 달리 텔레비전은 화질이 선명한 새것이었다. 근데 저게 뭐예요? 도영이 화면을 가리키며 물었다.

─저 빨랫줄들은 다 웬 거예요? 공터에 빨랫줄 감아놓은 걸 뉴스에서 왜 보여줘요?

　오묘한 색깔로 변한 마요네즈를 찍어 먹던 세쌍둥이가 마요네즈만큼이나 오묘해진 낯빛으로 대꾸했다.

　─리본이잖아. 광화문 광장에, 리본 묶어둔 거.

　─무슨 리본요? 빈 빨랫줄만 몇 겹씩 휘감겨 있는데.

　─너 안과 가보라니까. 저 리본이 벌써 몇 년째 묶여 있는 건데 저걸 못 보냐.

　─안과 가봤다니까요. 몽골리안의 시력이라고.

　─지랄한다.

　짙은 갈색으로 튀겨진 통닭이 커다랗고 둥근 접시에 담겨 나왔다. 아직도 기포를 내며 끓고 있는 기름이 통닭 표면을 따라 흘러내렸다. 세쌍둥이는 다리 한쪽을 뜯어 도영의 접시에 놓아주었다. 그런데 말야. 세쌍둥이가 낮은 목소리로 물었다. 그런데 말야. 내가 보지 못하고 있는 건 대체 뭘까. 도영은 대꾸 없이 통닭만 바라보았다. 오랫동안, 뒤통수의 홈을 만질 때마다 가늠해왔던 날갯죽지와 다리의 너비가 바로 거기 있었다.

순환의 법칙

아무래도 수상쩍은 일이었다. 호텔 무료숙박권, 이라는 단어를 들었을 때 미주는 자연스럽게 사기를 떠올렸다. 미주는 행운과 거리가 먼 사람이었고, 그녀에게 허락된 건 마지못해 남겨진 것들—이를테면 시트에 커피 얼룩이 선명하게 남은 심야버스 좌석이라든가 거리에서 나눠주는 판촉용 화장품 샘플 정도—이 전부였다. 자판기 아래 떨어진 백원짜리 동전 하나 주워본 일이 없었다. 그런 미주에게 도심 복판에 위치한 호텔의 일주일 숙박권이 주어지다니.

　—사기가 분명해.

　몇 번씩 되뇌면서도 미주는 부산하게 손을 움직였다. 찜질방 캐비닛과 신발장에서 꺼내온 옷 뭉치에서 곰팡이가 슨 것을 골라내

왼편에 쌓았다. 겨드랑이 쪽이 노랗게 물든 반팔 티셔츠와 보풀이 일어난 니트들은 작게 접어 오른편에 쌓았다. 습기에 전 옷들은 무거웠고 어딘가 부자연스럽게 뒤틀려 있었다. 미주는 오른편 옷들을 돌돌 말아 커다란 비닐봉지 두 장에 나눠 담았다. 식당에서 얻어온 비닐봉지는 널판 모양으로 말린 미역이 담겨 있던 것이라 가장자리가 조금씩 뜯겨 있었다. 검고 질긴 비닐에서 찝찔한 비린내가 흘러나왔다. 익숙한 냄새였다. 미주는 최근 두 달간 찜질방에서 한 발자국도 나가지 않았다. 그동안 먹어치운 식당 미역국만 백 그릇이 넘을 터였다.

—호텔, 호텔이란 말이지.

울퉁불퉁해진 봉지 옆면을 쓰다듬으며 미주는 전화 내용을 곱씹었다.

전화가 걸려온 건 오전 아홉시 정각의 일이었다. 상대방은 무료숙박권이 이벤트 당첨 경품이라고 설명했다. 어디서 진행한 이벤트의 몇 등 경품인지는 설명하지 않았다. 호들갑 떠는 목소리를 기대한 건 아니지만 판결문을 읽는 것처럼 뚜렷하고 억양 없는 목소리가 미주를 당혹게 했다. *숙박권은 언제든 사용하실 수 있습니다.* 그 말을 끝으로 전화는 끊겼다. 장난전화인가 생각할 즈음 호텔 이름과 약도가 문자로 전송됐다. 미주는 약도 속 무성의하게 교차하는 너덧 개의 직선을 들여다보았다. 마침 선불기간이 끝나 찜질방을 나가야 하는 날짜에 날아든 숙박권이라니 우연치고는 섬뜩했다.

그러나 경품이라면 불가능한 일만도 아니었다. 원체 이벤트에 대한 집착이 심한 미주였다. 응모한 곳이라면 차고 넘쳤다. 지금껏 세상에서 온당히 받아내지 못한 것들을 한꺼번에 수거하겠다는 듯 미주는 각종 복권을 사들이고 성심성의껏 설문에 응하고 응모권마다 이름과 연락처를 써넣었다. 해외여행 상품권과 경차, 온수매트, 냉동실용 플라스틱 용기 세트와 감자칩 한 봉지. 경품이 무엇이든 상관없었다. 절실했기 때문이었다.

그랬다. 절실했다. 미주는 당장 손에 쥘 수 있는 한 가지를 원했다. 단단하고 모서리가 있고, 들어올릴 때마다 미주의 근육 다발을 팽팽하게 긴장시킬 수 있는 것이라면 무엇이든 좋았다. 그러려면 우선 뻔뻔한 인간이 되자고, 교활하고 뻔뻔한 인간이 되자고 결심한 참이었다. 미주는 도운과 함께 만취한 채 훔친 차로 도로를 내달리던 어느 저녁을 떠올렸다. 발작하듯 울어대던 구급차의 사이렌도, 앞차를 두 대나 들이받은 뒤 퍼진 차도 그들을 막지 못했다. 미주는 다음날 새벽 보란듯이 도운의 돈을 훔쳐 도망쳤다. 고작 두 달 전 일이었다.

*

호텔은 전송받은 약도에 표시된 대로 전철역 가까이 위치해 있었다. 대로를 따라 상점들이 들어차 있고 팔차선 도로가 보이지 않는 곳까지 뻗어 있었다. 남다른 높이의 관광버스가 수시로 나타나 사람들을 토해냈는데, 짧고 두툼한 하관이 쌍둥이처럼 닮은 사람들이었다. 미주는 쇼핑몰 건물과 편의점을 지나 약도에 실금처럼 그어진 골목으로 접어들었다. 대로에서 열 발자국쯤 물러났을 뿐인데 주변이 눈에 띄게 차분해졌다. 호텔 유리벽을 타고 흘러내린 햇빛이 나른한 표정으로 골목을 채웠다. 체에 걸러낸 것처럼 잘고 부드러운 빛. 자동차 경적조차 끼어들지 않는 우묵한 공간. 호텔 부근은 마치 그곳만 진공 속으로 접혀들어간 것처럼 적요했다.

미주는 조심스럽게 호텔 회전문을 밀었다. 짧고 두툼한 하관을 가진 사람 서넛이 로비에 흩어져 있었다. 여행 가방과 면세점 쇼핑백을 테이블 위와 의자 옆에 아무렇게나 부려놓은 모습이 더없이 여유롭고 편안해 보였다. 미주는 손에 쥔 검은 비닐봉지 두 개를 등뒤로 숨겼다. 안내 데스크에 다다를 때까지 봉지들이 부딪히고 비벼지는 소리가 로비를 울렸다. 걸음마다 묵은 미역 냄새가 퍼지는 것 같았다.

—저기, 이벤트요. 이벤트에 당첨됐다는 연락을 받았는데요. 무료숙박권을 주신다고, 그게…… 이 호텔에서요.

—강미주씨 되십니까?

매니저가 허리를 곧게 펴며 물었다. 기다렸다는 듯 이름을 댄 것치고 건조한 목소리였다. 미주는 뒤에 선 사람들이 보지 못하도록 데스크와 자신의 다리 사이에 봉지들을 끼워넣었다. 뜯긴 자국투성이인 봉지가 찢어질까봐 새삼 두려워졌다. 구질구질한 옷가지와 조악한 플라스틱 통에 담긴 화장품들이 대리석 바닥에 널브러지는 건 상상만으로도 끔찍했다. 신분증이 필요한가요? 미주가 빠르게 물었다. 매니저는 대꾸 없이 미주를 바라보았다. 무례하다고 느낄 만큼 곧은 시선이었다. 매니저의 마른 뺨과 긴 콧날, 열기 없는 무표정한 시선이 사람이라기보다는 목각인형의 그것 같았다.

　―룸이, 준비되어 있습니다. 아주 특별한 곳이죠.

　매니저가 얇은 종이에 싸여 있는 카드키를 내밀었다. 또박또박 눌러쓴 숫자 아래 굵은 직선이 죽 그어져 있었다. 미주는 곧바로 엘리베이터를 향해 걸었다. 뭔가 설명하려는 듯 매니저의 입술이 달싹였으나 그리 적극적인 모양새는 아니었다. 궁금한 게 있다면 전화로 물어도 될 일이었다. 예를 들어 숙박이 정말 공짜인지, 세금을 포함해 미주가 부담해야 할 금액은 정말 없는 건지, 기간은 정확하게 일주일이 맞는지 하는 것들을.

　엘리베이터 문이 닫히고 온전히 혼자가 된 뒤에야 미주는 크게 숨을 내쉬었다. 아라베스크 문양이 새겨진 은색 벽면에 미주의 모습이 비쳤다. 정확하게는 미주의 윤곽선과 새까맣고 커다란 비닐봉지였지만. 칠층에 도착해 복도로 발을 내딛는 순간 비닐봉지가 터지며 내용물이 쏟아졌다. 카펫이 깔린 바닥 위로 소리 없이 구르는 옷가지들을, 미주가 신경질적으로 긁어모았다.

705호는 간결한 선으로 이루어져 있었다. 희고 반듯한 침대와 간이 테이블, 나무의자와 화장대까지 모든 것이 자를 대고 그은 선처럼 또렷했다. 불규칙하게 구부러지고 일그러진 선은 미주가 유일했다. 미주는 멈칫했지만 그러안은 옷가지가 툭툭 떨어지는 통에 생각을 멈추었다. 터진 봉지와 터지기 직전인 봉지를 테이블 옆과 의자 위에 부려놓은 뒤엔 곧바로 침대로 파고들었다. 제대로 된 침구는 오랜만이었다. 미주는 확인하듯 몇 번이고 주위를 둘러보았다. 적어도 이곳엔 잠든 미주를 함부로 넘어다니는 어린애와 슬그머니 엉덩이를 붙여오는 취객은 없었다. 캐비닛 열쇠를 도둑맞지 않기 위해 손바닥에 쥐가 나도록 움켜쥐고 있을 필요도 없었다. 눈을 떴을 때 털이 부숭부숭한 누군가의 발등 대신 아늑한 빛을 뿜어내는 스탠드와 협탁 위에 놓인 은백색 라디오가 시야를 채울 것이었다. 일단은, 그것만으로 충분했다.

*

……개구리 말입니다. 고백이라고 하긴 좀 우습겠습니다만, 이제 와 숨길 것도 없지요. 내 생애 최초의 악행은 개구리 튀기기였습니다. 내가 어릴 때만 해도 많았거든요, 개구리가. 작은 개울이나 비 온 뒤 저절로 생긴 웅덩이 같은 데 틀림없이 있었습니다. 새파랗고 배가 빨간 개구리보다는 거무죽죽한, 엎드려 있으면 흙바

232

닥과 잘 구분이 안 되는 것들이 많았습니다. 기껏해야 손톱만한 크기였어요. 돌멩이처럼 흔한 개구리이니, 게다가 시커멓고 미끄덩한 개구리이니 신기할 것도 아끼고 싶은 마음도 없었습니다. 다들 본체만체하며 다녔죠. 개구리 튀기기가 유행하기 전까지는 누구도 그것에 시선을 두지 않았습니다.

미주가 눈을 뜬 건 목소리 때문이었다. 방안은 완만한 어둠으로 채워져 있었다. 커튼 사이로 약간의 빛이 새어들었으나 그마저도 성기게 부푼 어둠의 일부처럼 보였다. 빛과 어둠의 결이 같다니 이상한 일이었다. 미주는 천천히 눈을 깜박였다. 어느 곳에나 유별난 아이가 하나씩은 있지 않습니까. 미주의 귀 바로 옆에서 목소리가 들려왔다. 비스듬히 몸을 세우자 파란 불빛이 점멸하는 라디오가 보였다. 시간이 되면 자동으로 켜지게끔 설정되어 있는 모양이었다. 그렇다 해도 방송은 확실히 낯선 종류의 것이었다.

한번은 그 유별난 애가 솜사탕처럼 부푼 분홍색 개구리를 들고 학교에 왔습니다. 신기했죠. 그런데 가까이서 보니 선천적인 분홍색이 아니었습니다. 개구리 살갗이 전부 터져서 뒤집어 뺀 곱창처럼 울퉁불퉁해진 거였어요. 빛나는 분홍색은 밖으로 터져나온 개구리 속살이었습니다. 계집애들은 비명을 지르며 피하고 사내애들은 개구리에 달라붙었습니다. 그애가 자랑스럽게 말하더군요.

팔팔 끓는 물에 개구리를 던져넣으면 순식간에 껍질을 벗고 알맹이가 튀어나온다고요. 개구리 튀기기는 그렇게 시작되었습니다. 사내애들은 터진 개구리를 선생님 실내화 안이나 계집애들 가방 속에 집어넣었어요. 모두들 개구리 잡기에 혈안이 되었습니다. 나도 마찬가지로 개울가를 뒤져 개구리를 잡고, 냄비에 물을 끓였지요. 주먹 안에 꽉 쥐고 있었으니 당연히 개구리가 죽었을 거라고 생각했습니다. 개구리는 사람 손에 닿기만 해도 화상을 입어 죽는다고, 그땐 그 이야기가 진짜라고 믿었거든요. 끓는 물에 집어넣자마자 개구리가 펄쩍 튀어오르더군요. 냄비 가장자리에 부딪혀 도로 물속으로 떨어졌습니다만 죽을 만큼 놀랐습니다. 개구리는 금세 사지를 쫙 뻗고 죽었습니다. 검은 껍질이 터지고 살이 부풀었지만 유별난 애가 가져온 것처럼 분홍색이 되진 않았습니다. 나중에야 사내애들이 죽은 개구리 껍질을 벗겨 분홍 속살만 남긴 거라는 걸 알게 됐어요. 아무튼 제겐 하나도 재미있지 않았습니다. 죽기 직전까지 진저리치던 개구리와 부글부글 끓어오른 피부가 오랫동안 잊히지 않았습니다. 끔찍한 장면이었지요.

불쾌한 이야기였다. 미주는 서둘러 라디오를 껐다. 이전 투숙객이 어떤 사람이었는지 몰라도 악취미임이 분명했다. 아예 주파수를 바꿔놓을 셈으로 라디오를 살폈으나 전원 버튼 외에 어떤 것도 달려 있지 않았다. 미주는 매끄러운 은백색 표면을 몇 번이고 더

듣다 라디오를 내려놓았다.

생애 최초의 악행이라. 미주의 경우에 그것은 울음과 배변이 될 터였다. 의식적으로 한 악행은 아니었으나 결과적으론 그랬다. 미주의 부모는 유리관처럼 가늘고 섬세한 신경을 가진 사람들이어서 갓 태어난 미주가 울어대는 걸 견디지 못했다. 똥 범벅이 된 미주를 욕조에 뉘어놓고 화장실 문을 잠가버린 일도 있었다. 미주는 조부모 손에 자랐으나 특별히 부모를 원망하지 않았다. 가끔 찾아온 부모는 숨을 참느라 시뻘겋게 부푼 얼굴로, 손을 덜덜 떨며 미주의 어깨나 팔꿈치를 만져보곤 했다. 솜사탕처럼 부푼 분홍색 개구리를 대하는 것처럼. 그래, 그들은 미주가 껍질 벗겨진 개구리라도 되는 양 손끝을 대보고는 두려움에 찬 얼굴로 곧장 물러섰다. 십수 년 후 도운이 미주의 손을 잡았을 때 미주는 도운이 아닌 자신의 손을 골똘히 살폈다. 그 순간만큼은 자신이 몹시 예쁘고 부드러운 가죽에 싸여 있는 것 같아서였다.

배가 고파왔다. 미주는 객실 카드키와 돈을 챙겨 일어섰다. 편의점에서 뭐라도 사올 작정이었다. 남은 비닐봉지가 기어코 찢어져 테이블 주변이 쏟아진 짐들로 엉망이었다. 미주는 그것들이 자아낸 사나운 선을 한참 바라보다 방을 나섰다. 복도는 텅 비어 있었다.

*

    미주는 하루의 대부분을 잠을 자는 데 썼다. 잠에서 깨면 시간
과 상관없이 냉장고에 넣어둔 삼각김밥과 커피우유를 먹었다. 가
끔 커튼을 걷고 팔차선 도로를 지그재그로 빠져나가는 자동차를
구경했다. 커다란 가방을 메거나 끌고 호텔로 들어서는 사람들의
정수리를 헤아리기도 했다. 호텔을 나서는 사람은 드물었다. 골목
은 여전히 아늑하고 상냥한 빛을 띠고 있었다.

    별다른 일이라면 편의점에서 돌아올 때 복도를 좀 헤맨 정도였
다. 당연히 칠층이라 생각한 객실이 다른 층에 위치해 있었던 것
이다. 혹시나 싶어 계단을 짚어내려갔던 미주는 육층 중앙 엘리베
이터 맞은편에서 705호를 발견하고는 의아함과 안도감에 휩싸였
다. 어떤 건물은 사층을 생략하고 객실 번호를 매긴다더니 이 호
텔이 그런가보다고, 미주는 쉽게 결론지었다.

    도운은 어떻게 된 걸까.

    미주가 테이블에 올려둔 핸드폰을 이리저리 뒤집었다. 그날 이
후 도운에게선 어떤 연락도 오지 않았다. 찜질방에서 지내는 동
안 미주는 도운이 뛰어들어와 자신을 마구 걷어찬 뒤 머리채를 끌
고 나가는 꿈을 몇 번이고 꾸었다. *이제 병신처럼 당하고 살지만
은 않을 거야!* 핸들을 거칠게 돌리며 악을 쓰던 도운이었다. 돈봉
투를 들고 도망친 뒤 미주는 캐비닛 옷가지 틈에 핸드폰을 처박았

다. 부재중 전화와 온갖 욕설이 담긴 메시지를 각오하고 전원을 켠 건 보름이나 지나서였는데, 도운의 연락은 한 통도 없었다. 경찰에 잡혀간 걸까. 마지막날의 전적을 살펴보면 그럴 법도 했다. 다급하게 울어대던 사이렌 소리가 관자놀이를 들쑤셨다. 사이드 미러에 번쩍번쩍 비치던 붉은 빛이 꿰맨 것처럼 망막에 달라붙어 있었다.

  ─나는 싱글벙글맨이야.

  도운은 돈봉투의 출처에 대해선 설명하지 않았다. 노래주점이었는데 미주도 도운도 선곡을 하지 않아 방안은 부자연스러운 침묵에 짓눌려 있었다. 노래방 기계가 가끔 발작하듯 울려댔다. 도운이 봉투에서 오만원권 지폐를 꺼내 테이블에 길게 깔았다.

  ─홀에는 매트가 깔려 있어. 아줌마랑 할머니들이 그 위에 잔뜩 모여 앉아 있지. 우리가 투입되기 전에는 팀장이 온돌매트의 효능이나 프로폴리스의 기적 같은 걸 설명해. 상품 종류라면 끝도 없이 많아, 우리는 다국적기업이니까. 그러다 싱글벙글송이 울려퍼지면 아줌마들이 어깨를 들썩이며 박수를 쳐대. 신나는 음악이거든. 우리는 폴짝 걸음으로 뛰면서, 한껏 웃는 얼굴로 박수를 치면서 뛰어들어가. 어린애들이 재롱잔치 하는 거 본 적 있어? 해맑게 천진난만하게 즐겁게, 그게 우리 모토야. 그런 얼굴로, 그런 표정으로 들어가야 해. 세상 더러운 꼴은 상상해본 적도 없다는 듯이 신나게. 아줌마랑 할머니들이 앉아 있는 틈새에 우린 마구 끼어

앉아. 그러라고 일부러 의자 대신 매트를 깐 거거든. 신체 부위가 많이 닿을수록 우리에 대한 호감도와 믿음이 높아져. 아줌마 팔짱을 끼고 할머니 어깨를 마구 주무르면서 이렇게 애교를 떠는 거야. 이모, 나 안 보고 싶었어? 어제는 왜 안 왔어? 누나, 지난번에 사간 원적외선 돌침대 효과 짱이지? 뺨이 다 보들보들해졌네, 한 번 만져봐도 돼? 앞에선 강사가 트로트나 실버댄스를 가르쳐. 우리는 누나 손을 조몰락거리고 이모 허리를 붙안아주면서 '달라붙어 있어. 명품 가방을 든 사람? 보석을 주렁주렁 매단 사람? 그런 거 필요 없어. 우리가 노리는 건 외로운 사람이야. 외로운 사람한 테선 쿰쿰한 입냄새가 나. 잘못 말린 생선 냄새, 상한 청국장 냄새 같은 거. 거기 달라붙어서 아들처럼, 애인처럼 굴면 돈은 어떻게든 튀어나와. 대출을 받든 전세금을 빼든 알 게 뭐야. 싱글벙글맨은 촉매제야. 상품을 더 빨리, 더 많이 팔기 위해 사용될 뿐이야. 담당한 누나들의 상품 구매 금액이 클수록 나한테 떨어지는 돈이 많아져. 나는 열심히 일해. 열심히 일해야 돈을 벌고, 돈을 벌어야 학자금 대출을 갚고 방 월세를 내고 냉난방비랑 건보료를 내고 식비를 해결할 수 있으니까. 그런 최소한의 것들을 위해 이가 시릴 때까지 웃고 박수를 쳐. 열심히 일하는 게 잘못이야? 전세 보증금을 빼고 사채를 써서 노숙자가 된 할머니가 내 책임이야? 딸 결혼 자금을 홀랑 날리고 이혼당한 아줌마가 내 책임이야? 나는 그냥 싱글벙글맨이야. 해맑고 천진난만하고 즐거운 싱글벙글맨이야.

미주는 자신의 앞에 놓인 지폐를 돌돌 말아 양주잔에 꽂았다. 몇 개를 더 겹쳐 꽂으니 돈이라기보다 조악한 장식품처럼 보였다. 도운이 그 안에 담뱃재를 털었다.

오 년 전, 대학을 졸업할 즈음에도 비슷한 일이 있었다. 술에 취한 미주와 도운은 서로에게 비스듬히 몸을 돌린 채 앉아 있었다. 사방이 탁 트인 포장마차였다. 그들은 불어터진 우동 대접에 경쟁하듯 담뱃재를 털어댔다. 플라스틱 테이블 위엔 상당한 금액이 찍힌 카드 영수증이 쌓여 있었다. 나는 좆밥이야. 도운은 술에 취하면 말투와 행동이 과격해지곤 했다. 씨근대며 안주 대신 영수증을 씹어 먹던 도운이 소리쳤다. 존나 좋은 대학에 다니는, 등록금 존나 비싼 학교에 다니는 대형 좆밥이야. 상품을 먼저 내 돈으로 산 다음에 팔기만 하면 백오십 프로 수익이 난다고? 회원 다섯 명을 데려오면 관리직에 오를 수 있다고? 사기치려고 작정한 새끼들 앞에서 내가 뭘 할 수 있었겠어? 씨발, 개좆밥인 내가 뭘 할 수 있다고 이게 전부 내 책임이라는 거야?

도운은 양주에 젖어 눅눅해진 지폐들을 도로 봉투에 담았다. 오 년 전에도 메고 다녔던 백팩 안에 돈봉투와 남은 술을 쓸어담고 자리에서 일어섰다. 미주는 양주잔에 돌돌 말려 꽂혀 있던 지폐를 꺼내 자신의 주머니에 넣었다. 주점을 나선 것은 이제 막 저녁 어스름이 깔리기 시작한 무렵이었다. 퇴근하는 사람들이 큰길가로

몰려들고 있었다. 도운은 주변을 두리번대더니 인도에 차체를 반 이상 올려놓은 중형차에 시동을 걸었다.

—웬 차야?

—너 만나러 오는 길에……

도운이 술에 취해 반들거리는 눈으로 미주를 돌아보며 천진하게 웃었다.

—훔쳤어.

*

구우웅, 하고 낡은 레일이 가동하는 소리가 들렸다. 바닥과 벽면이 잘게 진동했다. 어긋나기 시작한 단층에 말려든 것처럼 홧홧한 열기와 압력이 미주의 허리께를 찍어 눌렀다. 환기를 시켜야겠다고 미주는 생각했다. 객실 문 바깥쪽에 내건 팻말 덕분에 호텔 룸메이드는 한 번도 방문을 두드리지 않았다. 덕분에 방안의 사물들은 정확한 위치에, 그림자도 덧붙지 않을 만큼 완고한 무게로 굳어 있었다. 두껍게 퇴적된 공기가 가까스로 몸을 일으킨 미주의 팔다리에 엉겨붙었다.

창문을 열자 휘파람 소리를 내며 바람이 밀려들어왔다. 동시에 라디오가 켜졌다. 잠결에 몇 번 더 들은 기억이 있었지만 내용은 흐릿했다. 라디오는 새벽에도 한낮에도 불쑥 켜졌다 꺼지곤 했다.

누군가 일부러 설정해둔 게 아니라 단순한 고장인지도 몰랐다. 미주는 바람에 부풀어 얼굴에 휘감기는 커튼을 잡아 묶었다. 남자의 목소리는 이전보다 빠르고 강한 억양으로 이루어져 있었다.

……는 겁니다. 내가 잘못 살았구나, 하고 말입니다. 한결같이 성실한 삶을 살아왔는데 나는 왜 여전히 가난하지. 누구도 속이지 않고 정직한 삶을 살아왔는데 나는 왜 천덕꾸러기가 되었지. 그런 의심이 들다 문득 깨닫게 되는 겁니다. 잘못 살았구나. 이 세상은 더이상 정직하고 성실한 사람을 원하지 않는데 나 혼자 촌스럽게 그딴 걸 자랑스러워하면서 살았구나. 개구리 튀기기 이후 나는 어떤 악행도 저지르지 않았습니다. 쩝쩝하고 비겁한 일을 멀리하며 그저 열심히 살았습니다. 평범한 학창 시절을 보내고 그럭저럭 대학을 졸업했습니다만 취직은 할 수 없었습니다. 대기업은 독보적인 능력을 원했고 중소기업은 센스를 원했고 영세 업체는 인맥을 원했습니다. 나는 어디에도 속하지 않는 어중간한 인간이었어요. 계약직으로 채용되더라도 정규직 전환은 어려웠습니다. 요령 좋고 사교적인 사람들이 자리를 얻었지요.

라디오를 끄려고 다가가던 미주가 걸음을 멈췄다. 그것은 미주의 이야기였다. 동시에 도운의 이야기이기도 했다.

엉거주춤, 갈팡질팡하는 새에 나는 너무 나이들어버렸습니다. 이렇다 할 경력 없이 서른이 되고 서른다섯이 되자 신입사원 입사 지원서조차 낼 수 없게 되었습니다. 취업 준비를 하는 동안 사기도 여러 차례 당했습니다. 취업 브로커는 대개 사기꾼이었고, 절박한 사람일수록 많은 금액을 잃었습니다. 마이너스 통장에 대출금 통장이 몇 개씩 붙고 나니 머릿속이 냉정해지더군요. 잘살아보자고 결심했습니다. 정말 잘살아보자. 그래서 나는 취업 브로커가 됐습니다. 절박한 낙오자라면 주변에 얼마든지 있었지요. 그들을 구슬려 돈을 우려내는 건 식은 죽 먹기였습니다. 나는 누구보다 그들의 심정을 잘 알았습니다. 인터넷 사이트에 구인 공고를 낸 뒤 전화를 걸어오는 사람들에게 내가 당했던 수법을 그대로 썼어요. 대단한 매뉴얼도, 그럴듯한 사무실도 필요 없었습니다. 월 이십오만원씩 내는 고시원 침대에 누워 근엄한 목소리를 흉내내는 게 전부였어요. 내가 특별히 나쁜 인간이었던 게 아닙니다. 그동안 당해온 것들을 대갚음한 것뿐이에요. 남들은 되고 나는 안 된다니 그런 게 어딨습니까. 나는 그들이 했던 그대로 했고, 또다른 그들도 내가 한 그대로 했습니다. 세상의 순환 논리를 비로소 깨달은 거죠. 실제로 나는 점점 더 잘살게 되었습니다.

대학 시절 도운이 다단계로 제일 먼저 끌어들인 사람은 미주였다. 미주는 조부모의 적금 통장과 마지막 학기 대학 등록금과 보험 담보 대출금을 다국적기업에 쏟아부었다. 돌려받을 수 있는 것은 아무것도 없었다. 내가 너였어도 그랬을 거야, 어쩔 수 없었을 거야. 도운에게 그렇게 말하면서 미주는 속으로 이를 갈았다. 언젠가 기회가 오면 네게 똑같이 갚아줄 거야, 네 믿음을 깨뜨리고 네 사랑을 짓밟고 네 돈을 전부 빼앗아줄 거야. 오 년 뒤 미주는 정말 그렇게 했다. 돈봉투를 훔쳐낸 뒤에도 후회라든가 미안한 감정은 조금도 들지 않았다. 남자의 말마따나 그건 단순하고 명백한 '순환 논리'일 뿐이었다.

……그런데 말입니다. 내가 이해한 대로 세상은 정말 순환하더라 이겁니다. 졸업 예정자인 한 여대생에게 비서 채용 면접을 보러 오라고, 신분증과 통장과 도장을 꼭 가져오라고 약속을 정하고 고시원에서 나서려던 길이었습니다. 옆방 문이 벌컥 열리더군요. 고시원 주방에서 몇 번 마주친 적이 있는 여자였습니다. 유기견처럼 비쩍 마르고, 여러 감정이 뒤엉킨 눈을 하고 있었어요. 빈말로라도 예쁘다고는 할 수 없었는데 이상하게 눈이 갔습니다. 나락에 떨어진 사람들끼리는 비슷한 냄새를 풍기거든요. 흠뻑 젖은 낙엽이 썩어가는 냄새, 푹 익은 은행이 터지면서 풍기는 비리고 구릿한 냄새요. 여자는 다짜고짜 나를 향해 망치를 휘둘렀습니다. 근데 그게 참, 애들 장난감 상자에나 들었을 법한 허접한 망치였어요. 덕분에 눈자위가 찢어지긴 했지만 핏방울도 제대로 안 맺

힐 만큼 미미한 상처였습니다. 내 돈 내놔! 여자가 소리쳤어요. 고시원은 벽이 얇으니까, 여자는 내가 방에서 하는 통화들을 전부 엿들은 상태였습니다. 여자의 돈을 뜯어낸 건 내가 아니지만 넓은 의미에선 나이기도 했습니다. 임용고사 준비만 칠 년을 하다 뒤늦게 취업 준비를 하고 있던 여자는 세상에 대해 끔찍할 정도로 무지했어요. 나는 여자를 내 방으로 끌고 들어가 세상의 순환 논리에 대해 설명했습니다. 여자는 순진했지만 머리가 나쁘지는 않았어요. 우리는 좀더 큰 순환 속에 몸을 맡기기로 했습니다. 잘살고 싶어서요. 그거 말고 다른 이유가 뭐가 있겠습니까.

라디오는 예고 없이 꺼졌다. 더 큰 순환이라니, 둘이 손잡고 대대적인 사기라도 쳤다는 건가. 아무때나 켜지고 꺼지는 라디오도, 남자의 뜬금없는 고백도 미주로서는 달가운 일이 아니었다. 미주는 아무것도 생각하고 싶지 않았다. 그게 도운에 대한 것이라면 더더욱. 냉장고를 여니 반쯤 남은 생수 외에 아무것도 없었다. 미주는 입구가 너덜너덜해진 봉투에서 오만원짜리 한 장을 꺼냈다. 눈에 띄게 얇아진 봉투를 보자 기분이 나빠졌다. 맥주를 사오자. 고로케나 감자튀김처럼 짜고 따뜻한 것을 먹는 거야. 미주는 카드키를 들고 방을 나섰다.

몇 번을 눌러도 엘리베이터 버튼에 불이 들어오지 않았다. 호텔이라면서 관리가 엉망이네. 계단을 걸어내려가며 미주가 투덜거렸다. 여기 며칠쯤 있었더라, 사흘? 나흘? 무료 숙박기간이 끝나면 이제 어디로 가야 하나. 찜질방이라면 지긋지긋한데. 사납게 머리를 흔들던 미주가 부자연스럽게 멈춰 섰다. 로비였다. 계단을 따라 코너를 딱 두 번 돌았을 뿐인데 벌써 로비에 도착해 있었다. 어째서? 여섯 개 층을 걸어내려온 것치고 조금도 숨이 차지 않았다. 미주가 멈춰 있자 호텔 직원이 다가와 문제가 있는지 물었다.

—방이⋯⋯ 그러고 보니 전에도, 칠층에 있던 방이 육층으로 내려와 있었고, 지금은 바로 위에⋯⋯ 말이 안 된다는 건 알지만 방이, 뭔가 이상한데요.

—아, 705호 고객님이시죠?

직원이 대수롭지 않다는 듯 고개를 끄덕이며 덧붙였다.

—놀라실 것 없습니다. 방이 좀 변덕스러운 것뿐이에요.

*

미주는 나무의자에 멍하니 앉아 있었다. 테이블 위에서 감자튀김이 뻣뻣하게 식어가고 있었지만 손대고 싶지 않았다. 맥주와 튀김을 사 호텔로 돌아온 미주는 칠층부터 이층까지 복도를 헤매 다녔다. 705호는 어디에도 없었다. 육층 중앙 엘리베이터 맞은편에는 당연하다는 듯 605호가 있었다. 카드키를 대자 요란한 경고음이 울렸다. 미주는 방문에 달린 팻말을 하나하나 확인하며 복도를 걸었다. 비닐봉지 안에 담긴 것들이 미주의 종아리를 뜨겁게 달구었다가 차게 식히길 반복했다. 이층 복도 끝까지 확인한 뒤에야 미주는 일층 안내 데스크로 향했다. 제 방이 사라졌어요. 얼빠진 고백이 될 테지만 달리 방법이 없었다. 미주의 짐도, 얄팍한 돈봉투도 모두 그 방 안에 있었다. 어쩌면 이건 호텔 측의 악질적인 장난일지도 몰랐다. 그렇지 않고서야 방이 사라질 리 없지 않은가.

안내 데스크에는 처음의 목각인형 같던 매니저가 서 있었다. 미주가 뭔가를 묻기도 전에 매니저가 팔을 들어 왼편을 가리켰다. 시선을 돌리자 계단 옆에 바짝 붙은 방문이 보였다. 처음보다 삼분의 일쯤 줄어든 크기의, 투박한 갈색 나무문이었다. 705호. 팻말에는 분명 그렇게 적혀 있었다.

—이건 무슨 장난인가요? 제가 외출할 때마다 팻말을 바꿔 다는 건가요?

—그럴 리가요.

—아무리 공짜라지만 고객을 조롱하는 것도 아니고. 혹시 방이 모자란가요? 그래서 제 방을 창고랑 바꿔놓은 건가요?

—아닙니다. 저건 틀림없이 고객님의 방입니다. 705호요. 다만……

—다만?

—방이 좀 움직이는 것뿐입니다. 이를테면, 순환이지요.

미주는 미지근해진 맥주를 따 한 모금 마셨다. 호텔 직원들이 단체로 미쳤거나, 미주를 바보 취급하면서 놀리고 있거나 둘 중 하나였다. 필시 방이 모자란 거겠지. 비싼 방을 내주고 나니 아까 웠던 거야. 몰래 방을 바꿔놓고는 순환이니 어쩌니 헛소리를 해대 다니. 빠르게 맥주를 마시고 새로운 캔을 땄다. 바보 취급이라면 평생 당해왔으니 새삼스러울 것도 없었다. 미주는 서른 명의 직원 중 한 명으로 남들과 똑같이 오전 여덟시부터 오후 일곱시까지 일 한 뒤 다른 스물아홉 명의 직원보다 삼십 퍼센트 적은 월급을 받 았다. 놀랄 것 없어, 계약직은 원래 그렇게 받는 거야. 미주가 야 근수당도, 휴일수당도, 복지수당도 받지 못했다는 걸 깨달았을 때 도 사람들은 똑같이 말했다. 조직이란 게 원래 이렇게 순환하는 거야. 알 만한 사람이 왜 그래?

이후에 취직한 회사들도 모두 똑같았다. 도운을 다시 만난 건 미주가 일곱번째 회사에 사직서를 낸 뒤였다. 다단계 사건 이후 흔적도 찾을 수 없었던 도운이었다. 대학 내에는 미주 외에도 도 운에게 휘말려 돈을 뜯긴 동기와 선후배가 일곱이나 되었다. 도운 은 오 년 전 일은 기억에도 없다는 듯 해맑게 웃으며 미주에게 말 했다. 나는 싱글벙글맨이야.

……아이가 생긴 뒤에 여자는 말했습니다. 똑바로 살아야 하 지 않을까요, 아이를 위해서라도. 나는 솔직히, 웃겼습니다. 똑바 로, 올바르게라는 말은 국어사전에나 있는 겁니다. 현대사회에선

이미 지워진 말이다 이겁니다. 순환에 대해 아무리 설명해줘도 여자는 미련을 버리지 못했습니다. 언젠가 벌을 받게 될 거예요. 당신 말대로 세상이 순환한다면, 내가 당신을 발견한 것처럼 누군가 당신의 악행을 발견하겠지요. 여자에게 화를 낼 기분은 들지 않았습니다. 자신 있었으니까요. 그즈음에 나는 발견한 겁니다. 순환의 고리가 일그러져 있다는 사실을요. 돈이 돈을 쫓는 것처럼 가난은 가난을 쫓습니다. 불행을 맹렬히 뒤쫓는 건 불행뿐이죠. 보이스 피싱에 당하는 사람은 취업사기에도 당하고 다단계사기에도 당하고 투자사기에도 당합니다. 오로지 마이너스로 순환하는 인간들이 존재한다는 겁니다. 반대로 플러스로만 순환하는 인간들이 있지요. 소위 금수저를 물고 태어나는 인간들 말입니다. 나는 뒤늦게, 순전히 노력으로만 플러스 궤도에 오른 참이었습니다. 절대 내려오고 싶지 않았어요. 올바른 순환이란 건 말입니다, 무한히 마이너스 궤도를 돌고 있는 사람을 내 옆에 붙여두면 완성되는 겁니다. 그럼 나는 끝없이 플러스 궤도를 돌게 되죠. 여자는 내 말을 궤변이라고 했지만 내가 이뤄낸 결과까지 무시하진 못했습니다. 나는 점점 더 잘살고, 점점 더 부자가 되고 있었으니까요.

지긋지긋한 말이라고, 미주는 생각했다. 대체 뭐길래 모든 사람들이 순환 순환 하는 걸까. 두번째, 세번째 맥주캔을 따는 사이 손끝이 점점 무거워졌다. 라디오를 끄려는 생각도 않은 채 미주는 침대로 옮겨가 누웠다. 희고 깨끗한, 푹신하진 않지만 잘 마른 침구가 미주의 몸에 닿았다. 룸메이드가 다녀간 건지 방안은 처음처럼 반듯하고 간결한 선으로 되돌아가 있었다.

여자의 말을 들었다면 뭔가 달라졌을까요. 최소한 이런 지리멸렬한 고백을 할 필요는 없었을지 모르겠습니다. 나는 자주 주거지를 옮겼습니다. 한동안 여자는 나를 따라다녔습니다만 아이가 유치원에 입학한 뒤부터는 한곳에 정착했습니다. 친정 부모가 살고 있는 작은 동네였어요. 나는 성공한 사위, 출장이 잦은 바쁜 사위 역할을 이어갔습니다. 남쪽 도시의 작은 인쇄소 하나가 망했고 철물점 하나가 사라졌습니다만 흔한 일이었어요. 여자와 아이를 만나러 가는 내 뒤를 철물점 주인이 쫓고 있다는 걸 나는 몰랐습니다. 장모인가 장인의 생일이었고, 여자와 아이는 대문 앞에 나와서 나를 기다리고 있었습니다. 차에서 내려 그들에게 걸어가는데 누군가 등뒤에서 내 돈 내놔! 하고 소리쳤습니다. 언젠가 여자의 습격을 받았을 때와 똑같은 상황이었습니다. 하지만 철물점 주인이 들고 있는 건 장난감 망치 같은 게 아니라 염산이 든 병이었고, 나는 나도 모르게…… 몸을 피했습니다. 몇 번이고 비슷한 상황이 있어왔고, 나는 순발력이 좋은 편이었으니까요. 그런데 내 뒤엔 다섯 살배기 아이가 있었습니다……

—훔친 차라고? 진심이야?

—아까 널 만나기 전에 말이지, 웬 아줌마가 도로 복판에 이걸 세워놓고 슈퍼로 쏙 들어가버리잖아. 개념 챙기라는 의미에서 내가 몰고 왔지.

도운의 운전은 서툴고 거칠었다. 차가 그릉그릉 발작하듯 차체를 흔들며 도로 위를 달렸다. 훔친 차에 만취한 운전자라니, 어이가 없으면서도 한편으론 유쾌했다. 옆 차선에서는 반듯한 차림새지만 얼굴은 거뭇하게 시든 운전자들이 달리고 있었다. 필시 저들에게는 직장이 있겠지. 할부금과 보험금을 꼬박꼬박 내고 있는 차로 얌전히 차선을 지키며 퇴근하는 길이겠지. 내일이 오면 고통스러운 얼굴로 출근하겠지만 그럼에도 때가 되면 월급을 받고 세금을 내겠지. 최소한 아직 버틸 만한 회사에서 아직 사표 같은 건 내지 않은 상태로. 미주가 잔뜩 얼굴을 찌푸렸다. 도운이 사납게 액셀을 밟으며 중얼거렸다. 병신 취급 당하는 건 이제 지긋지긋해.

사이렌 소리가 끼어든 건 그때였다. 경찰차인 줄 알고 바짝 굳었던 도운은 번쩍이는 붉은 빛이 구급차 경광등이라는 걸 깨닫고 비루하게 웃어 보였다. 퇴근시간이라 사차선 도로에 차들이 가득했다. 구급차는 도운의 차 바로 뒤에서 사이렌을 울려대고 있었다. 양옆 차들이 움찔대며 바퀴를 틀었으나 쉽사리 틈이 나지 않았다.

—너 그거 아냐? 저런 거 다 개뻥이다. 길 막히니까 빨리 가려

고 꼼수 피우는 거야, 요령 좋고 양심에 털 난 개새끼들이. 언젠가 인터넷에서 봤는데 사이렌 울리며 튀는 앰뷸런스 대부분이 빈 차라더라. 저 새끼도 그러는 거야. 날 호구로 보고, 날 좆밥으로 보고, 씨발.

도운이 핸들을 이리저리 틀어 구급차 앞을 막았다. 오른편 차가 속도를 줄여 틈을 내주면 얼른 거기로 차머리를 들이밀었다. 왼편에 틈이 나면 또 그리로. 구급차가 차선을 바꾸려 할 때마다 앞을 가로막았다. 구급차 운전자가 창밖으로 머리를 내밀고 뭐라 외치는 소리가 들려왔다. 도운은 술기운이 올라 붉어진 눈으로 킬킬거렸다.

—쇼하고 있네. 난 이제 아무한테도 안 속아. 지금껏 날 속여먹고 병신 취급한 새끼들한테 전부 똑같이 갚아주면서 살 거야.

급기야 옆 차선 차들이 창문을 열고 소리치기 시작했다. 미주는 슬그머니 얼굴을 가렸지만 도운을 말리진 않았다. 미주의 생각은 오로지 뒷좌석에 놓인 도운의 검은 백팩에 머물러 있었다. 오만원짜리가 빼곡히 차 있던 돈봉투. 그거라면 오 년 전 도운에게 사기당했던 돈 전부는 아니더라도 일부는 될 것이었다. 너는 너대로 잘살면 돼. 나는, 나대로 갚아줄 테니까. 굉음과 함께 도운의 차가 앞차를 들이받았다. 당황한 도운이 크게 핸들을 돌리자 옆 차를 다시 한번 들이받으며 차가 멈췄다. 사이렌 소리와 사이드미러에 들어찬 번쩍번쩍한 붉은 빛이 절규처럼 퍼져나갔다.

―도망치자.

　도운이 뒷좌석에서 백팩을 잡아채며 말했다.

　　―어차피 훔친 차야, 아무도 몰라. 튀자.

　도운은 차문을 활짝 열어놓은 채 도로를 가로질러 뛰기 시작했다. 엉망으로 뒤엉킨 차들이 도로를 꽉 메운 채 멈췄다. 미주는 도운의 뒤를 따라 뛰었다. 오로지 검은 백팩에만 집중해 다리를 움직였다. 사이렌 소리와, 사람들이 퍼붓는 비난은 깨끗이 무시했다. 지금 벌어진 이 모든 상황은 도운 때문이었다. 미주의 책임은 단 한 톨도 없었다.

　구급대원은 최선을 다했습니다. 퇴근시간대라 꽉 막힌 도로 위를 카레이서처럼 질주했으니까요. 사이렌 소리가 심장 소리처럼 울렸습니다. 차들이 못마땅한 기색으로 길을 터주고 있었어요. 그렇게 병원까지 갈 수 있었다면 뭔가 달라졌을지도 모르겠습니다. 그 차, 술에 취한 것처럼 비틀거리던 그 중형차만 아니었다면…… 사고는 순식간에 일어났습니다. 구급차 앞을 대각선으로 가로막은 중형차와 뒷범퍼가 기울어진, 옆구리가 찌그러진 주변 차들…… 그 사이를 또 밀고 들어가려는 견인차…… 차들이 엉망으로 뒤엉킨 도로에서 아이를 실은 구급차는 꼼짝할 수 없었습니다. 나는 아이를 안아주지도 못했습니다, 살갗이 전부 녹고 터져서…… 어린 시절 분홍색 개구리처럼 내 아이는, 부글부글 끓어

오른 피부 때문에 진저리를 치면서…… 끔찍한 비명을 질러댔습니다. 나는…… 멈춰 선 구급차 안에서 그 모든 걸 지켜봐야만 했습니다. 내 아이는 제대로 된 치료도 받지 못한 채 도로 위에서 죽었습니다.

미주가 몸을 벌떡 일으켰다. 구우웅, 하고 방이 깊이 가라앉는 소리가 들려왔다. 거대한 압력이 미주의 몸을 터뜨릴 것처럼 짓눌렀다. 방안은 여전히 차갑고 명백한 선으로 이루어져 있었다. 남자의 목소리는 자주 끊기고 톤이 낮아져 헐떡이는 신음소리처럼 들렸다. 폐가 터질 것처럼 저려왔다. 미주는 문을 향해 기다시피 움직였다. 남자의 목소리에서, 이 이상한 방에서 그만 벗어나고 싶었다. 돈봉투가 시선 끝에 닿자 숨이 막혀왔다.

남의 탓을 하려는 게 아닙니다. 내 아이가 그렇게 죽어버린 건 나 때문입니다. 내 순환 궤도에 말려든 탓입니다. 플러스로 돌리느라 내가 억지로 비틀고 짜깁기한 궤도가 나를 씹어 먹는 대신 내 아이를…… 여자는 망치를 휘둘렀습니다. 내 아이 내놔! 이번에는 진짜 망치였습니다. 나는 광대뼈가 주저앉았고 여자는 손가락뼈가 부러졌습니다. 내줄 수 있다면 얼마나 좋을까요. 여자에게 아이를 내줄 수만 있다면, 돌려줄 수만 있다면…… 나는 이제 압니다. 이게 얼마나 끔찍한 순환인지 말입니다. 그리고 이제……

당신도 알 겁니다. 당신도…… 이미 궤도 위에……

방이 끝없이 가라앉았다. 그건 감각만으로도 알 수 있었다. 미주가 목 언저리를 긁을 때마다 깊고 질긴 상흔이 남았다. 도운은 어떻게 되었을까. 왜 아무런 연락도 오지 않는 걸까. 처음보다 훨씬 작아진 갈색 나무문이 멀리 놓여 있었다. 그러나 문을 연다 해도 아무것도 달라지지 않을 것임을, 결코 도망칠 수 없을 것임을 미주는 깨달았다. 부풀어오른 어둠 속으로 명료한 선과 거칠게 구겨진 선이 마구 뒤섞였다. 방은 끝없이, 끝없이 가라앉고 있었다. 그저 순환일 뿐이었다.

어느 연극배우의 고백

천재라. 듣기 좋은 말이죠. 그애가 사라진 직후에 났던 기사들은 저도 기억해요. 천재 배우의 실종, 한국 연극계의 큰 타격, 연극계의 보석 사라지다. 하나같이 유치하고 자극적인 제목들이었죠. 그애는 이름보다 천재로 불린 날이 더 많았을 거예요. 최소한 기사에서는요. 모든 사람이 그애를 백 년에 한 번 나올까 말까 한 천재, 귀재라고 불렀죠. 그애는 자주 웃었어요. 그 호칭이 자랑스럽다거나 자신을 추앙하는 말들이 기쁘고 쑥스러워서가 아니라 어처구니가 없어서요. 연기 천재라니 웃기기도 했겠죠. 그애는 단 한 번도 연기를 한 적이 없었으니까요.

언젠가 기사에 난 인터뷰를 봤어요. 그애가 말하더군요. '저는 지방의 이름 없는 사립대학에서 수학했습니다. 학생은 물론 교수

조차 미래라는 걸 의심하는 곳이었고, 학기 수업의 삼분의 일이 휴강이었습니다. 열정적으로 뺨을 붉히며 강단에 서던 강사들도 한 학기만 지나면 공연 DVD를 틀어주고 코를 골았어요. 다른 학교로 재진학할 마음은 없었습니다. 머리가 나빴으니까요. 다시 수능을 보는 것도 편입 시험을 치는 것도 불가능했습니다. 저는 소규모 극단을 쫓아다니며 잡일을 했습니다. 표도 팔고 포스터도 붙이고 의상도 꿰매다보면 아주 가끔 단역을 맡을 수 있었어요. 지하철 안내방송을 녹음하기도 했고 전봇대에 매달린 행인 역할을 하기도 했습니다. 제일 힘들었던 건 코끼리였어요. 네, 코끼리. 탈이나 인형옷 없이, 검은색 전신타이츠를 입은 채 정확히 삼 분 이십 초 동안 코끼리를 연기해야 했습니다.' 그건 거짓말이에요. 그애는 코끼리를 '연기'하지 않았어요. 그날 삼 분 이십 초 동안 무대에 섰던 건 코끼리 그 자체였죠.

제가 그애의 유일한 친구인 건 맞아요. 사람들과 잘 어울리지 못하는 애였으니까요. 특별히 저를 좋아했던 게 아니라 저만큼 오랜 시간을 함께한 사람이 없는 것뿐이에요. 저와 그애는 같은 고등학교를 나왔어요. 앞서 말한 지방대학의 부속고등학교였죠. 학교 재단이 비리 사건에 연루돼 몇 번이나 취재 프로그램에 거론됐고, 그때마다 재단 이사장과 대학 총장이 바뀌었는데 일 년만 지나면 모두 제자리로 돌아왔어요. 권력과 비리는 자생하는 거라잖아요. 생장점이 머리에 있으니 몸통을 아무리 잘라내봐야 의미 없었겠죠. 여유가 있는 사람들은 일찌감치 다른 학교로 아이들을 전학시켰어요. 그애의 사정까진 잘 모르겠지만 최소한 저는 다른 지역으로 이사 갈 만큼 집안 형편이 넉넉지 못했어요. 학교 추천을 받아 대학도 에스컬레이터로 올라갔고요. 졸업장만 하나 있으면 된다고 생각했으니까 학교 이름 따윈 상관없었거든요. 학교 사정은 생각보다 훨씬 엉망이어서 도서관 건물이 정신병원 병동 같았어요. 무슨 소리냐면, 겹겹이 창살을 질러놓고 자물쇠를 채워놨더란 소리예요. 안에 책이 있긴 했어요. 유리창 안쪽으로 햇빛에 닳아빠진 책등이 주르륵 꽂혀 있는 게 보였으니까. 도서관 말고 학교 건물이 세 개 더 있었는데 그중 한 개도 마찬가지로 잠겨 있었어요. 그애가 같은 대학교에 진학했다는 건 입학식 때부터 알았어요. 입학식에 참석한 우리 과 학생이 열 명도 안 됐거든요. 모를 수가 없었죠.

대학로에 방을 구해 올라온 건 대학 이학년 여름이었어요. 극단 입단 면접을 보러 갔는데 거기 그애도 있더군요. 학과 사무실 게시판에 붙은 공고를 보고 찾아간 거였으니 그다지 놀랍지는 않았어요. 그애는 배우 지망이었고 저는 극작가 지망이었지만 우린 나란히 입단해서 똑같은 일을 했어요. 돈 대신 열정이나 오기로 작동할 잡일꾼으로 뽑힌 것뿐이었으니까요. 고정 스폰서가 없는 극단들은 그런 식으로 인건비를 줄여야 했어요. 우리는 눈치껏 일했고, 눈치껏 성장했어요. 아마도 그랬을 거예요. 극단에서 그애는 구세주이자 재앙이었어요. 빠르게 두각을 드러낸 그애 때문에 선배들은 등껍데기가 깨진 달팽이처럼 불안해했죠. 당연했어요. 극단의 발전을 위해선 그애가 필요했고 각자의 배역을 지키기 위해선 그애가 사라져야 했으니까요.

발단은, 네, 그 코끼리였어요.

그건 사실 선배의 심술이었죠. 가끔 그런 식으로 상대를 무력하게 주저앉히고 싶어하는 사람들이 있잖아요. 자신이 특별히 우월하지 못하니까 상대방을 끌어내려서 자신의 위치를 확보하려고 하는 머저리 같은 인간들. 코끼리가 딱히 무대에 올라야 할 필요도 없는 공연이었어요. 땅속에 혈관처럼 얽혀 있는 굴을 기어다니며 돈을 버는 밀수꾼 노인 이야기였죠. 노인은 어느 날 인도코끼리를 밀수해달라는 주문을 받아요. 코끼리를 땅굴 구멍으로 밀어넣으려고 안간힘을 쓰다 결국 꼬리만 잘라 가져가는 장면이었는데 노인의 코믹한 모습만 보여주면 되는 거였어요. 대형 코끼리 풍선을 주문하는 걸로 얘기가 됐는데 노인 역할을 맡은 선배가 우리를 가리켰어요. 그깟 코끼리쯤 재들이 하면 되잖아. 뭐하러 돈을 낭비해?

공연기간은 일주일이었어요. 우린 사흘씩 번갈아 코끼리를 연기하기로 했죠. 선배가 우리에게 준 의상은 검은색 전신타이츠였어요. 웃기려면 확실히 웃기는 게 좋잖아, 라고 하면서요. 그애는 전신타이츠에 수경을 쓰고, 수영모를 잘라 양쪽 관자놀이에 귀 대신 붙인 뒤 무대에 올랐어요. 코끼리라면 마땅히 있어야 할 코도 없이요. 그러고는, 세상에서 가장 우스꽝스러운 꼴을 한, 그럼에도 세상에서 가장 거대하고 무거운 코끼리가 됐죠. 코끼리는 땅굴 구멍 앞에서 정말 꿈쩍도 안 했고, 코를 흔들어 물을 뿌리거나 위협적으로 앞발을 흔들기도 했어요. 노인 역의 선배가 땀을 뻘뻘 흘리며 무대를 기어다녔죠. 극단 대표는 의아한 얼굴이었어요. 자기가 뭘 봤는지 이해할 수 없었겠죠, 우리 모두가 그랬던 것처럼. 대표는 시험하듯 그애에게 배역을 주기 시작했어요. 염을 당하는 시체 역을 맡긴 뒤엔 모두가 그애의 재능을 인정할 수밖에 없었어요. 염장이 역할을 맡은 선배가 연습 때마다 비명을 지르며 날뛰었거든요. 그애가 정말로 죽어버렸다고, 숨을 쉬지 않는다고요. 가서 들여다보면 그애 얼굴이 정말 회백색으로 식어 있었어요. 뻣뻣하게 일어난 살결이 삼베 표면과 똑같았죠. 묶이다 만 몸이 아치형으로 휘어 있었는데 정말, 다시는 만지고 싶지 않을 정도로, 차가웠어요.

사실 그런 일은 고등학교 시절에도 있었어요. 시체가 된 그애를 보니 선명하게 기억나더군요. 그때껏 잊고 있었던 게 이상할 정도였어요. 당시 담임선생이 지독한 괴짜였는데, 반 애들 단체기합 주는 걸 워낙 좋아했어요. 수업시간에 일부러 늦게 들어와서는 떠들고 있는 아이들을 지목해 연대책임이라며 반 전체에게 벌을 줬죠. 여자애들은 기마 자세를 했고 남자애들은 두 주먹을 뒤통수에

붙인 채 팔꿈치로 바닥을 짚어 엎드려뻗쳐를 했어요. 벌을 받고
나면 남자애들 얼굴이 당장이라도 터질 것처럼 새빨갛게 부풀었
어요. 그런데 유독 그애만 말간 얼굴을 하고 자리에 앉는 거예요.
팔꿈치가 까지지도, 귀가 접힌 채 눌려 있지도 않았죠. 너무 이상
해서 제가 물었어요. 양호실에 다녀왔냐고, 왜 너만 벌을 받지 않
았냐고요. 그애는 대수롭지 않다는 듯 대꾸하더군요. 책상이 되
면, 벌을 받지 않아도 돼. 유치원생도 아니고 책상인 척해서 벌을
안 받는다니 웃기지도 않았죠. 교실 뒷문으로 몰래 빠져나갔던 모
양이라고 저는 좋을 대로 생각했어요. 다음번에 빠져나가는 걸 목
격하면 반드시 일러바치겠다고 결심하면서요. 실제로 벌을 받던
날, 전 기마 자세를 한 채로 그애만 쳐다봤어요. 한시도 눈을 떼지
않고, 오로지 그애만요.

　전 봤어요. 그애가 가만히 구석에 가 서는 모습을. 딱딱하게 굳
은 어깨와 목이 숨을 멈추고 있는 것처럼 보였어요. 목 아래 부푼
핏줄이 개구리 울음주머니처럼 부풀었다가 돌연 가라앉았죠. 그
러고는 막막해졌어요. 네, 그래요, 아주 막막하고 아득해졌죠. 전
분명히 봤어요. 반 아이들 누구도 보지 못했지만, 담임선생조차
보지 못했지만 그애는 분명 거기 서 있었어요. 아니, 그건 그애가
아니었죠. 구석에 놓인 건 단지 '책상'일 뿐이었어요. 그애는 완벽
하게 책상이 되어 거기 존재했고, 누구도 그 책상의 정체를 의심
하지 않았어요.

주연을 맡게 된 그애는 그야말로 승승장구했죠. 언론에 알려지기 시작한 건 〈검고 차가운〉에서 이주혁 역을 맡았을 때부터였어요. 사십 일간 공연될 예정이었던 그 연극은 여러 미디어에 노출되면서 연장 공연에 들어갔어요. 결과적으로는 반년 정도 상연했죠. 지금도 간간이 재공연되고 있다고 들었어요. 신인 배우들이 제2의 천재로 주목받기 위해 기를 쓰고 배역을 따낸다죠. 저 같으면 절대 이주혁 역은 맡지 않을 텐데 말이에요. 왜냐니, 당연하잖아요. 사람의 기억은 비열하고 앙큼해서 지나간 것들, 사라진 것들에 대해 무턱대고 관대해요. 미화하는 속도도 빠르죠. 신인 배우들이 뭘 하든 실종된 천재 배우를 뛰어넘을 순 없을 거예요. 천재라는 단어는 요절이나 실종처럼 자극적인 수식어가 붙는 순간 완벽해져요. 신격화하기 위한 필요충분조건이 성립되는 거죠. 절대법칙처럼, 절대로 깨지지 않는, 누구도 깨지 못할. 한물간 스타라면 얼마든지 있잖아요? 정점에 이른 직후 생이 나아갈 방향은 몰락뿐이에요. 저 사람도 한물갔네, 예전엔 천재라고 불렸는데, 연기 패턴이 매번 똑같아, 뭐 그런 평을 늘어놓으며 사람들은 관심이 시들해지죠. 그런데 우리 중 누구도 그애가 천재에서 범재가 되는 순간을 목격하지 못했어요. 그럼 어떻게 되겠어요? 그애는 그저 빛나는 별, 그 자체로 존재하는 거예요. 현재의 배우들이 절대로 그애를 뛰어넘을 수 없는 이유가 거기 있죠.

〈검고 차가운〉에서의 이주혁은, 이미 알고 계시겠지만 선교사에서 연쇄살인마가 되는 불우한 인물이에요. 이주혁이 처음 죽이게 되는 인물은 사람들이 모두 증오하고 저주하던 독재자 교주 신종욱이죠. 절대악으로 그려지던 신종욱이 죽는 순간, 사람들은 모두 거리로 뛰쳐나와 이주혁을 찬양하고 축제를 벌여요. 그에 심취한 이주혁이 정의 운운하며 거듭 살인을 해나간다는 단순한 스토리였죠. 비리를 저지른 국회의원과 성폭행범을 처단할 때까지만 해도 이주혁의 정의는 그럴듯해요. 그러나 기형적으로, 암세포처럼 급속히 성장한 정의감은 결국 무단횡단을 하던 어린아이를 죽이기에 이르죠. 자신만의 정의에 심취한 이주혁에게 용서는 존재하지 않아요. 손톱만한 잘못이라도 그건 악, 다만 악, 처단해야 할 악일 뿐이죠. 스토리가 단순한 만큼 이주혁의 연기가 공연의 성패를 좌우했어요. 그애는 물론 잘해냈죠. 실로 무대 위에서는 다름 아닌 '이주혁'이 광기와 혼란 속에 발작하듯 움직이고 있었고요.

이주혁이 유명해지면서 상대역이던 신종욱 역시 덩달아 스타덤에 올랐죠. 상대 배우는 처음부터 공중파 입성이 목표였던 모양이라, 조금 뜬 뒤엔 바로 예능 프로로 옮겨 탔어요. 앨범을 낸다, CF를 찍는다 말이 많았죠. 그애는 외부 활동을 일절 하지 않았어요. 반년간의 공연이 끝난 뒤엔 시든 나무처럼 하루종일 저기 책장 옆에 꽂혀 있는 게 일과의 전부였고요. 아, 제가 말 안 했던가요? 우린 한동안 같이 살았어요. 연인이나 그런 게 아니라, 단순히 돈이 없어서요. 극단에서 정산해주는 출연료는 아주 적었고, 저는 여전히 극단 막내 생활을 하며 대본을 쓰고 있었거든요. 그애가 이 집을 빌렸고, 저는 그애의 집 방 한 칸을 빌렸죠. 반년간 쉬지 않고 공연이라니, 지칠 법도 하다고 생각했어요. 그애는 가끔 창밖을 내다보다가 쓰레기를 몰래 버리거나 고성방가를 하는 사람들을 발견하면 속죄하라, 라고 소리쳤어요. 그건 이주혁의 대사였죠. 속죄하라, 네가 더럽힌 땅에 네가 더럽힌 질서에 네가 더럽힌 인정에 죽음으로써 속죄하라.

텔레비전에서 신종욱 역을 맡았던 배우를 보게 된 건 우연이었어요. 기분 전환이라도 하라고 틀어놓은 거였는데 마침 그 배우가 개그 프로그램에 나오고 있더라고요. 저것 좀 봐, 하고 그애를 불렀는데 그애는 이미 제 뒤에 서 있었어요. 끔찍한 표정이었죠. 세상의 배신과 절망과 분노를 전부 뒤섞어놓으면 그 비슷한 표정이 나오게 될까요? 그애는 진심으로 신종욱이 죽었다고 생각했던 거예요. 협잡꾼에 파렴치한, 인신매매범, 장기매매업자 신종욱을 자신이 칼로 난자해 '진짜' 죽였다고요. 그런 사람이 방송에 나와 태연히 웃으며 떡을 받아먹고 앞구르기를 하고 있으니 얼마나 당혹스러웠겠어요. 길길이 날뛰던 그애는 순식간에 집을 뛰쳐나갔어요. 왼손에 싱크대에서 끄집어낸 칼을 들고, 속죄하라, 그렇게 소리치면서요. 그즈음 나왔던 기사 기억하세요? 혜성같이 등장한 신인 배우, 무대 버리고 떠난 동료에게 일침. 웃기지도 않는 수작이죠. 그애는 단순히 이주혁에게서 빠져나오지 못했던 것뿐이었어요. 조커 역에서 헤어나지 못해 결국 죽음을 맞이했던 히스 레저처럼.

극단 대표는 그애의 성향을 알고 있었어요. 우리 극단은 순수 창작극만 무대에 올렸는데 그 대본을 모두 대표가 썼죠. 대표는 성실한 사람이었어요. 우리처럼 대학 시절 극단에 입단해 연기도 하고 대본도 쓰고 일해서 돈도 모으고, 어느 정도 입지가 생긴 뒤엔 자기 이름으로 극단을 차리고, 그 극단에서도 대본을 쓰고 연기도 하고 공연도 올렸죠. 그간 대표가 꾸려왔던 무대는 잔잔하고 사랑스럽고 따뜻했어요. 장르가 바뀐 건 아마도, 그애 때문이었겠죠. 대표는 이전과 달리 분열되는 인간과 병든 인간과 파괴적인 성향을 띤 인간에 대해 얘기하고 싶어했어요. 그리고 자신이 그려낸 인물을 그애가 철저히, 완벽하게 표현해낼 거라고 믿고 있었죠. 아니, 자신이 상상한 것 이상의 결과물이 나오길 기대했을 거예요. 대표는 연습 때마다 그애를 다그쳤어요. 아직, 아직이야, 너는 아직도 그놈이 되지 못했어. 웃지 마, 대답하지 마, 너는, 그 세계에서 나와선 안 돼.

대표가 가져온 다음 공연 대본은 사십 년간 한 여자를 뒤쫓는 스토커 얘기였어요. 주인공 긱은 스토킹당하는 여자가 정말 자신의 아내라고 믿었어요. 망상에 빠진 채 여자의 남편과 아이들을 죽이고, 누구에게도 들키지 않고 여자를 쫓아다니다 잠든 여자의 침대 밑에서 임종을 맞는 기이한 얘기였죠. 솔직히 대본은, 끔찍했어요. 대표는 오로지 그애가 혼자, 철저히 고립된 채 무대 위에서 미쳐가길 바랐어요. 출연 배우가 일곱 명이었는데 그애 빼고는 각각의 출연 분량이 오 분도 되지 않았어요. 사실상 모노드라마에 가까웠죠. 그애는 손쉽게 긱이 됐어요. 자신보다 열여덟 살이나 어린 소녀를 스토킹하는 긱, 소녀가 버린 티켓과 빨대를 주워 스크랩하는 긱, 성인이 된 소녀를 보며 어둠 속에서 자위하는 긱, 홀로 결혼식을 준비하는 긱, 어린아이가 담긴 상자에 정성껏 시멘트를 바르는 긱. 무대야 훌륭했죠. 온갖 곳에서 찬사와 상이 쏟아졌어요. 공연이 일 년이나 계속됐으니 말 다 했죠. 대표는 커튼콜이 끝나고 나면 재빨리 그애에게 가 말했어요. 긱, 이대로 아무도 만나지 말고 집으로 가. 롤라가 돌아올 시간이잖아. 롤라는 긱이 스토킹하던 여자 이름이었어요. 그애는 조금도 의아해하시 않있어요. 실제로 집 거실이나 현관에서 저와 마주치면 죽을 만큼 놀랐죠. 그래도 공연하는 동안에는 별문제가 없었어요. 공연이 완전히 막을 내린 뒤, 그애는 말도 없이 사라져버렸어요.

어떻게 보면 그애가 스토커가 되는 건 당연했어요. 그애는 긱 그 자체였으니까요. 한 달 만에 그애를 찾아낸 곳은 롤라 역을 맡았던 배우의 집 앞이었어요. 롤라는 자기 집 맞은편 빌라에 방을 얻어 이십사 시간 자신을 쫓아다닌 긱을 눈치도 못 챘더군요. 그 방, 한 달간 긱이 숨어 있던 그 방은 무대 위와 똑같았어요. 벽을 뒤덮은 롤라의 사진들, 의자와 침대의 위치, 벽에 걸어둔 신발까지 전부 다. 저는 대표를 끌고 긱이 있는 곳으로 갔어요. 당신이 한 짓을 직접 보라고요. 대표는, 웃더군요. 그리고 말했어요. 다음 대본을 준비해줄게. 그러니까 긱이 새로운 역할을 맡게 되면 모두 해결된다는 뜻이었어요. 대표와 전 크게 다퉜어요. 우리가 서로에게 욕을 퍼부으며 싸우고 있는데도 긱은, 창문에 붙어 롤라의 방을 훔쳐보고 있었죠.

그뒤 저는 극단을 나왔어요. 같이 나가자고, 더 큰 극단에서 새로 시작하자고 말했지만 그애는 듣지 않았어요. 그땐 이미 대표가 새로운 대본을 그애에게 보낸 다음이었으니까요. 극단을 그만두자고 조르는 사람은 나인데, 내 말을 듣는 건 그애가 아니었어요. 그애는 벌써 새로운 인물이 되어 내 앞에 서 있었어요. 극단에선 나왔지만 전 이 집을 떠날 수 없었어요. 보시다시피 그애가 사라진 지금까지도 이곳에 살고 있죠. 그애를 혼자 내버려둘 수 없어서 버텼던 건데 어째서인지 지금은 저 혼자 남아 있어요.

재밌네요. 기자님에게는 세상의 감정이 그렇게 단순하고 졸렬한가요? 아까부터 그러시잖아요. 당신은 그 사람을 좋아했습니까, 싫어했습니까. 그 사람은 당신에게 의지했나요, 당신을 성가셔했나요. 감정이란 건 그렇게 간단명료하지 않아요. 그애에 대한 저의 감정요? 말씀드릴 수 없어요. 숨기려는 게 아니라 정반대 이유로요. 저는 그 감정을 뭐라고 설명해야 하는지 알지 못해요. 세상에 천팔십 가지 감정이 있다면 전 그걸 전부 다 써서 그앨 대했어요. 삼천칠백 가지 감정이 있다면 또한 그 모든 게 제가 그애에게 품는 감정일 거예요.

대표는 쉼없이 그애를 무대에 올렸어요. 그애가 집에 돌아오지 않는 날이 많아졌고, 그애 소식을 알려면 신문이나 인터넷 기사를 확인하는 게 훨씬 빠르고 쉬웠죠. 그애의 기사는 극과 극으로 나뉘었어요. 문화예술란에서는 천재니 영혼의 고백이니 유난을 떨며 그애를 찬양했고 연예란에서는 그애의 기이한 사생활을 파헤치느라 바빴어요. 공연이 막을 내릴 때마다 그애의 스캔들도 늘어갔죠. 군복을 입고 완전군장 차림으로 사흘 밤낮을 행군했다거나 여장 남자 차림으로 술집에서 노래를 불렀다거나 병원에 숨어들어 환자들을 진료했다거나. 그것들은 퍼포먼스 따위가 아니었어요. 관객을 위한 팬 서비스도, 노이즈 마케팅을 노린 잔꾀도 아니에요. 그애에겐 그게 당연한 생활이었어요. 처음부터 말했잖아요, 그애는 단 한 번도 연기를 한 적이 없었다고. 그애는 온전히 그들의 삶을 살았던 거예요.

스물여섯. 그때 우리 나이는 고작 스물여섯이었어요. 상경해 오년이 지났을 뿐인데 모든 게 이전과 달랐죠. 무서울 정도로 달랐어요. 잘못됐다는 걸 알았지만 전 제가 뭘 할 수 있는지 몰랐어요. 그애를 위해 뭘 해줘야 하는 건지 도무지 알 길이 없었죠. 극단 대표와 싸울 때마다 사람들은 저를 비난했어요. 동기가 잘되는 게 그렇게 배가 아프냐고, 친구라고 떠들어대더니 그도 아닌 모양이라고요. 그들 눈에 전 열등감으로 똘똘 뭉친, 친구가 잘되니 옷자락에 진흙이라도 문질러야겠다고 맘먹은 비열한 패배자로 비쳤던 거예요. 싸움과 비난이 반복되자 저도, 저 자신이 의심스러워지기 시작했어요. 아까 말했던 천팔십 가지, 삼천칠백 가지 감정 중에 분명히 있었을 테니까요. 그애를 부러워하고, 시기하고, 질투하는 그런 요악한 마음이. 그애 일에서 조금 물러나 앉은 건 그런 이유 때문이었어요. 대표 말마따나 무대 위의 그애는 완벽했고, 그게 모두가 보고 있는 진실이었어요. 불안정하고 공격적이고 발밑이 위태로운 건 그애가 아니라 저였죠.

이후 그애는 세 편 정도 공연을 더 했어요. 저도 제 대본으로 극을 하나 무대에 올릴 수 있게 됐죠. 드물게 그애가 묻더군요. 제 첫 작품이니 자기가 주인공을 맡으면 어떻겠냐고요. 무대에 올린다고 해봐야 고작 사흘짜리였으니 극단 스케줄을 조정하면 불가능한 일도 아니었을 거예요. 그애 입장에선 저를 돕고 싶었겠죠. 그애가 공연을 보러 와주기만 해도 대대적인 이슈가 될 텐데 심지어 출연이라니. 하지만 거절할 수밖에 없었어요. '사라지는 남자'. 하필 제 대본 제목이 그랬어요. 그야말로 사라지는 남자에 대한 얘기였죠. 누군가에게 부정당할 때마다 몸이 조금씩 지워지는 남자가 주인공이었어요. 너 나 좋아하니, 라고 물었다가 아니, 라는 대답을 들으면 팔꿈치나 종아리가 반 뼘쯤 지워지죠. 집에 같이 가자, 라고 청했다가 싫어, 라는 대답을 들으면 뒤통수가 반 뼘 사라지고요. 남자에게 마지막까지 남는 건 코와 입인데, 몸 전체가 지워졌음에도 불구하고 남자는 질문하기를 멈추지 않아요. 남자의 마지막 질문은 이래요. 당신, 내가 보입니까. 관객에게 하는 질문이죠. 유도된 관객들은 보이지 않는다고 대답하고, 그럼 남자의 입이 지워지는 거예요. 더이상 질문을 할 수 없게 돼버린 탓에 남자의 코는 영원히 사라지지 않아요. 그래서 남자는 '사라진 남자'가 되지 못하고 '사라지는 남자'로 남는 거예요. 사라지는 남자. 어떻게 제가 그 역을 부탁할 수 있었겠어요. 그애라면 틀림없이, 사라졌을 거예요. 지우개로 문질러 지운 것처럼 무대 위에서 반 뼘씩, 반 뼘씩, 전부 지워지고 코만 남았겠죠. 그런 끔찍한 장면은 정말이지 보고 싶지 않았어요.

그래요, 결국.

기자님 말이 맞아요. 그애는 결국 제가 두려워했던 그대로, 무대에 올랐고, 사라졌죠.

죄책감을 느끼냐고요. 글쎄, 그런 걸 느껴야 하는 걸까. 〈사라지는 남자〉 무대에 올랐다가 그애가 사라져버린 거라면 죄책감을 느꼈을 거예요. 다시 글을 쓸 수 없을 만큼 괴로워했겠죠. 하지만 그애가 오른 건 다른 무대였어요. 블랙코미디였고 주인공은 당연히 죽지도 사라지지도 않는 역할이었죠. 지금에 와서 전 이렇게 생각해요. 사라져버린 건 철저하게 그애 자신의 의지였다고. 무대는 물론 그 어디에서도 발현되지 않았던 그애의 처음이자 마지막 의지였다고요.

〈나쁜 유산〉은 제 작품이 맞아요. 정확히는 제가 준비하고 있던 작품이었죠. 계약되어 있는 게 아니라서 일단 극단에 돌려보려고 완고를 뽑아놓은 상태였어요. 거실에 놔둔 대본을 그애가 우연히 읽게 된 거죠. 아니, 솔직히 고백하자면 완전한 우연은 아니에요. 내 수많은 감정 중 하나는 틀림없이 그렇게 되길 원하고 있었을 테니까요. 무명작가 대본을 무대에 올리는 건 불가능에 가까워요. 무대는 한정되어 있고 돌아다니는 대본은 너무 많죠. 누구도 모험을 원하지 않으니 흥행했던 공연을 시즌별로 다시 올리거나 외국 작품을 사오는 걸 택해요. 그때쯤의 저는 대표와 같은 마음이었는지도 몰라요. 제가 만들어낸 인물을 그애가 철저하고 완벽하게 표현해주길 바랐어요. 아니, 그 이상의 것이 나오길 기대했죠. 그애가 거실 소파에 앉았고, 팔걸이에 비스듬히 걸쳐져 있던 대본을 집어들었어요. 저는 그애의 손가락이 페이지를 넘기는 걸, 느슨하게 풀어져 있던 그애의 뺨이 팽팽하게 당겨지는 걸 열린 문틈으로 지켜보고 있었죠. 아주 긴 시간이었어요. 마침내 소파에서 일어난 그애가 거울 앞으로 다가갔어요. 남의 집을 훔쳐보듯 어색하게 거울을 기웃거리던 그애가 말하더군요. 그런데 이 얼굴은 뻔뻔하게도 나를 닮았구나, 나를 닮은 뉘신지, 누굴 닮은 나인지. 이제 됐다고 생각했어요. 그건 극중 마르탱에게 주어진 대사였거든요.

〈나쁜 유산〉은 전형적인 드라마였어요. 주인공 마르탱이 부모에게 물려받은 유일한 유산은 '의심'이었죠. 그건 아주 오랫동안 대물림된 것이어서 딱히 상속의 과정이 필요 없었어요. 물론 거부할 수도 없었고요. 유전자에 박혀 있는 미미한 점에 불과했던 의심은 마르탱과 함께 성장하기 시작해요. 어린아이들에게 마녀나 공주 얘기를 해주면 곧잘 믿었다가 어른이 돼가면서 코웃음 치게 되는 것과 같은 이치죠. 동심을 잃었다는 건 이야기의 진실에, 이야기를 해주는 사람의 호의에 의심을 품게 되었다는 뜻이니까요. 마르탱의 의심도 초기엔 귀여운 수준에 머물러요. 엄마가 나를 사랑할까, 식탁에 놓인 토마토퓌레가 정말 맛있을까, 주말에 정말 소풍을 갈 수 있을까 뭐 그 정도로요. 의심은 꾸준히 몸피를 불려가서 친구가 약속한 다섯시에 나올까, 저 사람이 정말 내 친구가 맞긴 한 걸까, 손을 흔들면서 반가워하는 모습이 전부 거짓은 아닐까 같은 것들로 바뀌죠. 어떤 의심의 순간들은 기형적인 형태로 진화해요. 또 어떤 의심은 예기치 않은 행동을 유발하죠. 황금색 얼룩이 아름다운 고양이를 안고 있던 마르탱은 이게 정말 아무도 손대지 않은 자연의 결과물인지 의심하게 되고, 결국 고양이 털을 깨끗이 밀어버려요. 똑같은 얼룩무늬를 가진 털이 난다면 의문에 대한 대답은 참이 되는 거예요. 약혼녀가 변호사라는 직업과 호화로운 저택 때문에 자신을 사랑하는 게 아닐까 의심스러워한 나머지 직장 상사를 때려 해고당하고 저택에 불을 지르는 일도 서슴지 않죠. 마르탱은 모든 사람들의 말과 표정과 행동을 의심해요. 나중엔 모든 언어와 사물과 생각 자체를, 모든 관념과 감정과 색깔과 소리를 의심하게 되죠. 그애는 완벽하게 마르탱이 되었어요. 공연 시작 일 분 전입니다, 라고 스태프가 말하면 그 일 분을 증명할 수 있느냐고 물을 정도로요.

사실 그 공연은 제게 있어 즐거운 작업은 아니었어요. 큰 무대에서 연극의 귀재를 캐스팅해 상연할 수 있게 된 건 엄청난 행운이었지만 실컷 싸우고 나온 극단에서 다시 일해야 한다니 그야말로 가시방석이 따로 없었죠. 마르탱이 된 그애를 보고 대표는 길길이 날뛰었어요. 간발의 차이로 대표 역시 자신의 대본을 완성한 참이었으니까요. 그애는 대표의 진의를 의심한 나머지 그의 대본을 읽어보는 것조차 거부했어요. 대표는 결국 저와 단기 계약을 맺고 마르탱을 무대에 올리기로 했지만 내내 분한 눈치였어요. 어쨌거나 프로니까, 제게 일부러 시비를 걸지는 않더군요. 대신 제가 마르탱 옆에만 가도 소리를 질러댔어요. 저는 모든 연습과 모든 공연에 참석했지만 마르탱과 이야기 한 번 제대로 나눌 수 없었어요. 그래도 서로 삐걱대는 불편한 감정만 갈무리하면 공연 준비부터 리허설, 본공연까지 모든 게 순조로웠어요. 삼십 회의 공연 동안 마르탱도 완벽하게 무대를 지켰고요.

마지막 공연, 네, 알려지긴 그렇게 알려졌죠. 마지막날 그애가 무대에 오르지 않았다고요. 공식적으로 그애의 마지막 공연은 29회

차로 기록됐지만 그건 사실과 달라요. 30회 차 무대에 그애는 분명히 올랐었어요. 아무도 그애가 무대에 서 있는 줄 몰랐지만.

그날 우리는 모두 패닉 상태였어요. 공연 시작 시간이 지났는데도 주인공인 그애가 나타나질 않았으니까요. 무대 커튼, 그거 생각보다 훨씬 무겁다는 거 알고 계세요? 한번은 연습중에 이음매가 헐거워진 커튼이 떨어진 적이 있는데 그 밑에 깔린 사람 다리가 부러졌어요. 운이 나빴죠. 실제 리허설이 아니라 막 대관 계약을 마친 뒤 시험 삼아 올라봤던 무대라 차라리 다행이었어요. 아무튼 그렇게나 두껍고 무겁던 커튼이 그 순간만큼은 얇은 습자지로 느껴질 정도였어요. 그 막 너머에서 이천육백 개의 눈동자가 데굴거리며 우리를 재촉하고 있었죠. 관객들의 인내심이란 건 대단치 않아요. 공연 시작 시간이 오 분만 지체돼도 당장 욕설이 튀어나오죠. 정작 자신들은 공연이 시작되든 말든 아무때나 문을 밀고 들어오면서 말이에요. 버티다 못한 대표가 무대에 올라 말했어요. 부득이하게 마르탱 배역의 연기자가 바뀌겠다고, 연극을 보신 뒤 원하시면 틀림없이 환불을 해드릴 테니 지금은 연극을 관람하시라고 말이에요. 몇 사람이 나가버리긴 했지만 대다수는 자리를 지켰어요. 어차피 공짜니까 뭐 그런 마음 아니었을까요.

마르탱 역할은 성일이가 맡았어요. 마르탱은 물론 모든 인물들의 대사와 동선을 외우고 있는 배우가 성일이밖에 없었거든요. 아까 무대 커튼 이야기했죠. 그때 다리 부러진 사람이 성일이였어요. 성일이는 다리에 깁스를 한 채로 매일매일 연습에 참가해왔고, 공연 초기에 깁스를 풀어 재활치료도 어느 정도 끝낸 상태였어요. 극단으로선 천만다행이었지만 성일이에겐 아니었을 거예요. 상상이 가세요? 조연만 십 년 넘게 해오다 난생처음 주연을 맡았는데, 공연이 끝난 뒤 관객들이 하는 말이라고는 역시 저 사람은 그 사람과 비교가 안 돼, 환불해줘요, 그게 다였던 거예요. 부러진 다리로 연습실에 꼬박꼬박 출석한 대가가 고작 그런 거라니 끔찍하죠. 막이 내려간 뒤엔 모두 기진맥진했죠. 이 새끼 어디 틀어박힌 거야. 대표는 중간중간 그런 말을 씹어뱉으며 무대 뒤를 들들 뒤졌어요. 아무튼 그애는 최후의 최후까지 나타나지 않았고, 공연은 그대로 끝났어요.

이후는 기자님이 아시는 대로예요. 흔적도 없이 사라진 그애는 삼 년이 지난 지금까지 나타나지 않고 있죠. 죽었다는 흔적도 살았다는 기척도 없어요.

마지막 공연이 있고 한 달쯤 지났을까, CD 하나가 극단 앞으로 배달돼 왔어요. 방송국 카메라가 취재 왔던 기억이 그제야 나더군요. 화제의 공연을 녹화해 사십 분 정도 분량으로 편집해 내보내주는 교육방송 프로그램이었어요. 공연 동영상이 담긴 CD가 도착하기 전까진 대표도 까맣게 잊고 있었던 듯했지만요. 단원들이 모여 CD를 모니터했어요. 정신이 없어 몰랐는데 그날 성일이는 정말 연기를 잘했더군요. 그애 그림자나 좇던 한심한 관객들이 눈치채지 못했을 뿐이지 성일인 정말 좋은 배우였어요. 네, 과거형이 죠. 그 공연이 끝난 뒤 성일이는 곧장 연극을 그만뒀거든요.

화면을 보고 있는데 뭔가 이상한 기분이 들었어요. 그애가 우리를 지켜보고 있는 것 같은 기분. 그래요, 그애가 아주 가까이에서 우릴 마주보고 있다는 느낌이 들었죠. 경찰 수사에 아무런 진전이 없어 단순 가출로 사건이 정리되려던 시점이었어요. 그런데 그 기시감이라니. 아주 오래전 책상이 되어버린 그애가, 코끼리가 되어버린 그애가 나를 바라보며 슬그머니 웃던 때와 똑같은 기분이었어요. 저는 화면을 조금씩 잘라내기 시작했어요. 오른쪽 끝에서부터 왼쪽으로 일 센티미터씩, 아무 소리도 듣지 않고 어떤 장면에도 몰입하지 않은 채 그저 시선을 옮기며 화면 분할에만 몰두했죠. 그리고, 보았어요. 그애가 거기 있는 걸.

그애는 뻔뻔하게도 무대 복판에 뚜렷이 서 있었어요.

거대한 꽃병이라도 된 양, 뽑을 수 없는 기둥이라도 된 양 그애는 거기 서 있었어요. 단원들은 몰랐을까요? 누군가가 손수레를 밀고 그애를 지나쳤어요. 누군가는 왼다리를 털며 그애 앞에서 방뇨하는 시늉을 했죠. 누군가는 그애와 이마를 맞대고 서서 마르탱에 대해 수군거렸어요. 그런데 그중 누구도, 그애를 눈치채지 못했어요. 거기 있는 건 그냥 서랍장이고 담벼락이고 행인3이었으니까요. 저는 화면을 정지시키고, 손가락으로 그애를 짚어줬어요. 그때 단원들 얼굴이라니. CD를 열 번도 넘게 본 것 같아요. 그애는 처음부터 마지막까지 무대 위에 있었어요. 마르탱이 바닥을 뒹굴 땐 몸을 수그려 그에게 손을 뻗기도 했죠. 덜떨어진 관객처럼 그애는 무대 위를 누비면서 단원들을 구경했어요. 그러다 내키는 대로 다른 배역과 소품에 섞여들어갔죠. 그애는 우리에게 뭘 보여주고 싶었던 걸까요. 우리의 무엇을 비웃고 싶어서 그렇게 치졸한 방법을 썼던 걸까요. 그애가 의심한 대상은 우리였을까요? 아니면 관객? 무대 그 자체? 자기 자신? 전 모르겠어요. 그렇게 오랫동안 그애를 봐왔는데도 그것만은 짐작조차 가지 않아요.

우린 그애를 찾지 못할 거예요. 마음만 먹으면 그애는 세상 무엇이라도 될 수 있으니까요. 스토커나 연쇄살인마, 방화범은 물론 바람, 기차, 벽돌 같은 것도 될 수 있어요. 그애는 숨지 않을 거예요. 우리 옆에 바짝 붙어 있어도 우린 그애를 알아보지 못할 테니까. 문밖에 서서, 때로는 문안까지 들어와 처음 뵙겠습니다, 어디서 오신 분인가요, 따위를 남발하며 우리를 비웃고 있겠죠. 우리는 언제고 한 번은 그애와 마주쳤을 테고, 그애와 악수를 나눈 적도 있을 거예요. 당신은 그 사람을 좋아했습니까, 싫어했습니까. 그런 시답잖은 질문을 주고받았을지도 모르죠.

그런데 말이에요. 지금에 이르러서는 이런 생각도 들어요. 무엇이든 될 수 있었던 그애는 반대로 그 무엇도 될 수 없었던 게 아닐까. 거대한 유리항아리처럼 세상 모든 걸 담아내 보여준 거라면,

그애의 내면은 그야말로 텅 비어 있었던 게 아닌가 하고요. 문득 문득 그런 의심이 들더란 말이에요. 이제는 다 소용없는 것이 되어버렸지만요.

'도도'와 '두두'의 세계에서

양윤의(문학평론가)

놀이의 규칙은 간단했다. 도망치는 사람은 도도도도,
앞꿈치만으로 땅을 디뎌 도망친다. 뒤쫓는 사람은 두두
두두, 뒤꿈치만으로 땅을 디뎌 쫓아간다.
이건 사실 무시무시한 놀이야. 저주받았거든.
—「여진」

1. '오감도'의 아이들

여기, 이상한 놀이를 하는 아이들이 있다. 오래전부터 유행했던
놀이이자 '저주받은 놀이'다. 이 놀이를 계속하면 발이 부러지거
나 인대가 끊어진다. 그럴 수밖에. 이 놀이는 발꿈치를 잘라내는
고대의 형벌인 월형刖刑을 흉내낸 놀이다. 두 아이는 "서로를 위협
하고 쫓고 도망쳤다. 그러다 문득 멈춰 서서 이마를 맞대고는, 곧
저주받게 될 거야, 은밀하게 서로에게 속삭였다"(「여진」, 150쪽).
이 놀이는 서로를 저주하는 놀이, 서로에게 저주가 임하기를 빌어
주는 놀이다. 두 아이의 놀이를 지켜보던 조모가 아이들의 엄마에
게 말한다. "애들이 너를 닮았다. (······) 구김살 하나 없이 밝고

건강하고 활기차고."(같은 쪽) 얼마 지나지 않아서 이 집안 전체에, 공평하고 밝고 활기차게, 무시무시한 저주가 임한다. 층간소음에 신경이 날카로워진 아랫집 남자가 올라와 조모와 조부를 잔혹하게 살해한 것이다. 재앙은 언제나 바깥에서 온다. 예측할 수도 없고 대비할 수도 없다. 확실한 것은 한 가지뿐. 그것이 빠르든 늦든 반드시 온다는 것이다.

'도도'와 '두두'는 부르주아의 가치를 혐오하고 반전을 주창한 운동의 이름인 '다다dada'를 닮았다. 다다이스트들이 이 이름을 자신들의 운동을 가리키는 용어로 선택한 데에도 우연성, 무목적성이 개재해 있다. '다다'는 아이들이 갖고 노는 말 머리가 달린 장난감을 뜻하는데, 사전에 끼워둔 종이칼이 우연히 이 항목을 가리키는 것을 보고 이 용어를 골랐다고 한다. 도도와 두두 역시 쿵쾅거리며 머리 위에서 여진餘震을 만들어내는 소리일 뿐 그 자체로는 무의미한 단어다. 그러나 그것은 삶을 내파하고 세계에 균열을 도입하는 무의미이면서 삶 자체를 파괴하고 세계를 (폭력의 원인인) 적의와 (적의의 결과인) 폭력으로 물들이는 무목적이다.

도도와 두두, 집안에서 쫓고 쫓기는 이 놀이는 늘 막다른 골목을 염두에 두고 있으나(집안은 폐쇄되어 있으니까), 설령 집안이 뚫린 골목이라고 해도 사정은 다르지 않았을 것이다(현관 앞에는 살인자가 기다리고 있으니까). 쫓는 자나 쫓기는 자나 모두가 무섭다고 말할 것이다. 둘 다 발이 부러지거나 인대가 끊어져서 밖에서 온 칼 든 자에게 난자당할 운명에 처해 있기 때문이다. 오감도의 아이들처럼 이 아이들에게도 무서운 것과 무서워하는 것은 동전의 양면이다. (잠시 후 살펴보겠지만) 재난은 밖에서만 오는 것도 아니다.

안보윤 소설의 인물들은 모두가 도도두두 놀이에 사로잡혀 있다. 쫓기는가 하면 어느새 쫓는 자가 되어 있고 무섭구나 싶다가도 어느새 무서워하고 있다. 취조실에서 내보내달라고 애원하던 소년은 어느새 "구제불능의, 파렴치한 성폭행범"이 되어 있고(「소년7의 고백」), 한 친구는 어느 순간 가난과 비참을 공유하던 다른 친구에게 "너랑 만나면 나는 늘 불행해져"라고 선언한다(「불행한 사람들」). 엄마가 입양과 파양을 반복하는 것을 불안해하던 친딸은 마지막으로 입양된 동생이 오래 버티자 동생에게 도벽이 있다는 거짓 소문을 낸다(「이형의 계절」). 지하철 방화범의 방화 시도를 막아낸 지하철 의인은 자살하면서 자기 자식을 물속으로 끌고 들어가려 한다(「일그러진 남자」). 잔혹하게 살해당한 여학생을 모독했다는 오해를 받아 사회적으로 매장당한 남자에게는 실제로 그 죽음을 구하지 못한 책임이 있었다(「포스트잇」). 한 극작가는 친구인 배우가 대본의 등장인물 그 자체가 된다는 것을 알고 그가 자신의 연극 〈사라지는 남자〉에 출연하는 것을 거절하지만, 또다른 연극인 〈나쁜 유산〉에 출연시킴으로써 결과적으로 그의 사라짐에 기여한다(「어느 연극배우의 고백」). 친구 때문에 다단계에 들어가서 큰 손해를 본 여대생은 졸업 후 취업과 퇴직을 반복하다가 그 친구의 돈을 훔쳐 도망침으로써 제 불행을 되갚아준다(「순환의 법칙」). 이 물고 물리는 불행의 추격전, 악운의 꼬리 잇기는 그 자체로 악무한의 세계에 대한 알레고리다.

2. "너는 어디에 있느냐?"

목소리가 들린다. 누구의 말인지 특정할 수 없는 목소리, 다시 말해서 발화자 없이 곧바로 내게 들리는 목소리다. 목소리가 들린다는 것은 그것이 바깥에서 내게 부과된다는 뜻이다. 그럼에도 불구하고 발화자가 없다는 것은 그것이 실은 나의 내면의 소리라는 뜻이다. 내 안에서 기원하였으되 나와는 분리된 소리는 금지하고 질책하는 초자아의 목소리다. 「때로는 아무것도」를 읽어보자. 등장인물 가운데 하나인 '도영'에게는 시도 때도 없이 속삭이는 목소리가 들린다. 그 목소리는 늘 이렇게 말한다. "중요한 건 그런 게 아니지."

처음 목소리가 들린 것은 중학교 삼학년 때였다. 기말고사 기간이었고, 아침 자습이 끝난 뒤 한국사 시험을 볼 예정이었다. 도영은 주관식에 나올 만한 단어들을 골라 외우고 있었다. 아관파천, 고종 대한제국 선포, 광무개혁을 통해 자주국가의 면모를, 기술교육 기관과 사립학교 설립. 검은 동그라미가 한참 늘어갈 무렵이었다. 중요한 건 그런 게 아니지. 걸걸하고 낮은 남자 목소리가 귓속을 파고들었다. 비아냥대는 것처럼 말끝이 끌려올라간, 기분 나쁜 어투였다.

(……)

이후 남자의 목소리는 수시로 도영의 귓속을 파고들었다.

(……)

목소리의 판단은 냉정하고 정확했다. 도영은 수능 공부를 할 때, 대학 원서를 넣을 때, 하다못해 십자말 퀴즈를 풀 때조차 목소리의 도움을 받았다. 보다 더 중요한 것을 선택하는 일. 도영은 올바른 판단에 대해 그렇게 정의해왔다.(「때로는 아무것도」, 203~204쪽)

도영이 학업에 열중하거나 주어진 일에 고분고분할 때 저 목소리는 침묵을 지킨다. 반면에 학업과 무관한 일을 하거나 자신의 일에 의문을 가질 때면, 예의 목소리가 나타나 도영의 선택을 비웃는다. 도영은 목소리의 도움을 받아 크고 작은 일에서 "보다 더 중요한 것을 선택"해왔다. 그런데 과연 그랬을까? 도서관에서 아르바이트를 하던 도영은 다른 학생이 도난방지 스트립을 뜯어내는 것을 목격한다. 그때 예의 목소리가 들린다. 범법을 적발하는 것은 중요한 게 아니라고. "수없이 긴 목록에 한 칸이 더해진다고 크게 달라질 일은 없을 터였다. 사서들은 또 다음 방학이 되어서야 사라진 책들의 존재를 깨닫게 될 것이고, 도난 도서 목록과 재고 도서 목록을 새로이 작성할 것이었다. (……) 쓸데없는 생각은 그 정도로 충분했다. 이곳에서는 이곳에 맞는 일을 하면 그만이었다."(219쪽) 그러니까 금지/질책하는 저 목소리는 도영과 무관한 일에는 나서지 말라고, 철저하게 이기적이고 실리적인 목적을 위해서만 행동하라고 강요하는 목소리다. 그런데 그 비리를 못 본 척한 후, 도영은 오히려 사서와 근로 학생들에게 따돌림을 당한다. 그것은 죄수의 딜레마와도 같다. 잘못을 바로잡지 않고 용인하면 그 잘못은 일반화되어 외면한 당사자에게도 적용된다.

　　—저 빨랫줄들은 다 웬 거예요? 공터에 빨랫줄 감아놓은 걸 뉴스에서 왜 보여줘요?
　　오묘한 색깔로 변한 마요네즈를 찍어 먹던 세쌍둥이가 마요네즈만큼이나 오묘해진 낯빛으로 대꾸했다.
　　—리본이잖아. 광화문 광장에, 리본 묶어둔 거.
　　—무슨 리본요? 빈 빨랫줄만 몇 겹씩 휘감겨 있는데.
　　—너 안과 가보라니까. 저 리본이 벌써 몇 년째 묶여 있는 건데 저걸 못 보냐.
　　—안과 가봤다니까요. 몽골리안의 시력이라고.
　　—지랄한다.(「때로는 아무것도」, 224쪽)

시력이 아무리 좋아도 도영은 광화문 광장에 펄럭이는 무수한 리본을 보지 못한다. 목소리가 그건 중요한 게 아니라고 말하기 때문이다. 목소리는 타인의 고통에 공감하고 타인의 처지를 이해하는 일 따위는 가르치지 않는다. 목소리는 질책하고 금지하지만 정작 잘못의 내용이나 금지의 기준에 관해서는 아무것도 말하지 않는다.

선악과를 먹고 나서 인간은 자신이 벌거벗은 것을 알고 두려워 나무 그늘 아래 숨었다. 신이 인간에게 물었다. "너는 어디에 있느냐?" 인간이 대답했다. "제가 동산에서 당신의 음성을 듣고 벌거벗었으므로 무서워 숨었습니다." 신은 처음에 자신의 모습을 본떠 인간을 지었으나 정작 자신은 인간의 형체에 깃들지 않았다. 신의 속성은 '무한'에 있으므로 유한한 형체 안에 담기지 않기 때문이다. 그러니까 신은 목소리로만 존재한다. 반면에 인간은 신의 형체를 구현하고 있으나 거기에 신성이 깃들지 않았으므로(벌거벗었으므로) 한없이 누추하다. 목소리는 금지하고(저 실과를 먹지 말라) 질책하고(네가 그것을 먹었느냐?) 징벌하는(너희가 저주를 받아) 작인作因으로 나타날 뿐이다. 그렇다면 인간은? 그 금지와 질책과 징벌의 대상이 되어 벌거벗은 채 대기하고 있다.

「때로는 아무것도」가 말해주듯 외부의 음원을 갖지 않은 목소리는 외화外化된 혹은 소외疏外된 내면으로서의 초자아의 목소리다. 안보윤의 세계에서는 타인의 목소리에서도 이 초자아의 금지/질책이 묻어난다.

남자가 말했다.
시끄러워서 도무지 견딜 수가 없었다는 게…… 그게, 기억납니다. 그애들이, 쿵쿵대고 뛰어다니고 쇠공 같은 걸 집어던지고, 종일 제 머리통을 밟고 다니는 것처럼 소리가, 도무지 견딜 수가 없어서 아아 정말…… 죽여버릴까 하고…… 그랬습니다. 그애들만, 그 소리만 아니었어도 저는……(「여진」, 139쪽)

잔혹한 살인을 저지른 아래층 남자는 재판정에서 온갖 병명을 제출한다. "환청과 환각, 심각한 불안증세, 공황장애, 해리성 인격장애의 징후, 불면, 조현병의 전형적인 증세들, 양극성 장애의 가능성, 피해망상, 과민성대장증후군, 선택적 함묵증."(156~157쪽) 그 와중에 그는 살인의 진짜 이유를 누설한다. 애들이 너무 시끄러웠다고. "그애들만, 그 소리만 아니었어도 저는……" 소음이 잔혹한 살인 행위를 정당화할 수는 없으므로 이 경우 잘잘못은 분명해 보인다. 그런데 사내의 목소리는 아이들의 목소리로 반복된다. "소년은 재판정에 있는 남자와 마주친 뒤, 정확히는 남자의 손에 감긴 붕대를 발견한 뒤 반창고를 죄다 풀어버렸다. 살점이 떨어져나간 부위에서 진물이 솟았다. 그애들. 소년이 속삭였다. 그애들,

그애들만 아니었다면."(140쪽) 사내의 말을 되뇜으로써 그 말은 소년의 내면을 울리는 초자아의 목소리로 변한다. 이제 조부모의 참혹한 죽음은 "그애들"의 책임이 되고 말았다. 보라, 아이들의 고모까지도 그 말을 따라 하고 있지 않은가? "정말로, 너희들 때문이었니?"(163쪽)

이제 그 목소리는 끝없이 울려나온다. 목소리는 꾸짖는 친구의 음성이 되었다가(「불행한 사람들」), 자백을 강요하는 형사의 들리지 않는 협박이 되기도 하며(「소년7의 고백」), 라디오에서 흘러나오는 고백이 되기도 하고(「순환의 법칙」), 파양을 선고하는 잔인한 양부모의 육성이 되기도 한다(「이형의 계절」). 목소리는 여전히 바깥에서 들려오지만 신의 목소리처럼 사방에서 울린다. 그것이 자신의 목소리와 구별되지 않는다는 증거이다. 심지어 타인의 목소리로 출현했을 때마저도 그 목소리는 '나'의 목소리였다.

　—그러고 보니 그때.
　—그때?
　—그 사람이었군요. 장례식장 옆 술집에서. 맨홀에 다리가 빠진 걸 봤는데.
　—무슨 소립니까. 맨홀에 빠진 건 당신이에요. 나는 골목 끝에서 당신을 지켜봤습니다. 허우적거리고 있는 당신을 보고는 취했구나 생각했습니다.

―그건 내 얘기예요. 당신을 구경한 사람도, 취했구나 생각한 사
람도,

　　―납니다.

　　―나예요.(「포스트잇」, 61쪽)

　「포스트잇」의 주인공 '주원'은 끔찍한 오해에 연루되어 사회적
으로 매장당한 처지다. 가정폭력에 희생되어 죽임을 당한 여학생
을 추모하는 현장에서 그 여학생을 모독하는 쪽지를 붙였다는 오
해를 받아 모르는 사람들뿐 아니라 직장 동료들과 가족들에게까
지 손가락질을 받았다. 아버지의 장례식장에서도 가족의 사나운
눈길을 피해 술집을 전전하던 주원은 한 사내를 만난다. 사내의
한쪽 다리가 맨홀에 빠진 것을 보고도 그는 긴가민가하다가(사내
가 처한 상황이 정확하게 서술되지는 않는다) 여학생을 구할 기회를
놓쳤듯, 그를 구할 기회도 놓친다. 아버지의 집에서 다시 만난 사
내는 자신이 쓰던 소설을 소개한다. 그 소설의 세계는 모두가 이
어진 세계, 아니 모두가 단 한 사람의 '나'인 세계다.

　　―나와나와나의 세계는 말입니다, 단 한 명의 인간으로만 채워
진 세계를 뜻합니다.

　　―그게 어디에 있는 세계인데요?

　　―내 소설 속에.

(……)

지구상에 존재하는 인간은 한 명뿐인데 그의 전생과 현생과 후생이 전부 뒤엉켜 지표면 위로 쏟아져나와 있는 상태인 겁니다. 그가 삼천 번쯤 죽고 환생하길 거듭했다면 삼천 명이 동시에 튀어나와 제각각 살아가는 거죠. 세계에 깔려 있는 모든 사람이 근본적으로는 나인 셈입니다. 나는 나에게 영향을 받고 또다른 나에게 영향을 주고 그게 얽히고설켜 점점 더 엉망인 세상을 만들어갑니다. 세계 어느 곳에서 나는 나를 돕거나 위로하고 반대편에서 나는 나를 괴롭히거나 죽입니다.(「포스트잇」, 59~60쪽)

이것은 극단적인 유아론唯我論인가, 아니면 우리 모두가 연결되어 있다는 것을 보여주는 연기론緣起論인가? 둘 다 아닐 것이다. 이 세계는 나와 나와 나들이 모여서 하나의 '큰 나'로 통일되는 것도 아니고, 나와 나와 내가 상호작용하면서 조화를 이루는 것도 아니다. 이들은 그저 서로 영향을 주고받으며 "얽히고설켜 점점 더 엉망인 세상"을 만들어간다. 큰 자아도 없으며 예정조화도 없다. 사내는 주원의 아버지 집을 제집처럼 드나들며 계단에 숨겨둔 아버지의 술을 꺼내 마신다. 사내가 아버지와 구별되지 않는다는 소리다. 주원은 사실 여학생이 폭행을 당하던 그때 그녀와 마주쳤었다. 여학생의 아버지가 주원에게 으르렁댔다. "냅두쇼! 딸년 단속 잘못한 건 내 알아서 할 테니까."(65쪽) 여학생이 맞을 짓을 했다고 생각했는지 주원은 몸을 사렸고 피를 쏟는 여학생에게 다가갔다가도 술에 취해 오줌을 지렸다고 생각해서 돌아섰다. 죽은 여학생을 모욕했다고 오해받은 주원과 실제의 주원이 구별되지 않는다는 소리다. 사내와 아버지와 사람들이 아는 주원과 실제의 주원 등등이 모두 '나'였다. 그러니 맨홀에 빠진 사내는 그 사내를 보는 주원이기도 했고, 맨홀에 빠진 주원이기도 했으며, 주원을 보는 그 사내이기도 했다. 목소리는 내면에서 나와서 바깥을 울리고 다시 자신에게로 돌아온다. '나와나와나의 세계'는 바로 이 출구 없는 악무한의 세계다. 금지하는 자가 금지되고 질책하는 자가 질책받으며 징벌하는 자가 그 대가를 치르는 세계.

3. "어이쿠, 이 시체랑 딱 마주칠 수밖에 없다 이겁니다"

도도와 두두와 목소리의 세계. 쫓기는 자와 쫓는 자와 (둘의 바깥/안에서 울려나오는) 금지/질책하는 목소리가 뒤섞여 만들어내는 악몽의 세계. 그런데 이 세계에 포함되지 않는 것으로 보이는 이상한 형상들이 출몰한다. 쫓는 것도, 쫓기는 것도 아닌 채로 거기에 놓여/던져져 있는 이상한 사물들, 즉 생물도 무생물도 아닌 존재—이를테면 '시체'나 '유령'들이다.

―할아버지, 보세요. 자아, 그 사람은요, 무려 서른두 시간 동안 똑같은 자리에 앉아 있었어요. 이렇게 쪼그려앉은 시체가 골목에요, 네? 그런데 할아버지가 오후 일곱시에 한 번, 새벽 다섯시에 또 한 번 거길 지나갔어요. 그럼 할아버지가 말씀하신 대로 폐지를 줍다가, 자 보세요, 줍습니다, 이렇게 폐지를 줍다가요, 허리를 펴거나 고개를 들면 어이쿠, 이 시체랑 딱 마주칠 수밖에 없다 이겁니다. 근데 본 적이 없다니 그 말을 어떻게 믿어요. 할아버지, 일부러 신고 안 한 이유가 있는 거죠? 아니면 할아버지가 수레에 시체를 싣고 와서 저기다 유기한 거예요?

―못 보지.

―네? 뭘요?

―시체는 못 보지. 내 눈엔 폐지밖에 안 보이니까, 못 봐, 그 건.(「때로는 아무것도」, 212~213쪽)

도영이 그 좋은 시력을 가지고도 광화문의 노란 리본들을 못 보는 것처럼, 폐지를 줍는 영광빌라 B02호 노인은 눈앞에 있는 201호 남자의 시체를 보지 못한다. 죽은 남자는 도영에게 속삭이던 목소리의 원주인이다. 그는 도영이 세 살이던 해, 영광빌라 주민들 사이에서 벌어진 난투극의 주인공 가운데 하나였으며, 그때 301호 아이들이 쿵쾅거리며 내는 소음을 지적하면서 이렇게 말했다. "중요한 건 그런 게 아니지."(197쪽) 목소리가 초자아의 속삭임이 되려면 형체를 벗어나야 하므로, 지금 그 목소리의 주인공이었던 201호 남자는 사물, 즉 페지보다도 못한(아무 쓸모가 없으므로) 사물(무생물로서의 시체)이 되었다. 그는 도도와 두두의 세계를 교란하는 얼룩이다.

　—주은씨 헬멧한테 주의 줬지. 너 미쳤니?
　—아, 저기, 주의를 준 건 아니고요…… 다른 애들이 놀리길래 중재를 좀……
　—중재? 누가 주은씨더러 중재해달래? 니가 뭔데? 애들이 패싸움을 하든 머리에 용수철을 끼고 다니든 참견 말라고 몇 번을 말해. 내가 지금 헬멧 엄마한테 얼마나 깨지고 왔는지 알아? 안내, 목격, 그것 말고는 아무것도 하지 말라고 했잖아. 판단하지 마! 생각도 하지 마!
　(……)
　주은씨, 똑바로 좀 하자, 응? 어려운 일 시키는 것도 아니잖아. 자기가 우리처럼 머리 터지게 수업을 해, 허리 부러지게 접대를 해. 말뚝처럼 서서 지켜보기만 하라는데 그걸 왜 못하니.(「불행한 사람들」, 76~77쪽)

'주은'의 직업은 학원 도우미, 더 정확히는 안전보조 요원이다. 복도에 서서 화장실 가는 아이들을 안내해주거나 아이들 사이에 벌어진 일을 목격하는 게 주된 업무다. 원장은 '오주은씨'라고 부르지만 선생들은 '복도'라고 부르고 아이들은 내키는 대로 '복도쌤' '안전쌤' '복도' '도우미' '화장실쌤' 심지어는 '씨발년'이라고 부른다. 주은이 학원 학생('헬멧')에게 말을 건네자, 원감이 (예의 그 목소리로) 꾸짖는다. "안내, 목격, 그것 말고는 아무것도 하지 말라고 했잖아. 판단하지 마! 생각도 하지 마!" 그녀가 "똑바로" 제 일을 하는 방법은 "말뚝처럼 서서 지켜보기만" 하는 것, 즉 유령이 되는 것이다. 거기에 있으나 존재하지 않는 것과 다를 바 없는 유령, 화장실에 갈 때만 따라붙는 유령, 누가 무슨 일을 했는지 지켜보기만 할 뿐인 유령, 복도에 우두커니 서 있어서 복도라 불리는 유령. 같은 일을 하는 도우미가 이 처지를 정확히 요약해준다. "난 일하는 내내 존엄이라든가 긍지라든가 그런 게 사라져버리는 기분이었거든요. 인간의 영역에서 매일 일 미터씩 꾸준히 밀려나는 기분요. (······) 말뚝처럼 서 있으라니 그게 사람이 할 일인가요?"(89쪽)

그런데 이 세계에 존재하지 않으나 이 세계의 질서를 교란하는 이 얼룩들이야말로 실제로는 이 세계의 원주민들이다. 폐지보다도 눈에 띄지 않으나 실제로는 빌라의 주민이며, 인간의 영역에서 밀려나고 있으나 그 누구보다도 인간이다. 「이형의 계절」을 보자.

　　—어쩔 수 없는 애로구나.

―넌 정말 어쩔 방법이 없네.

그것은 파양 선고이자 아이의 존재 자체를 지워버리는 섬뜩한 주문이었다.(「이형의 계절」, 170~171쪽)

'이형'의 첫째인 '너'는 각양각색의 이유로 파양당하는 동생들을 보면서 자신도 언제 '돌려보내질지' 몰라 불안과 절망과 공포의 나날을 보낸다. 이형이 '너'는 친딸이니 보내지 않을 거라고 말했지만 근거 없이 마구잡이로 자행되는 파양 앞에 불안하기는 마찬가지다. 어떤 동생은 뜨거운 걸 잘 먹지 못해서, 어떤 동생은 헤어스타일이 잘 나오지 않아서("애가 왜 이렇게 멍청해 보이지?" "이렇게 바보같이 생겨서야 어쩔 수 없네", 181쪽), 어떤 동생은 치열이 고르지 않아서("들개도 아니고 이가 이게 뭐야, 정말." "어쩔 수 없는 애네", 188쪽) 파양당한다. 결국 아이들이 내쳐진 원인은 이형의 변덕 내지 변심에 있을 뿐이다. 불행은 세계의 무목적, 무의미에서 비롯된 것일 뿐 아이들에게 귀책되는 것이 아니다. '어쩔 수 없다'는 이형의 선언은 자신의 변심마저 자신에게 귀속되는 것이 아니라는 것을, 그녀 역시 변덕스러운 운명에 휘둘리는 무의미의 자식에 불과하다는 것을 말해주는 것이다. 그렇다면 가족에게서 내쳐진 저 아이들이야말로 '쫓겨남'의 형식으로 도도와 두두의 세계에 포함되는, 이 세계의 거주자들이 아닌가?[1]

화면을 보고 있는데 뭔가 이상한 기분이 들었어요. 그애가 우리를 지켜보고 있는 것 같은 기분. 그래요, 그애가 아주 가까이에서 우릴 마주보고 있다는 느낌이 들었죠. 경찰 수사에 아무런 진전이 없어 단순 가출로 사건이 정리되려던 시점이었어요. 그런데 그 기시감이라니. 아주 오래전 책상이 되어버린 그애가, 코끼리가 되어버린 그애가 나를 바라보며 슬그머니 웃던 때와 똑같은 기분이었어요. 저는 화면을 조금씩 잘라내기 시작했어요. 오른쪽 끝에서부터 왼쪽으로 일 센티미터씩, 아무 소리도 듣지 않고 어떤 장면에도 몰입하지 않은 채 그저 시선을 옮기며 화면 분할에만 몰두했죠. 그리고, 보았어요. 그애가 거기 있는 걸.(「어느 연극배우의 고백」, 277쪽)

연극배우였던 '그애'는 천재로 불렸다. 비결은 '그애'가 사람이나 사물을 연기하는 게 아니라 사람이나 사물 그 자체가 되는 데 있었다. '그애'는 무대 위에서만이 아니라 무대 밖에서도 '코끼리'나 '시체', '연쇄살인마'나 '스토커'가 된다. 그는 모든 것을 의심

---

1) 이 소설은 '너'가 '육'을 다시 만나는 장면으로 끝난다. "너는 너의 그림자가 너보다 먼저 육에게 다가서는 걸 바라본다."(190쪽) 파양당한 아이들은 '시체'나 '복도'처럼 세계의 사물이거나 배경이 되었다. 따라서 '너'가 '그림자'로 육을 만나는 것은 육의 존재 형식을 취했음을 뜻한다. 둘은 그림자로서, 처음으로 만날 수 있게 되었다. 그리고 그것이 진정한 만남이다. 실제로는 이형이 '異形', 즉 세계의 일그러진 형식이기 때문이다.

하는 남자의 이야기인 〈나쁜 유산〉이라는 연극에 출연하게 되고, 마지막 무대에서 모습을 감추고 만다. 대역을 구해서 어렵게 마지막 공연을 마친 '나'는 그 공연 CD를 돌려보다가 이상한 걸 발견한다. 모습을 감추었던 그가 실제로는 그 무대 위에 있었던 것이다.

거대한 꽃병이라도 된 양, 뽑을 수 없는 기둥이라도 된 양 그애는 거기 서 있었어요. 단원들은 몰랐을까요? 누군가가 손수레를 밀고 그애를 지나쳤어요. 누군가는 왼다리를 털며 그애 앞에서 방뇨하는 시늉을 했죠. 누군가는 그애와 이마를 맞대고 서서 마르탱에 대해 수군거렸어요. 그런데 그중 누구도, 그애를 눈치채지 못했어요. 거기 있는 건 그냥 서랍장이고 담벼락이고 행인3이었으니까요. 저는 화면을 정지시키고, 손가락으로 그애를 짚어줬어요. 그때 단원들 얼굴이라니. CD를 열 번도 넘게 본 것 같아요. 그애는 처음부터 마지막까지 무대 위에 있었어요. 마르탱이 바닥을 뒹굴 땐 몸을 수그려 그에게 손을 뻗기도 했죠. 덜떨어진 관객처럼 그애는 무대 위를 누비면서 단원들을 구경했어요. 그러다 내키는 대로 다른 배역과 소품에 섞여들어갔죠.(「어느 연극배우의 고백」, 277~278쪽)

따라서 이 소설은 배역과 실제를 구분하지 못한 어느 배우의 기행奇行에 대한 이야기가 아니다. 모든 것이 가상인, 그래서 거짓된 존재들로 득실거리는 이 연극 같은 세계에 실제로 존재하는 유령으로서의 인간, 바로 우리 옆에 서서 숨을 쉬고 움직이는 얼룩으로서의 인간에 대한 이야기다.[2] 작가는 우리에게 바로 이 자리에 선 인간을 보라고 권하고 있다.

4. 악무한 너머

표면적으로 보면 안보윤이 구축한 세계는 적의와 폭력이 서로의 원인이자 결과가 되어 무한히 진행하는 부정적인 무한(악무한)의 세계로 보인다. 왜냐하면 악무한의 세계에서는 사물의 표면적인 현상이 원인으로 간주되기 때문이다. 가령 파양의 사유는 아이들이 못생겼기 때문이고(「이형의 계절」), 주은이 '복도' 노릇을 그만둔 것은 인내심이 없어서이며("고작 그걸 못 견디고 그만둬? 남의 돈 벌어먹기가 쉽니?", 「불행한 사람들」, 92쪽), 조부모가 살해당한 것은 아이들이 너무 시끄럽게 굴어서이고(「여진」), 아이가 죽은 것은 '나'(아버지)가 '플러스 순환'에 들자, 그에 맞춰 아이

---

2) 친구인 '나'는 이렇게 말한다. "무엇이든 될 수 있었던 그애는 반대로 그 무엇도 될 수 없었던 게 아닐까."(278쪽) 그것은 맞는 말이기도 하고 틀린 말이기도 하다. 무엇이든 될 수 있었다는 것은, 그가 다른 것과 구별되는 형식을 취할 수 없었다는 말이므로 이 말은 맞는 말이다. 하지만 그는 그럼으로써 그 무엇도 아닌 것, 이를테면 유령도 될 수 있었으며 바로 그것이 그의 존재 형식이었다. 그렇게 본다면 이 말은 틀린 말이다.

가 '마이너스 순환'에 들었기 때문(「순환의 법칙」)이다. 이런 세계에서는 우연한 사건이 거듭된다. 한 사건이 다른 사건과 구별되는 표식을 갖지 못하기 때문이다. 이 사건들은 끝없는 직선운동을 이어가는 무한 반복의 세계를 구성한다. 죽어가는 아이는 교통을 방해하는 운전자 때문에 응급실에 이르지 못해 도로 위에서 반복해서 죽어가고(「일그러진 남자」 「순환의 법칙」), 아래층 사내는 층간소음 문제로 거듭해서 폭력을 휘두른다(「여진」 「때로는 아무것도」). 「순환의 법칙」에서 계속 모습과 장소를 바꾸는 '705호 객실'은 이런 악무한의 세계에 대한 알레고리다. 그 방을 무료숙박권으로 얻은 주인공 '미주'는 그곳의 진정한 주인이나 소유자가 아니기 때문이다.

그런데 바로 이런 세계에도 시체나 유령으로서의 삶이 있고 이 삶이 세계에 특별한 표식을 남겨놓는다. 이를테면 피 흘리는 '시곗줄 자국' 같은 것.

(……) 난, 싫어요, 그런 시계. 수심 천삼십칠 미터에서 혼자 째깍째깍 움직이는 시계라니 그건 너무 쓸쓸하잖아요.

—당신은 너무 감상적이야.

—나도 알아요. 하지만 나한텐 그 시계가 꼭 소금맷돌 같은걸요.

—소금맷돌? 그게 뭐야?

—소금이 나오는 맷돌 얘기 몰라요? 틀림없이 들어봤을 텐데.

그러게 어릴 때 동화책을 좀 읽지 그랬어요. 손잡이를 돌리면 끊임없이 소금이 나오는 맷돌에 대한 얘기예요. (……) 소금이 산만큼 쌓이고, 결국 배는 무게를 이기지 못해 그대로 가라앉아버리죠. 바닷속에 가라앉은 맷돌은 혼자 계속 돌아가면서 소금을 만들어내요. 그래서 지금 바닷물이 그렇게 짜졌다는 이야기예요.

— 난 또 뭐라고. 그냥 전래동화잖아. 그래서 그 얘기의 어디가 쓸쓸하다는 건데?

— 맷돌이 돌아가는 게요. 깊은 바닷속에 혼자 가라앉아 자기가 거기 있다고, 자기를 잊지 말아달라고 계속 계속 돌아가는 맷돌이 가엽고 쓸쓸해서 견딜 수가 없어요.(「일그러진 남자」, 120~122쪽)

한 남자가 손목의 시곗줄 흔적을 내려다보며 아내와의 대화를 떠올린다. 그는 얼마 전 아내를 잃었다. 그가 수심 천삼십칠 미터까지 방수가 되는 시계를 갖고 싶어하자 아내는 깊은 바닷속에서 혼자 째깍거리는 시계가 "너무 쓸쓸"해서 싫다고 말한다. 아내가 떠올린 "소금맷돌" 이야기는 여전히 깊은 바닷속에서 혼자 "계속 계속 돌아가는 맷돌"의 외로움과 쓸쓸함에 초점이 맺혀 있다. 맷돌과 초침은 여전히 원을 그리며 돈다. 지금 아내의 시간은 그처럼 "수심 삼십칠 미터에서 혼자 째깍째깍 움직이고"(128쪽) 있다. 세월호의 비극을 '일그러진' 이미지로 그려낸 이 이야기에서 손목의 표식은 혼자서 심해의 시간을 견디고 있을 아내의 시간과 공명하는 무한한 시간의 표식이다. 이 표식이야말로 끊임없이 현재로 돌아오는 긍정적인 무한, 즉 진무한의 시간, 원환圓環을 지닌 무한의 시간을 증거한다. 이 표식, '피 흘리는' 시곗줄의 표식 덕분에 이 세계는 무한한 반복에서 구제되어 불가역적인 것으로, 바로 우리의 것으로 재-표지된다. 지금-여기로 돌아오는 저 원환은 고통 속에 깃든 사랑의 표식이기도 하다. 이 표식이 이 책의 곳곳에 숨어 있다.

작가의 말

일그러지다.

세계를 떠올리면 늘 저 단어가 떠올랐다. 사람과 사물과 감정과 상식에 '일그러진'을 붙이면 이 세계가 되었다. 누구도 바라지 않는 순환이 있었고, 그 아래에는 대개 일그러진 그림자들이 서로의 목을 밟고 서 있었다. 나는 제일 밑바닥에서 낡은 가죽 주머니에 숨겨간 단어들을 조물거리며 놀았다.

어떤 단어는 숨을 아껴가며 소중히 빗질해도 갈기갈기 찢어져 사라져버렸다. 어떤 단어는 악의를 담아 최선을 다해 짓뭉개도 끝끝내 살아남아 가시를 세웠다.

세계를 떠올리며 숨을 몰아쉬지 않아도 되는 날이 올까. 검은 분진이 날리는 글자들을 빼고도 세계에 대해 기록할 수 있는 날이 올까. 가죽 주머니를 꽉 움켜쥐고 기다리면 어느 날은 홀가분하다, 라고 쓸 수 있는 날이 오기도 할까.

2018년 3월

안보윤

| **수록 작품 발표 지면** |

소년7의 고백 …… 웹진 '한판' 2013년 11월

포스트잇 …… 문장 웹진 2016년 6월(발표 당시 제목은 '어떤 세계의 경우')

불행한 사람들 …… 『쌂』 2017년 상반기

일그러진 남자 …… 『문학의식』 2015년 봄

여진 …… 『자음과모음』 2017년 여름

이형의 계절 …… 『작가들』 2014년 가을

때로는 아무것도 …… 『한국문학』 2016년 봄

순환의 법칙 …… 문장 웹진 2015년 11월

어느 연극배우의 고백 …… 『문학의식』 2013년 겨울

문학동네 소설집
소년7의 고백
ⓒ 안보윤 2018

초판인쇄 2018년 2월 26일
초판발행 2018년 3월 12일

지은이 안보윤
펴낸이 염현숙
책임편집 정은진 | 편집 김내리 이성근 황예인 이상술
디자인 김이정 유현아 | 마케팅 정민호 박보람 우상욱
홍보 김희숙 김상만 이천희
제작 강신은 김동욱 임현식 | 제작처 영신사

펴낸곳 (주)문학동네
출판등록 1993년 10월 22일 제406-2003-000045호
주소 10881 경기도 파주시 회동길 210
전자우편 editor@munhak.com | 대표전화 031) 955-8888 | 팩스 031) 955-8855
문의전화 031) 955-3576(마케팅) 031) 955-8864(편집)
문학동네카페 http://cafe.naver.com/mhdn | 트위터 @munhakdongne

ISBN 978-89-546-5026-7 03810
* 이 도서의 국립중앙도서관 출판예정도서목록(CIP)은 서지정보유통지원시스템 홈페이지
  (http://seoji.nl.go.kr)와 국가자료공동목록시스템(http://www.nl.go.kr/kolisnet)에서
  이용하실 수 있습니다.(CIP 제어번호: 2018003806)

www.munhak.com